没什么能阻挡

翔子·著

北京大学出版社
PEKING UNIVERSITY PRESS

图书在版编目（CIP）数据

没有什么能够阻挡/翔子著.—北京：北京大学出版社，2012.1
ISBN 978-7-301-20014-8
Ⅰ.①没… Ⅱ.①翔… Ⅲ.①游记—作品集—中国—当代 Ⅳ.①I267.4
中国版本图书馆CIP数据核字（2011）第281234号

书　　　　名：	没有什么能够阻挡
著作责任者：	翔　子　著
责 任 编 辑：	张娴竹
装 帧 设 计：	设计·邱特聪 yp2010@yahoo.cn
标 准 书 号：	ISBN 978-7-301-20014-8/K·0832
地　　　　址：	北京市海淀区成府路205号　100871
网　　　　址：	http://www.pup.cn　http://www.pup6.cn
电　　　　话：	邮购部 62752015　发行部 62750672
	出版部 62754962　编辑部 62750667
电 子 邮 箱：	pup_6@163.com
印 刷 者：	北京大学印刷厂
发 行 者：	北京大学出版社
经 销 者：	新华书店
	695mm×1300mm　32开本　11.125印张　245千字
	2012年1月第1版　2012年1月第1次印刷
定　　　价：	35.00元

未经许可，不得以任何方式复制或抄袭本书之部分或全部内容。
版权所有，侵权必究
举报电话：010-62752024　电子邮箱：fd@pup.pku.edu.cn

翔 子

自 序

时隔三秋，再次回到梅里雪山的怀抱，仿佛寻寻觅觅又回到了一切故事的起点，三年的苷莳杂糅成千头万绪，然后像剥着洋葱般，一层一层地重新展开。我小心翼翼地将每一层洋葱的碎片，变成文字码放到电脑中。

风又大了起来，在雪域高原盛夏的夜晚，虽然不至于冷得彻骨，却也仍带着雪的凉意。我不自觉地将衣领往上拉。

母亲提着刚烧开的水过来了，踩在阳台的木地板上嘎嘎作响。她把水壶拎进屋内，不一会儿便将拧干的毛巾递给门外的我，毛巾腾腾的热气在月光下舞得格外空灵。

"擦把脸。还不休息哪？"

"嗯，谢谢妈，我再写一会儿。用一个词形容现在的我，那叫'文思泉涌'！"

母亲呵呵笑着进屋了，我依旧坐在阳台上缺了个脚的木椅子上，抱着笔记本电脑，噼噼啪啪地敲着。这种现代化的工具，这种敲击键盘的声响，和眼前的光景，是颇不协调的。

我抬起头，直面着缅茨姆神女峰，雪山顶的旗云正被风梳成长发，在夜空里凝着银光。此时此刻，如果能够用另一组镜头拍摄下我的模样，放映在别人的屏幕里，我猜想我的演技一定是拙劣的，因为我无法用一张脸传神地将自己内心那难以名状的情感表达出来。

这本书这件事需要灵感，有时候半天也憋不出一个字，有时候却能如有神助地洋洋洒洒。一个轮回，又回到了梅里雪山，在不同的时间写着就在此地曾经发生的事，很有一种穿越的意味。我摇头笑了笑，不是人穿越了，而是另一个时空里的回忆，正变得愈加清晰地穿越进脑海。

我滚动着鼠标,回到书稿的开头,读着已经成型的章节。三年前,正是从这样一个地方开始,我的人生得到了重启。弹指一挥间,我的双脚已经走过越来越多的地方,却不会忘记不时回头张望这一切的起点。而今,能将这以往的林林总总尽抒纸上,指尖竟是何等快感!

约莫从 2009 年开始,我在搜狐博客与天涯论坛上断断续续地写着自己的旅行故事。最初只是纯粹地希望给自己做个留念,继而意识到越发精美的图片与文字,已渐渐成为自己的一种生活态度与追求。直到有一天,我突然发现自己已经有了那么多的读者,他们跟随我的故事或欢乐,或哭泣,摒弃踟蹰,重拾梦想,背上行囊,勇闯天涯。

我感动不已。

在许多声音的要求下,我终于决定将自己的故事印写成书,算是万千精彩的尘埃有了落定的一瞬。

书的名字是最难起的。我请了几位极富文采的友人帮忙"题词",可总觉得离自己想要表达的主旨少了那么点感觉。有段时间,我恨不得抓起一本新华字典,凌空一抛,翻到哪页就选哪页的字。我还跑到书店去观摩人家的书名,然后心生"怨恨":为什么好名字都已经被别人用过了。终于在某个清晨,泰国皮皮岛的海边,我坐在沙滩上等待日出,耳中一首《蓝莲花》轻声唱起:

"没有什么能够阻挡,你对自由的向往……"

就是它了!

我激动不已,像是抓住了飞得老快的灵感,更像是挠到了自己背上怎么也够不着的痒骨。我在这些年的旅行中所经历的一切，从踏遍艰辛终达彼岸，到如鱼饮水冷暖自知，从对自由的追求，到对人生的重塑，不正是"没有什么能够阻挡"的最好写照吗！

  我不想将这本书写成一本流水账的游记，或者一本仅仅与读者分享旅行中奇闻逸事的连环画。旅行是一种极致的生活体验，甚至于旅行与人生，原本就可以融为一体。我回味着三毛、星野道夫、阿兰·德波顿、彼得·梅尔等作家给我的影响。一本好的旅行文学，能够给人以情感的碰撞、静默的思考，像电影一样有画面、像星空一样有内涵。

  我祝愿每一位读者：当枯燥乏味时，能够从书中的绝美风景里读出绚丽的色彩；当落寞沮丧时，能够从书中的搞笑经历里捧得满腹开怀；当心灰意冷时，能够从书中的拼命三郎那儿赢回坚强与勇敢；当彷徨麻木时，能够从书中最感恩的际遇与最纯洁的心灵里拾回久违的感动。

  愿每个人都找到自己"不能阻挡"的理想。

  如此这般，我已知足。

  "翔，明天再写吧。今天转神瀑全身都淋湿了，别感冒了。"母亲又从门里探出头，催我早点休息。

  "好，写完这一段就睡。"

  我合上电脑，周遭瞬间暗了下来，只剩月光丝绸般地映在露台上的银色。雨崩村的灯火一盏盏熄灭了，雪山上的弯月星河却更加璀璨。我最后看了一眼梅里雪山的童话世界，关上了木门。明天，我和母亲还要去徒步冰湖呢。

目录

Chapter 1
萌芽　　　　　　　　　　　1

Chapter 2
心中的日月　　　　　　　　7

这个世界怎么了　　　　　　　9
另一个喧嚣　　　　　　　　19
蓝衍　　　　　　　　　　　27
神女伤　　　　　　　　　　37
金沙江的月亮　　　　　　　49
香格里拉　　　　　　　　　57
星空下的藏家婚礼　　　　　67
谜一般的世界　　　　　　　77
一生只有一次的感动　　　　87
白水神川　　　　　　　　　95
向往　　　　　　　　　　105
在世界尽头说爱你　　　　115

Chapter 3
流浪的蜗牛　　　　　　**125**

疯了　　　　　　　　　　127
母亲的背影　　　　　　　137

大山的向往	147
博台之约	153
蜗牛的修行	163
四海为家	175
谁画出这天地	187
南宝的传说	199
神山一直守护我们	207
流浪终究会有始有终	215

Chapter 4
怒放的生命   **227**

结束还是开始	229
夙愿	237
云端的王者	249
贡嘎的精灵	257
回家	265
千华梦地	275
蓝月谷	293
我们的神经都大条	305
御剑江湖	319
孤独是一杯酒	331

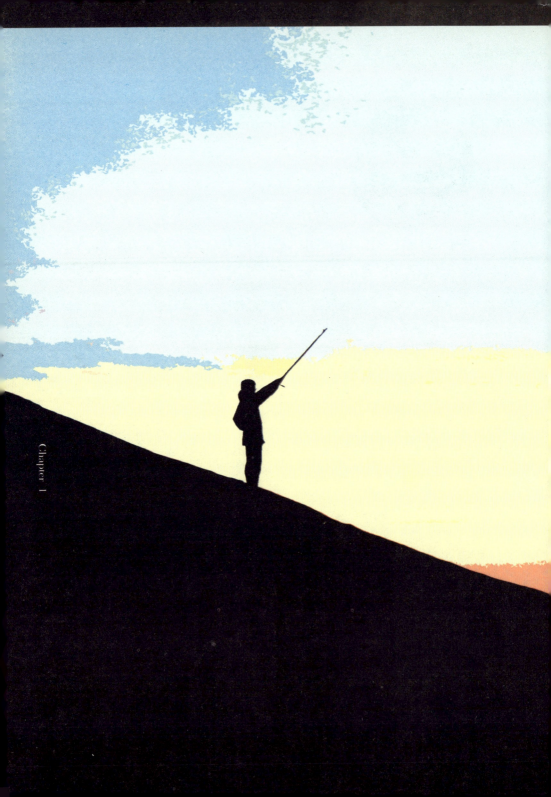

Chapter 1

萌芽

二零零七年的夏初
这凉爽的一晚
我心里的一粒种子
开始萌芽

"先生，请问餐具可以撤走了吗？"

举止优雅的领班经理微笑着清理眼前满桌的杯盘狼藉，我佯装绅士地擦擦嘴巴，突然觉得浑身不自在。

"二位可以在这里继续歇息，不打扰了。"

这是北京东北五环外的一家法国餐厅。铺着雪白绸布的桌椅零星地散落在一片宽广的草坪上，间或地亮着几盏蜡烛。是时已晚，其他客人都已经散场，只剩我和皮皮意犹未尽地享受着巨大的夜幕。

今天是儿童节，如果不是两个因为长期出差许久未见的疯子，为了过节而燃烧起不顾一切的小宇宙，也不会上演这一幕离北京市中心几万"光年"的莫名其妙的奢侈。

餐桌渐渐被挪开，直至最后餐厅的灯光亦全部熄灭，整个草坪刹那间裸露在漫天的夜空之下。我从未发觉北京竟也有这样的满天繁星。草地间缀有树丛，树丛上漫不经心地挂着吊床与秋千。

皮皮蹦蹦跳跳地坐上秋千，我索性也坐上相邻的秋千，大幅后荡，猛地用力蹬地，当秋千上摆到与地面几欲平行的角度时，我突然瞪大了眼睛。似乎就在那一瞬间，天空呈现出从未有过的深邃与博大，大得仿佛几欲将我吸引进去。"哇"的一声，我喊了出声。

"怎么啦？"皮皮显然以为我喝高了。

"没啥。皮皮，你有没有想过自己的未来会是怎样？"

"呃……"

"那聊童年吧，今天是伟大的儿童节！"

皮皮是与我同一家公司的同事，一个古灵精怪、生性孤僻却又时而活泼的女孩，我永远都猜不透她的脑子里装着怎样的一个世界。毕业以后就一起被"万恶的资本主义企业"剥削、沉默内向的我们，却因为趣味相投，总有说不完的话题。一如既往地，我们从童年聊到中学,从中学聊到大学,聊到毕业后的工作,渐渐也聊到了理想。遗憾与希望,一直笼罩着无边无际的畅谈。

刚刚毕业工作一年的我们,看到的未来有无穷无尽的可能性。继续在国际顶级的管理咨询公司里打拼直至成为合伙人?奋发图强出国深造然后顺势在华尔街喝咖啡?使劲赚钱让自己真的有一天可以大手大脚地吃鹅肝喝香槟?自己抓住机会搞创业?搞什么?炒房?当煤老板?卖包子?我们哈哈地自顾逗乐。直到皮皮突然说出一个让我惊讶不已,并对未来的我影响深远的一个想法。

"其实,我一直有个想法没和人说过,嗯,你别笑我。"皮皮有些犹豫。

"不会。"

她突然看着我,眼睛里放着光:"我想出去玩,想花一段很长的时间出去玩,兴许是一年,兴许是几年!"

我有些呆住,不知如何应对。出去玩,是指到处旅游么?谁不想,可是有钱吗?可是最好的年纪不就荒废了吗?可是玩了回来以后怎么办,日子如何继续?可是你的出走不就放弃了你原有的一切?

接下来的很长时间,我不停地用感同身受却理智思考的姿态帮她分析着这种想法的幼稚与不可操作性。我没有笑她,我努力去思考这样天马行空的想法有多么的诱人,同时又有多么的荒谬。一个出身寻常百姓家庭、白手起家脚跟未稳的职场新人,谈什么缥缈的江湖梦。

不知为何,我越说越无法打住,出乎意料地兴奋起来。皮皮被我打击得够呛,不过也很快意识到她其实早已洞悉其中的道理。话音一落,气氛戛然而止地沉默,如同看过一场虚拟的现实主义悲剧的沉默。夜已经很深,繁星依旧,空中不时滑过邻近的首场机场起降的飞机,带着远远的呼吸般的轻声呼啸。

"不过，话说回来，如果能出去的话，你最想去哪儿？"皮皮问。

"没想过，也不太了解。去喜马拉雅看星河沙数吧，或者去大沙漠里找绿洲，体验从绝望到希望的过程。"

"你会在北京买房子吗？"

"会吧，好不容易拿到北京户口，总要在这里生根发芽。"

"不如我们算算，现在我俩的积蓄加起来能买多大的房子？"

"……呃，我们能买三平米出头吧。"

"那不就是一张小床的面积……"

"哈哈，那房子可以这样，一开门就是一个床，然后爬上去后关门，鞋放床底。"

"哦哦！整个屋子就是一张小床，所以要充分利用空间，衣服挂头顶，再加一个折叠式的书架！"

"洗漱台要放床尾，要不然撞到头，还要小心漏水！"

那时的我们，远远没有料到自己的戏言会在某一天成为现实。你一言我一语地彻夜打趣，似乎耗尽了我的脑细胞，或者是红酒的后劲，让我有些犯晕。

迷糊间，听见皮皮的声音："其实，我只是觉得如果不出去真正走一趟，我会不甘心。也许外面有我想要寻找的东西。"

我看着皮皮，欲言又止。

天边已经微微泛起了鱼肚白，飞机更加频繁地滑过。我望着天空，说："不如一会儿去首都机场吧，然后搭上任意一班最先起飞的飞机，看老天会把我们带到哪里去！"

她回眸，在晨曦中微笑。

二零零七年的夏初。这凉爽的一晚，我心里的一粒种子开始萌芽。

Chapter 2

心中的日月

这个世界怎么了
另一个喧嚣
蓝衍
神女伤
金沙江的月亮
香格里拉
星空下的藏家婚礼
谜一般的世界
一生只有一次的感动
白水神川
向往
在世界尽头说爱你

这个世界怎么了

【一】

我已经连续六个多月没有回北京好好呆过，租来的房子里已经完全没有了自己的味道。只是平均一个月回北京过个周末，当飞机渐渐降落在京城阑珊的夜色中，心里还会唤起一丝像是回家的熟悉感。

从中学到工作后的每一年，我好像都会觉得是人生中最辛苦的一年。高考多悲恸啊，天天闷在晚自习教室里做题，考砸了一次模拟试就像天塌了一半；大学与一群像是外星智慧生物般的怪物一起竞争，我熬夜看书也不如人家斜眼一瞅来得明白；毕业时又选择是就业还是读研——对专业课没兴趣那读什么，可是就业求职四处碰壁血流不止，最终像块腐肉似的终日只靠打网球来麻痹自己的神经……印象是主观的，可是仍旧觉得以前屡创悲恸新高的每一年都不如二零零七年来得壮烈。

这一年，我居无定所地四处飘摇，似乎与生命相关的种种就只有一个行李箱、一套西装、一台笔记本电脑。上海思南路的梧桐还没有抽芽，一夜之间便来到艳阳高照的南宁；天津五大道的秋色还没有染透，下一个日出之间便要全身包裹地出现在雪后的哈尔滨。我的工作性质决定了我不固定的生活状态——一趟差出上几个月，然后便辗转到陌生的地方重新开始循环。

这样的生活远远不像轻描淡写的表面看起来那么充满乐趣。应接不暇的外地项目不是旅游，无休无止的工作让生活的一切都失去颜色，时常凌晨三点接到老板电话起床赶工的工作方式压榨着年轻身体中的最后一份力气。每当夜深人静，来到一个陌生的城市，一个人像鬼魂一样飘进冰冷的酒店，对着某张也许会睡上半年的床，像情人一样说晚安，已然成为了我的一种恐惧。

"哟，你回来啦？那么突然！"

我一进北京的家门，看见室友和一个女人半裸相拥地坐在客厅的沙发上，女子匆忙将摊在男人大腿上的腿收回。我好像一个不速之客突然闯进了他们的爱情小屋。如果我没记错的话，那个女的是他的女友，可是他的名字又叫什么来着？

今天是二零零七年的最后一天。我从未试过一年间有如此多的因素相互交织，也未试过有一年能够如此令人难忘。友情来了又走了，爱情来了又走了，对菁菁校园时而逃避时而怀念，对事业的凌云壮志时而澎湃时而消沉。每年的最后一天，我总会静静地做着总结，感怀着一年间的失败与成功、悲喜与感恩。

为庆祝这最后的一天，和皮皮约在北京见面。距离上一次见面已经许久了，两人各散东西地奔腾在祖国的大江南北，却像是被拴着的工具，没有丝毫的自由。还好，至少新年夜是自由的。

兴许是两人都太久没有回过北京，对十二月的天寒地冻始料未及。皮皮穿了件很薄的黑色短风衣，从屋子里窜出来时，看见大街上穿着同样很薄的黑色风衣的我，扑哧一声笑开了花，然后只见两个瑟缩的影子像乱舞的黑色塑料袋般，在月黑风高的北京街头散步。

"快说！你现在攒多少钱了？"这种同事间讳莫如深的话题，我简直是闲话家常似的问了出来。

"快四万啦！"皮皮同样是闲话家常般地回答。

"哇！那么快，我才两万多！"

"事实说明，你出差出得不够勤奋啊！"

"唉，还不够勤么……"

对于刚刚参加工作的我们来说，长期出差所获取的差补，是在微薄的工薪基础上一个很诱人的补充。很大程度上，我们需要通过差补的不断累积，来实现积蓄艰难的正增长。

"话说，我们为什么要那么拼？"皮皮问。

"因为要挣钱。"

"挣钱有啥用？"

"吃大餐，买名牌，买车，买房子，结婚，养小孩，养宠物，养老……"

"可是为什么，好像其他同事都那么享受这不要命的工作的过程呢？"

我有些不屑："当所有人都认为地球是平的，你就也会认为地球是平的。"

"可是挣了钱，我为什么不快乐？"

"我也不快乐。"

说完，我在心里狠狠地鄙视了一下自己。作为一个风华正茂、工作不错的好少年，怎么可以这样没有上进心？

一整个新年夜，皮皮的话都很少。她每每在新年或者生日的时候都会情绪低落，仿佛在缅怀着什么已经失去的东西。皮皮一杯一杯地灌着长岛冰茶，我也陪她同醉。

这个世界究竟怎么了？

【二】

元旦假期的最后一天，我再次打点好行李箱，飞向上海。那边的项目组需要一个壮丁，我恰巧很符合他们对壮丁的定义。

我颇喜欢上海这座城市，因为充盈着童年时的回忆。弄堂里炖红烧肉的大妈、向外伸展的晾衣架上嘀嘀嗒嗒滴着水的被单、梧桐合抱的林荫道、糍饭与油条的早餐组合……可是再熟悉的回味，也因为入住到钢筋森林中的陌生酒店而变得遥远。接下来的几个星期，我将要和几位从未谋面的同事一起工作，听从他们的差遣，并努力融入他们的圈子。从参加工作以来，每个项目做完，我便陡然进入一个崭新的圈子，然后努力地迎合。不停更迭的陌生团队，有着各自的风格与奇形怪状的人物，渐渐让我觉得害怕。

上海的这个项目做得格外辛苦。这已经连续第五个晚上，所有人都揪着一份已臻完美的报告，不动声色地陪着项目经理耗时间，白驹过隙形容的从来不是熬夜加班。从公司的大门走出来时，已是清晨六点半，天色微明。

"Jane，几晚上不回去，你的宝宝不会饿着么？"我问身旁的同事。

"没事，我给宝宝买了最好的新西兰婴儿奶粉当后备，我妈会喂的。"

Jane又提着她的保温瓶，说话间上了辆出租车。她是一位年轻的妈妈，据同事说，她刚刚生完孩子两个月，便被公司着急地从月子里拉了回来，然后直接来到上海出长差。为了照顾孩子，她在上海租了房子，把她爸妈与两个月大的孩子都接了过来，同时请了一个上海当地的保姆帮忙照顾。每天，Jane都要早晚各一次去卫生间挤奶，用保温瓶装好，带回去给宝宝。然而，夜夜工作，这母乳已经连续一个星期没派上用场。

"她等着升经理呢，马上就评估了，就算明天要生了今天她也会来。"另一位同事在我身后说。

"原来如此。"我撑着疲惫的双眼，望向老天。她究竟图什么？

一周之后，在项目终于做完的那天，项目组的各位同事欢聚一堂,在人民广场一间叫"芭芭露莎"的酒吧腐败。

"谢谢大家这段时间的努力,我知道都很不容易,但这是对人生成功的必要牺牲。"

经理致辞说到了重点,顿了顿,继续道:"在十年前我刚参加工作的时候,我给自己定下的人生目标是,在35岁之前,要在上海的市中心有两套房产。现在,我35岁不到,已经达成了,三套房产,都在最好的地段,房贷全清。所以,我希望你们也能明白自己的目标是什么,自己为成功的人生又能付出些什么!"

众人仰止。经理自顾自地躺下,抽着水烟,腾云驾雾般。大家开始在袅袅烟纱中讨论着假期如何请老板去度假的计划,身边的两个与我相仿的年轻同事,悄悄打着耳语。

"我35岁时至少要年入一百万。"

"太谦虚了,一百万哪够呀!"

那一刻,我穿过烟雾,看着闭目神游的经理和雄心勃勃的同事,觉得格外遥远。那么我呢,我的人生目标是什么?

"你怎么不报名呢?"Jane端着杯红酒,悄声问我。

"不想去,兴趣不大吧。"

"你应该去的。这种在老板面前露脸的机会,一定要把握住。"

我想着Jane的话,百无聊赖地躺在沙发上,学人猛吸一口水烟,然后竟莫名地飘飘欲仙起来,身体失去平衡地在虚无中游荡,屋顶的彩色琉璃瓦变成了无数光斑。同事们都自然地凑到一起去,产生着强烈的共鸣,眉飞色舞地议论着事业目标与情调生活。看到大家兴奋的表情,我突然想到了去年秋千下的皮皮。曾经说到什么事的时候,她也有这样的兴奋,而我也有过。

我终于再无法苟且于这不伦不类的狭小空间,冲出酒吧,一路狂奔，大喘不已。高架桥上车水马龙灯色迷离，夜上海的玻璃大楼像迷宫般照映着彼此，我却看不到自己的影子。深吸一口气，对着飞驰而过的夜色竭力嘶喊，声音湮没在喧嚣之中，激不起半点波澜。

这个世界究竟怎么了！

【三】

二零零八年一月的北京异常寒冷，却滴雪未落。南方，正弥漫着百年罕见的特大雪灾。从新闻与照片上看到了家乡那冻结得如同电影《后天》般骇人的电线，事无巨细地和在西南老家的父母打着电话，生怕某一天如果不通电不通水后，联系会中断。老妈总告诉我说，城市里一切都好，就是雪凝严重些，路滑些，少出门便可以。

终于结束了上海短暂而坎坷的项目，可以趁着春节的空隙赖在北京作适当的调整。由于出差时已经顺便回过老家，今年的春节我便决定不再赶着大雪灾的趟儿回去了。利用大假前最后的时机，和北京的好友小聚了一把。

我在北京的朋友很少，翻来覆去也就屈指可数的那几个。与小毅久违的约见，高大的他仍旧穿着鲜艳、肥大的衣服，从老远便能鲜活地看到。

与时间赛跑的过程中，大家都变化得很慢。小毅仍旧是不改那猜疑心严重的毛病，猜疑他的女老板是不是话外有话，猜疑他的女友是不是背着他偷汉子，猜疑某天某地认识的一个漂亮女孩是不是暗地里对他有意思。他平均一个月换一个女朋友，号称着不为情所动，其实每次都爱得伤得死去活来，每次又能死而复生得轰轰烈烈。我们在二零零七年相交甚少，却通过稳定的沟通给予彼此慰藉与鼓励。

小毅知道我春节不准备回老家，便请我到他家去过除夕。

"一个人过除夕多寂寞啊，到我家来吧，我家里人可好客了。"他如是说。

我很欢快地应承，心里感谢着这位好友如此仗义和细心。说到底，长那么大，也是第一次过除夕没有与父母陪伴。可是心里深处，却同时有一个奇怪的声音，在抵触着与朋友同过除夕的想法。我不知道那是什么，但压得我喘不上气。

除夕转瞬将至。北京的天气，在冬天时仍然能够那么迷人，我几乎有种冲上景山俯瞰紫禁城的冲动。

小毅的爷爷家是很老式的宅院，静静落在大都市二环内的一隅，周遭的高楼华灯初上，胡同里的小屋却延续着几百年来的微明，温馨感四溢。两位老人都精神矍铄，捧上了满桌的北京小吃与零嘴，看着孙子孙女满嘴京腔互相逗乐，眯缝着眼微笑不语。

我努力地适应着别人的美满。春晚在"白云与黑土"的节目后敲响零点的钟声。小毅与他的爷爷奶奶拥抱，电视机里传出此起彼伏的贺年声，屋外的鞭炮开始噼里啪啦地吵嚷，一切都到了一个最欢乐最祥和的时点。

万万没有想到的是，就在那时，我的情绪崩盘了。一行暖流沿着鼻尖猛然上冲，几欲从眼眶中涌出。

我赶紧离席，跑到屋外的胡同里，以放鞭炮为名好自喘息。情绪都来得太出乎意料，明明是最为温馨快乐的时候，为什么会有那么大反应？这一直藏在身体里却挠不到的东西，究竟是什么？

小毅怡然地放着名为"老鼠屎"、"飞天猫"的鞭炮。胡同的夜相当黑暗，只有上升的烟火闪烁着光芒。亮了，燃尽了，灭了，整个过程就像是许多人生片段的缩影。我才意识到自己是怎样一个患得患失的人。

总是不断问自己大学时如果没有贪恋网球会怎样，是否便也能像室友一样成绩优秀出国留学；总是庆幸一份来之不易的工作，又懊恼为什么没有像别人一样幸运地拿到更好的工作；总是因为一件小小的成就而自信满满，又因为一次小小的挫折悲天悯人；总是因为别人的一句话做梦会笑醒，也可以因为别人的一句话而彻夜难眠；总是莫名其妙地发火，激动到自己无法控制；明明知道最想要的并非现在这样的生活，却死皮赖脸地巴结，在现有的状态上害怕改变，害怕失去已经拥有的哪怕微乎其微的奶酪。

绚烂的烟火照脸上，帮我拼接起了以往一个一个喜怒哀乐的画面，拼接起了所有让我鄙夷自己的生活状态的回忆片断。

"这个世界究竟怎么了！"

一个强烈的声音在内心回响。

"我需要改变！我要离开。"

决意不在小毅家留宿，我需要空间来思考刚才迸裂的灵感。胸口中的那份郁结，如果再不行救治，恐怕就会发疯。告别小毅，从胡同走出，沿着除夕的街灯一个人走着。寒冷的夜，打不到车，于是走得鼻涕变成冰，颤抖着身子回到家。嗖地钻进被窝里，才想起还没有在鼠年第一天给父母说新年快乐，于是带着对家人的想念渐渐入梦。

那么，家是什么？

在什么地方，才有真正的梦想？

鼠年的第一天，早早地起床，去西单买了个四十升的户外背包，独自逛了一整天的庙会，大快朵颐后回家匆匆打整好行包，在中国的地图上一阵摸索，然后订了次日清晨去丽江的机票。

身边的这个世界已经不正常，那就去远方的丽江好了。那个传说中让无数人痴迷忘忧的地方，一定有着为我准备的答案。

我远远没有意识到，二零零八年初，仓猝开始的这场旅程，将影响我的一生。

北京,小毅家门前的除夕烟花

另一个喧嚣

【一】

　　天色渐亮的首都机场。我胸前背后各捆着一个四十升左右的旅行包，踉跄地从摆渡车走出，准备登上晨曦中的班机。

　　东方的地平线，太阳始料未及地跃动而出，整个首都机场瞬间熔进了宇宙的边际。彩云拉成细长的带状，如同穿着不同色彩华服的女子，在红得滚烫的旭日与蓝得深沉的天穹间并排铺开。

　　在终于出发的这一天，北京给了我如此美丽的黎明，是在预召这场旅程的绚烂，还是在昭示，繁花似锦实在心中，无需寂寞远行？

　　呼出的水汽在冬季的刺骨寒风中迅速消失得无影无踪。踏进机舱落座，飞机很快便起飞了。再见，我亲爱的北京！

　　北方的天空干净而透明，大地的褶皱清晰地呈现。远方的天际，一片茸茸的白色云毯柔和地盖在被曙光映红的山脊之上。

　　细细回想起来，这似乎是唯一一次完完全全凭着自己的意志乘坐的飞机，不是为了回家，不是为了工作，不是为了去哪里看谁。琐碎忙碌的生活，是否已经让人们潜意识地奔向人生的一个又一个的目的地，却忽视了过程的意义。

　　对于云南，其实并不陌生。由于玉溪是姨外婆的住处，所以在很小的时候，便已经游玩过昆明、大理、西双版纳。记得在洱海上泛舟时，妈妈轻轻地哼着歌，那时候我的个头还没有她肩膀高；在西双版纳时得了水痘，浑身痒痛难忍却不能挠，很漂亮的导游姐姐于是带着我在傣家的竹楼里吃竹筒饭和烤鱼，不让我下地。病好后第一次赶上的节日便是泼水节，然后被娇小却老道的傣家女孩们灌得再次感了冒……

这一次的旅途，我需要超出自己想象力的意境。选择从大名鼎鼎的丽江开始，是因为传闻中，这是一个即使寂寞，也能欢愉地享受寂寞的地方。坐在古城的小桥流水边，听纳西老人絮絮地讲着往事，忘记着烦恼，日子就这么一天天地过去。也许，真正的精彩还在小桥流水的后方，那个被称作"消失的地平线"的秘境。我不知不觉熟睡过去，迷糊中想象着那里会有一场怎样的盛大洗礼。

睁眼时，窗外已经呈现出一番不一样的南国景致。已是云贵高原上方，一片绿意袭来。看着山峦中点缀着一抹抹蓝色的湖水，我浑身的血液开始撞击！明明在常年的差旅工作中已经习惯了空中飞人的生活，没想到以这样放松的姿态欣赏同样的风景时，会变得那么激动。

美景一幅幅地滑过，滇池还是如儿时的回忆般碧绿而浩瀚，而群山环抱的巨大天池一定是抚仙湖。高山上的风光，有着平原无法酝酿的神秘和壮观。窗外是南方的天空才有的散乱、立体、奇形怪状的积云，我入迷地看着它们投射在山地之上、被风追逐的影子，胡乱地想着，如果速度够快，是否可以踩着云影的边际奔跑？

直到，一座雪山矗立在天边，我知道那便是玉龙。这是我平生第一次看到真正的雪山，心中感受难以言表。

飞机掠过油绿的田野，降落在山间的一个小机场。我清楚地记得自己踏出机场大厅的那一刹那，当丽江刺眼的阳光洒在身上时的那种温暖。我笑了，发自内心地大笑，这场未知的精彩旅程将从这里开始！

【二】

　　丽江是位于云贵高原与青藏高原接壤处的一座美丽的小城。许多人都认为是一九九六年的一场大地震把这个名不见经传的避世小城给发掘了出来，而事实上，纳西族、傈僳族、彝族等民族已经在这里演绎了上千年的岁月。丰富的自然以及文化遗产，使这座小城从开始进入人们的视野的一刹起，便注定成为焦点。记得初中时与学校的英语外教聊天时，问到最爱的中国城市，她的回答是丽江。那是我第一次听到丽江这个名字。

　　晒着滇北的烈日，我胸前背后大包小包地进城了。丽江市如今已经俨然分为新城与老城两个部分，通常所说的丽江古城指的便是大研、束河、白沙等拥有几百年历史、保存完好的古镇区。沿着公路边的随意一条一人宽的小巷子，我一头扎进了大研古镇。

　　眼前的一切似乎立刻回溯了千百年的时光。青石板铺成的小路在古朴的砖瓦楼阁间蜿蜒地延伸，总是在曲径深处疑无路时又赫然呈现一片天地。到处都是客栈，对于肉夹馍般举步蹒跚的我来说，首先要做的是觅得住处。

　　不知为何，丽江古城的客栈都贵得超出我的想象。大汗淋漓地四处打听询问后，我已经身处古城中心的大石桥。只见桥边一个巷子里鲜艳的招牌上歪七扭八地写着几个大字："大石桥客栈，一米阳光拍摄地"。我于是雄赳赳气昂昂地大步走了进去。

　　坐在前台的是一个胖胖矮矮的纳西族小妹。午后斜射的阳光把她留在了阴影里，该是睡得正香。不好意思地叫醒了她，询问住宿。答曰：一百八。

　　"太贵了，六十？"

答曰："怎么可能，最少一百五。"

"还是太贵了，我顶多八十。"

"那不成。"她稍作思考后说，"现在是旺季啊，这样吧，我最少给你一百二。"

"那我再看看吧。"

我掉头就走。事实上，这已经是我问过的十几家客栈里最便宜的一家了，而且也在这么好的地段，我很是心动，琢磨要不要回去。只见那小妹拖着不合身的纳西服装飞快地追了出来，拉住我，用蹩脚的普通话苦口婆心地说：

"帅锅（哥），我刚请示了老板，这样吧。给你一过（个）特价，一百块一间。现在是春节啊，你去喇（哪）里都打不到这样的价格。"她诚恳地看着我。

"好，成交！"

呼，我喘了一口气。这场没有硝烟的尔虞我诈的战争宣告结束，我也终于有了一个落脚的地方。

我的房间是四合院内一个纯木制的小屋，散发着淡淡的木香。屋里挂着各式各样的纳西族饰品，推开木镂的窗户，正对着满台的鲜花。阳光不偏不倚地照在床上，衬得一屋子的温馨。四合院内挂着串起的辣椒、玉米、香包，还有原始的牛骨图腾。情调味浓了些，不过倒也不错。

之所以号称"一米阳光拍摄地"并非空穴来风，应当是不久前，一个以丽江的故事为题材、叫"一米阳光"的电视剧组曾在这家大石桥客栈取景，于是捧红了这家位于古城黄金地段的小客栈。四合院的另一头，风吹得开着的房门吱呀作响，那便是用作电视剧外景地的明星房间，价格不菲，不是我这般的草民可以消费得起。

见小妹又开始睡她的回笼觉，我一溜烟地偷蹭进了明星房，一窥究竟。原来高价并非因为房间装修豪华，而是更优美的环境。整面墙都是落地的门窗，推开后便是一个宽阔的带着木刻廊柱的阳台。阳台上繁花似锦，如天罗地网般交织，而阳台下，是一条清亮的小河，携着宁静不语的温柔，缓缓地穿过古镇的大石桥流向远方。

我若有所思地双肘趴在阳台沿上，忘我地享受着阳光，二得像是电视剧里的男猪脚。直到河岸的某个女游客对着男友发出娇滴滴的声音：

"哇，那间屋好有感觉哦！"

我如梦方醒。原来这就是丽江传说中的小桥流水啊！不敢再二，赶紧跑回自己的小屋，打点好简单的行头，这就开始了属于我的丽江古城的冒险。

丽江古城，与其说是保留着世世代代的纳西民俗的遗产地，不如说已经被打造成为一个供五湖四海的游客休闲、散心、狂欢、猎奇的旅游中心。尽管如此，即使明知所见并非有血有肉的古城，但如我般初来乍到的访客，仍然难以抵挡它扑鼻的醇香。

我手持一份古城地图，沿着参差错落的青石板街巷无目的地散步，沿途是琳琅满目的各类手工艺品店。

有葫芦许愿牌，上面画着看不懂的纳西东巴象形文字，代表着各种美好的祝愿。

有憨厚的女人形象的陶俑。滇北少数民族的工艺品中，大多是以女性为表现主体的，这与他们大都从母系氏族演变而来有关。

有长相实为恐怖的鱼骨玩偶，让我尽情发挥着我的想象力。鱼是纳西族的吉祥动物，但我确信看到了一只脸长得和机器猫一模一样的头发蓬乱的鱼骨玩偶。

印象最深刻的是一家叫"一面湖水"的灯笼店，有一个灯笼上画着三个抽象的女孩，下述几行东巴文字。我问它的寓意，掌柜解释道：世间有三个快乐的姐妹，风的女儿快乐一天，水的女儿快乐一年，快乐的女儿快乐一生。

雪灾的季节，游人较往常少了许多。在古城内散步，到处是慵懒的店家。小狗小猫们不愁吃穿地躺着晒太阳，花开得艳丽骄人，每条小路旁都有一条相随的小溪，移步换景间，玉龙雪山就在北边的地平线上熠熠生辉。

在一个陌生的地方，除了欣赏美景以外，第二幸福的事就是品味小吃了。美食对于我来说，是一生不辍的事业，为此，我已经为自己拟订出了一个详尽的"吃货清单"，誓将此次旅途的所有美食都一网打尽。丽江最具代表性的风味，包括丽江粑粑、杂锅菜、鸡豆凉粉、吹猪肝、腊排骨火锅、野山菌火锅，等等。开始饕餮！

沿街有着许多丽江粑粑的小摊，我随手买了一块，充满期待地咬上一口，竟然是干涩无味的硬面饼，十分失望。丽江的第一口小吃，便倏地一个下马威。我冷静地翻出包里的小本子，在清单上写道：

"1，丽江粑粑：非常难吃。1分。"

自我勉励着经过四方街，又下意识地走进一家凉粉店。鸡豆凉粉是丽江最为称道的小吃了，我决定重拾信心再次尝试。与贵州鸭溪凉粉、川北凉粉不同，这里的鸡豆凉粉是用平底锅煎出来的。凉粉呈类似蒟蒻的灰黑透明色，一面焦黄，腾腾冒着热气。切得极细的萝卜丝漂在凉粉之上，滴着佐汁。我迫不及待地一口咬下，顿时麻辣酸鲜在舌尖乱窜，一方面烫得弹跳，一方面凉得爽滑。我激动不已，狼吞虎咽地连吃两盘后，掏出小本，活像米其林的美食家般，在清单上写道：

"2，煎鸡豆凉粉：这辈子最美味的凉粉！9分。"

黄昏将至。日落前的天空，格外澄蓝，夕阳在路面拉出了我独自的长长的影子。小河拂垂柳，虽无杏花雨落，却细腻得令人突然思绪纷乱。

　　天色渐暗，从古城的最北端一路向南，莫名来到了一条张灯结彩的街道。街边的河水流光溢彩，到处挂满了红色微亮的灯笼。这里是丽江的酒吧街。穿着各式少数民族服装的年轻女孩成双结对地站在各自的酒吧前揽客，唱着歌的，跳着舞的，捧着小块蛋糕的，大叫着"我们要艳遇"的。疯狂的电子音乐、驻唱歌手的撕心裂肺、酒吧服务生的情歌对唱，像是煮沸的开水，在一瞬间冲开了锅盖。古巷里顿时充斥着嘈杂的声响，与先前慵懒得如同静止的古城大相径庭。

　　毫无准备地闯入这一切，我的头脑猛地炸了。我想起了自己曾经在北京和上海终日出入酒吧买醉的荒诞日子。丽江在夜色中的突然变脸，让我手足无措。沿路迷茫地前行，两旁的美色像是妖精招魂般地浮动，我只看见无数手舞足蹈口若悬河，却渐渐听不到她们在说什么。

　　不都说这里可以忘忧么？难道就是靠"借酒消愁"与"艳遇"来忘忧？明明好不容易渐渐将自己融合到了古城闲适的节奏中，抛离了都市中的那个自己，却又在此刻被迫想起。

　　酒色有何难？曾几何时，燃烧的蓝宝坚尼一杯杯地灌，直到看见镭射灯中扭动的身体都变成了幻影，然后不省人事。

　　我竟身不由己地踏进一家酒吧。舞池中，喝高的游客们与穿着纳西服装的女服务生一起摇摆。上楼，选了一个孤僻的靠窗的桌子，燃起一支蜡烛，点上一杯酒。左边是灯影扑朔群魔乱舞，右边是对街的男男女女在用改编的流行歌对唱。啜上一口酒，苦不堪言。风吹烛灭，我像湮没在黑暗中。

　　原来所谓的离开与改变，只是从一个喧嚣，走到另一个喧嚣么？

蓝 衍

【一】

不觉间已在丽江住了十日有余。日日夜夜，在这里可以简单地重复，也可以活得花样迭出。

就像一个刚刚邂逅的人，需要一段时间的相处，了解品性、兴趣之后，才知道能否成为朋友。丽江亦不例外，并非所有的表象都是非黑即白。

丽江的确是一个浓妆艳抹、包装时尚的产品，并以其有点不伦不类的古朴来吸引游客，但每当清晨时分，游人未醒、店铺未开的时候，纳西族的老奶奶们的确背着装满菜的箩筐蹒跚在灰蓝色的街巷，在天亮之前隐没在古城的某个角落；而入夜的酒吧街虽然笙歌饮醉、喧嚣浮华，却的确有无数的人们在这里得到了压力的宣泄，或者找到了艳遇。如何看待丽江，取决于我们到丽江来，是为了寻找什么。

我要寻找的东西，在丽江并没有。但是这里是一个极佳的落脚点，能够接触各类便捷的信息，结识各类"江湖"人物，为自己将来的旅途做做铺垫。

我喜欢独自漫步在清晨太阳初升的古城。万籁初醒，一切就像日复一日进行的承自远古的韵律那样安定和谐，这时才体会到简单的自己。沿着座座小桥行走，透过婆娑枝叶、晨光斜影，目睹着古城渐渐

熙

苏醒。和在河边漱洗的姑娘说声早安,然后从挑着担子卖早点的婆婆那买上一个烧饼。

太阳完全升起后,丽江便恢复到人满为患熙熙攘攘的状态。留心观察,这莫不是一件有趣的事情:一家家木门被撑开了,来打工的时尚女孩在店里换上纳西服装对着镜子装点仪容;姨婆大婶们也从头顶套上摩梭人的套衫面无表情地对着街道开始表演女红与纺织;餐厅服务生在门前写满英文餐单的黑板上涂涂改改,将"9 折,20 元一例"改成"8 折,25 元一例";而打着呵欠的酒吧店小二戴着 Hello Kitty 的眼罩倚在廊柱上打着瞌睡,随手摁着自动揽客的录音机。

最奇妙的一次遭遇,是路遇一位大妈,特别热情地拦路和我聊天,自曝是丽江周边景点玉水寨的管委会负责人,因为受到丽江古城不公正的旅游宣传,所以只有亲自出马来寻找眼睛雪亮的游客。她激动地出示了她的证件,上书"玉水寨管委会委员长"。我觉得很逗趣,稀奇的事情不是天天有,不能放过,于是和她攀谈闲扯起来。

正说到一半,突然又从巷子里跳出一位大叔,猛地抓住大妈的手腕,咆哮道:"你这个死婆娘,我终于找到你了!你这次还有什么话好说!"大妈大惊失色,高声尖叫。我僵硬在原地,不知如何是好。

只见大叔转脸朝向我,面色顿时和蔼可亲地说:"小伙子,这个女人是不是在骗你?你不要相信她!她是骗子!我是丽江古城巡卫队的,专抓她这种骗子!"

大妈一直挣扎,却被钳住手肘动弹不得,于是开始以泪洗面地扑向我,大声嚷道:"小伙子,我没有骗你啊!你快跟他说我没有骗你啊!求你了啊!"

我更僵硬了,呆在原地不动,目送着大叔把大妈像鳄鱼猎食般地拖进巷子。大妈的手一直朝我猛挥,她的声音渐行渐远。

在丽江的日子，类似的有趣故事层出不穷。大石桥客栈的奸商老板设计骗钱，我识穿了其真面目后，一气之下携包而出。盛名之下，其实难副，真正的好客栈其实不用挂山高水深之名。我在丽江先后住过四家客栈，有几个晚上，听着窗外潺潺的水声入梦；有几个晚上，从木窗望出，是山下尽收眼底的古城夜景。

在丽江最大的幸运，是认识了一位纳西族的女孩，小和。她给予了我极大的旅行帮助。

小和是丽江一家旅游集散中心的工作人员，也是一个皮肤黝黑、地地道道的二十二岁纳西女孩。她热心开朗，又有些疯疯癫癫，和她的第一次说话就已经互相打趣。在丽江的日子里，我总有事没事跑到她的旅行社里和她聊天，顺便打听着附近又有什么好玩的地方。而她在尝试了两次游说我参加"一日游"未果后，便彻底打消念头，转而以好友的身份帮我出谋划策。

小和爱丽江，她说到丽江的美景时总是格外动情，也爱听我说着常年出差见识的各大城市的故事。她总是不改地穿着纳西族披星戴月的服装，告诉我说："我们的衣服，背上有七颗圆片，头上也有七颗圆片，比喻披星戴月，表明纳西妇女的工作辛劳，总是星沉而作，月出而息。辛苦吧？"

"那男人呢？"我问。

"地道的纳西族，粗重活都是女人干的，男人只需要钻研琴棋书画歌赋诗学，然后钻研出大成后便成了'东巴'，所以所有的男人，就是为了成为东巴而悠闲地过日子，你是不是觉得像天堂？"

"是啊！那你以后的老公也这样？"

"他敢！"小和掩面狂笑。

为了感谢小和对我旅行的建议，我总请她吃煎鸡豆凉粉，而她也总是吃完后再不屑地说:"你应该去吃我家乡的鸡豆凉粉,比丽江棒多了!"

这是后话。

【二】

在小和的建议下,我去了邻近丽江的一处自然保护区,名为拉市海。

拉市海,在古纳西语中意为"新的荒坝",是群山环抱中的一片湿地。小和说,拉市是茶马古道必经之路,在周围的山岭之间骑马是一件极为惬意的事,而现在恰逢冬季,万千候鸟驻留湿地湖泊,一定令我赏心悦目。拉市海距离丽江只有八公里的路程,像是一盏茶的时间便已经到了。

我的向导是一位年约十五岁的纳西女孩,有个很好听的名字叫阿月。她接触游客并不多,所以时常面露羞涩。阿月颇为爱惜地把我领到一匹马前,嘱托几句后,便娴熟地翻身一跨,骑上另一匹小马,领着我踱向崇山峻岭。我骑的是一匹九岁的马,唤卓铃。

很多人不会骑马,一上马背就浑身紧张,臀部紧绷,不是东倒西歪就是疼痛欲裂。其实骑在马背上是有节奏的,随着马背的起伏,身子自然地随之起伏,不用刻意保持稳态,才是真正的稳态。虽然无甚骑马的经验,但凭着自己一向的平衡感,我还是拿捏得不错。

一开始,阿月不时回头,只是顾着给我交代一些骑马的基本要领,渐渐地便说开了。

"你骑得挺不错的。很多人都不会骑。"

"我也没经验,正在学着,也不是太难。"我感觉良好地说。

"你想走常规的路线,还是我带你走条不太好走但更漂亮的山路?"她忽然问。

"更漂亮的！"我想也没想地回答。越是人迹罕至、风光旖旎的地方，我就越来劲。好奇可以杀死猫。

于是，我们最开始还是寻摸着明显的马道，东拐西绕几个回合后，已经没有了路的印迹，然而眼前的风光，却越发地大气。古代没有通达的交通时，滇藏的茶商马客便是通过这些荆棘密布的山路不远万里的行走着。

无边的松林，在强烈的阳光下变得仿佛透明。一山接着一山，都披着翠绿的外衣，波浪般铺展。河流溪瀑在绿野轻舞，趟过水泊时，马蹄溅起的清脆水声，与幽远流转的驼铃声此起彼伏。偶尔，卓铃在容易走的地方会较快地小跑一阵，我也随之体会着"屁颠屁颠"的异样激荡。我的心中仿佛有一种在久违的狂野，正在被释放。

"这是姐妹湖啦！"阿月突然叫道。

我们的前方森林中，赫然出现了一大一小两个湖泊，湖水绿得沁人，在逆向的阳光下泛着粼粼波光。一条清亮的溪流将两湖连在一起，犹如缎带。

"这里有一个爱情传说哦！"于是她开始滔滔不绝地讲着一对姐妹如何争夺一个男子，最后双双哭成泪人而形成这对湖泊的传说……

"这里是月亮谷啦！"不多久，阿月又指着身旁的山谷叫道。

我循声望去，马蹄边的悬崖下，幽暗不明。

"现在是看不清。但是当月光洒在这片山谷时，谷底能反射出月光，所以远远看去，仿佛是一条很长的弯曲的银色光带，像月亮一样缀在山腰，所以叫月亮谷。这是我们当地男女殉情的地方！"

说到这里，阿月特别兴奋地回头嫣然一笑，仿佛这里寄托了她对爱情的信念。十五岁的花季，心里想的都是什么呢？

海拔渐渐抬升。突然，森林的小道变得开阔，前方像是出现了一个敞开的缺口，闪着光芒，却不知敞口之外是何光景。

阿月笑盈盈地问我："敢不敢奔？"

"奔？"我不解。

"你记住我刚教你的策马技巧了吗？"

"嗯！"

"那就抓紧啰！卓铃很乖的！"说完递给我一枚小树枝。

我深吸一口气，对着马屁股一抽！卓铃一声轻嘶，带着我像离弦的箭一样冲了出去。穿过闪光的森林之门的瞬间，眼前豁然开朗，一片草原漫无边际地放大，我像是猛然跃进绿色海洋的鱼，正以此生从未有过的速度畅游。

我半站立在马背上与卓铃一同狂奔，眼前的所有景物都在疯狂跳跃，风的声音在耳边呼啸。从小就有过这样的梦想，有朝一日能在宽广的草原上策马云奔、风卷扬尘。而这一刻，我竟正在一片未知的空中草原实现着夙愿。这种刺激感何其快哉！

丽江，在拉市海高山草原策马

蓝天映雪，林海拱翠。马蹄落定的一刹，如同一首激昂的交响曲戛然而止，空留大自然的尾声。

　　日光开始倾斜，衬出了山的阴影。晶莹的玉龙雪山在草甸与山坡的尽头闪着柔和的蓝色光芒。森林在微风的拂动下轻轻摇曳，可以听见松涛的歌声。而草原另一侧的山谷之下，竟有一个巨大的湖泊，闪烁着动人心弦的蓝色。

　　那是一种不若人间，却又似曾相识的蓝色。

　　我毫无防备，一动不动地呆在原地，如同婴儿般，措手不及地被这样的色泽感动。随后，又突然间意识到了什么，于是压抑着一颗呼之欲出的心，驾着卓铃向湖水的方向下山，直到脱离了山林，来到开满早春油菜花的谷地。当宁静的湖水终于席卷而来的那一刻，我的意志逃逸了身体，无尽沉溺。

　　我是怎么了？为什么头皮会发麻？为什么心跳得很快，却仍然觉得如此安宁？是什么画面，开始在意识的最深处慢慢清晰？一时间，我仿佛来到了宫崎骏的风之谷，在一个本不存在的世界里找寻曾经的梦。

　　这便是拉市海。

　　孩童在春耕的田边嬉戏，村民在夕阳中劳作，绿油油的田野中满是布口袋做的稻草人。我回过神来时，已经坐在湖中的小舟上，看着四周怡人的乡野风光。

　　阿月把我交给两位船夫后，领着卓铃走了。大梦初醒后，蓝色的湖水已近在咫尺。湖的中央有几棵树，刚刚春绿的枝梢随风轻摆，似出水芙蓉，格外妖娆。鸟的鸣声不绝于耳，天鹅在百米开外的水面扑打着翅膀。

　　船夫是阿月的两位哥哥。简单地打了几句招呼后，我闭上眼，正准备弥漫进水的香气，便被这两位与先前意境完全不搭调的小伙子给打断了。

"快看!眼前的这座山叫老虎山。因为形似一只卧虎,据说是一个凶恶的女人变的!"

"看右边!那个叫美女山。你看像不像一个仰卧的美女,两个奶子朝天?好看吧?哈哈,我们拉市海的渔民无聊时就望着她发呆。"

我使劲地点头。费了九牛二虎之力,我才从刚刚的蓝色诗意中把径自陶醉的自己给扯了出来,以投身到男人们对大自然形象的爱慕中去。

夕阳中,两个男孩一唱一和地唱着山歌,嗓音嘹亮而质朴。太阳晒得我难以睁眼,只勾勒出金色的湖面和他们交错划桨的轮廓。这一幕无比动人。

阿月牵着卓铃在一个湖湾等待,要领我去她在湖边的捕鱼小摊吃晚餐。枕着太阳最后的一丝光芒,阿月的妈妈给我烤着鱼,爹爹给我倒上纳西人自己的酒,两个哥哥继续能说会道地东拉西扯,她八十岁的爷爷在水岸的田埂背手踱步,长长的胡须也被夕阳染成了金色。

酒肉间,和一家人聊天,夸他们果真美味的鱼,和这里保护得完美的原生态风味。阿月的爹爹说,很多拉市海的人都到丽江去谋求发展了。当地要求拉市海作为丽江周边旅游的原生态景区,所以不能像丽江那样被商业化地开发。

我问,难道这样的感觉不正是游客想要的么。丽江古城渐渐变成了一个餐饮、酒吧、小卖部集中起来的跳蚤市场,里面穿着成纳西族人的商铺老板也大都不是纳西人。如此这般,将失去了原本的意义。

阿月爹爹却说,其实,拉市海的住民是不希望保留所谓的原生态的。他们情愿像丽江那样被大肆地开发,即使失去原来的自然风貌也无所谓。原生态,意味着贫穷。

我低头不语。直到夜色朦胧,我才不舍地离开。阿月爹爹的话,让我回味了整个旅程。

【三】

丽江古城的夜。一个人走在无人的街道中，安静得能听到脚步的声音。路过了一片头顶挂满许愿牌的走廊，举起手臂，指尖轻轻拂过一个个木牌，响起叮叮当当的铃铛声。昏暗的灯笼，照亮着身边的三五个许愿牌，色调淡雅而温馨。每个人都在这里留下了美好的祝愿，我也不例外。

再度经过那些莺歌燕舞的声色场所时，我已经不会有最开始的怀疑和抵触。即可以站在窗外旁听酒吧里的外国歌手谈着吉他唱着走调的 Hey Jude，又可以付之一笑地看纳西小妹爬到屋檐瓦片敲锣打鼓；可以兴高采烈地与四方街上手拉手围成圈的陌生人一起跳舞，又可以若无其事地从前一分钟的喧嚣走到下一分钟的寂寥。

相由心生，有什么样的心情，便看到什么样的世界。躺在客栈的床上，听着隐约的潺潺水声，渐渐惺忪。我似乎已经意识到自己寻找的是什么。从初见拉市海的那一抹蓝起，曾经年少的梦想重新开始衍生。

丽江，某个酒吧，某个歌手

神女伤

【一】

猪槽船在舒缓的浪尖起伏,时而激起水花,打在脸上透心的凉。身后的息娃娥岛越来越远,回望时,仍然能够看到寺庙外飞舞的经幡,与崖岸被拥簇在花丛中、面朝湖水的一把木椅。海鸥群仍旧跟在船尾像风筝一样飞着,吃饱喝足的它们已然没有先前叫得欢了。

一个小时前,车子仍在满是积雪的山路间盘旋。只是一个转弯,白雪为发的山岭中赫然出现了异常壮阔的高山湖泊。日月同辉,天蓝得不染尘埃,峡湾般幽静的水域中,离岛散布。当远远的泸沽湖带着神秘的幽蓝水色闪过瞳孔时,我确信自己见到了此生见过的最美的风景,原来以为梦里才有的地方真的存在于世上。

而此时此刻,我已经坐在了泸沽湖摩梭人特有的猪槽木船上,离开湖心供奉着菩萨的息娃娥岛,在碧水蓝天中前往里格村。格姆女神山摊开褶皱的绿色衣裙,端庄而慈祥地坐在湖畔。

对于我来说,泸沽湖是丽江周围最美的一处存在。事实上,虽然地属丽江辖区,却要在崇山峻岭间辗转大半日的时间,才能到达这处云南与四川交界处的圣湖。比起艳遇丽江、风月大理这些非古非今非雅非俗的矛盾体,泸沽湖就像是一个遥远的僻静的桃源,不染风尘地保留着几千年来摩梭族女儿国的传说,藏在某个世人无法轻易企及的角落。

到达格姆女神山脚下的里格村时,正逢夕照,山巅的裸露崖岩被映得如同半颊红纱。冬季的湖畔还没有作物,两三只牛犊在田埂里翻找着贫瘠的晚餐。

里格村沿着一个伸到湖里的小半岛而建,共二十来户人家。临湖只有七八座小木房子搭成的客栈,相较远处开发得如火如荼的洛水村,里格有着足以诠释泸沽湖神秘之美的安静。

暮色渐垂寒风起,一起抵达的几位游客都鸟兽散地找客栈了。我却背着偌大的包,不慌不忙地信步在湖边,感受这相连的水天中色彩的微妙渐变。天空的蓝色全然褪去,只余半抹瑰红。山棱之下化为墨蓝,雪盖仍旧像白天一样明亮。一缕缕的紫色涟漪,吹起在湖面,铺展在人心。这样的地方不必急迫,我需要花更多一点的时间来告诉身体里的每一个细胞,接下来的日子,我要住在这里。

隆冬淡季又恰逢雪灾,这一个晚上只有稀稀拉拉的几位客人来到里格。僧多粥少,湖岸客栈的老板们纷纷瞄准我这个背着大包悠哉游哉观湖、显然还没有找好客栈的猎物。只见十来位年纪、装扮、性别各不同的店家,从各个方向朝我奔来,然后噼呖啪啦地炸开了锅。

"帅哥,住我家吧!我家是里格最后的摩梭人开的客栈,他们都不是!"

"我们'摩梭往事'也是摩梭人开的,而且是里格最大的客栈哦!"

"来我们'扎西家',听过扎西吗,摩梭人的走婚皇帝啊!我们那里最热闹!"

我还没来得及反应,一个小男孩把我拉到一边悄悄说到:"你要来我们这儿的话,我晚上给你找几个大姑娘,和你走婚!"

我一下乐开了花,猛拍他肩膀大笑。我哪里受得起!这为了抢生意,还真是无所不用其极啊。走婚是摩梭人"男不娶女不嫁"的独特风俗,摩梭女子与"阿夏"相爱,便可以互相结合,无须承担后果。这源于母系社会的原始风俗如今已经逐渐被现代文明融合,纯粹的走婚不多见了。

我最终选了一家最小的客栈,名为"路过客栈"。因为客房前正对着泸沽湖最美的角度,也因为我于这里而言,仅仅是个路人。

我狼吞虎咽地在一家食肆独吞了美味的山菌牛蛙火锅。然后一边在"吃货清单"上打着分数,一边飞快地奔向湖岸,融入那无声的灿烂。这一天最美的时刻,刚刚来临。

弥天盖地的火烧云,顷刻间席卷了天穹,黄昏的美再不是之前的几分钟所能比拟。天上的火海与水中的火海互相燃烧,白雪为盖的青山红了华发,里格半岛携着几株云杉化作分隔天地的黑色剪影,岛上几点微明的火光奄奄欲熄。

泸沽湖、黄昏的火烧云

我想起了泸沽湖哀艳的传说。格姆女神和她的"阿夏"瓦如卡那男神相会那晚,因缠绵沉醉,男神跨上神马刚准备离去时天就亮了。天亮后他再不能回去,神马被缰绳一紧而踏下一个深深的马蹄窝,马背上的男神化成了东边回头望的瓦如卡那山。女神伤心的眼泪注满了马蹄窝,这个注满爱情眼泪的马蹄窝便是泸沽湖,而她则化成了格姆山。

天火将一切燃尽,炽热之后的湖水化成酒红。绵延的湖岸只有我一人身影,这一天一水一人间产生着共鸣。美到极致时,竟也会让人觉得落魄。泸沽湖的确是哀伤的,我很讨厌自己当时无法抑制的矫情。

这一晚,适逢引山泉的水管冻裂了,大风又吹断了电线,全村停水停电。回到客栈,坐在阳台上,裹着毛毯抵御寒风。银色的湖水之上,是月夜星河的照耀。对这圣湖的痴迷来得太过突然,一个里格又怎够我消遣?所以我决定徒步转湖。

【二】

次日,黎明未至,我便爬到半岛上的山头,面朝几乎三百六十度的湖水等待日出。须臾之后,随着神山红髻,炊烟升起,熟悉的炽红再起装裱了山林。湖岸的村舍仍然嵌在曙光未至的地方,而早起的水鸟已排成一字,如银色蛟龙般游弋在远方。漂着晨雾的湖面,一叶慢慢摆渡的小船若隐若现。世间万种风情,有人演绎,有人欣赏。

初出茅庐的我,连看到大美风光也会一惊一乍,更无从谈起户外徒步的经验。此时的我完全是一副城市度假一族的装扮:只有风衣、牛仔裤、围巾、底面光滑的休闲鞋、一张巴掌大的地图,没有遮阳帽、没有登山杖、没有手电筒、没有露营装备、没有常识、没有脑子……然而始终敌不过对旷世大美的渴望,于是只顾着往包里塞满零食，便雄赳赳气昂昂地离开里格，沐着温暖的晨光开始我的徒步转湖征程。

徒步转湖从里格村开始，顺时针进行。转山转湖是藏传佛教向神明祈福的重要仪式之一，他们相信通过转山（湖）可得到无量的功德和渊博的知识，并能舍去自己的恶习和痛苦。虽无此信仰，但我相信转湖之旅定能为我带来什么启示。

天气一如既往的晴朗，令人充满斗志。我沿着盘山公路渐渐爬升，渐远的里格半岛仿佛一颗水滴缀在格姆山脚。每走过一个湖湾，总有一个孤独的小屋靠在岸边，拥着整齐的大片农田，独自凭吊着这光与影的世界。极目眺望，绿色的山峦之后是连绵的雪山，却远得朦胧。此时的我，对雪山究竟长成什么样子，还是有着近乎膜拜的憧憬。

一路前行，我哼着许巍的歌曲，不断地发挥着自己的想象力，譬如湖中的一个岛像一只撅着屁股泡澡的猩猩，而前方的这个半岛就如同一个晕倒后耷拉在水里的孔雀头……跃动的心，像是快乐到了极致！

一个个的村庄依次出现，每个村庄都独拥着一片如世隔绝的湖景，也藏匿着属于自己的传奇。

同在格姆神山脚下的尼赛村，是个比里格更小的村落。田间池塘与湖泊相映成趣，一高一矮相互依偎的情人树演绎着湛蓝天涯外的脉脉温情，这里也许是环泸沽湖最浪漫的地方。

泸源崖边的大咀村，则给人一种来到不知名的小海岛的错觉。湖面几乎与村庄等高，白浪拍岸，像是随时都会轻扑到村民的脚下。水中随机地散布着许多半浮半沉的猪槽船，无数水鸟栖息在船的周围。这里有一种凌乱却怡然自得的美。

最大的惊喜莫过于小洛水村。我随意地走进一家民居，却竟然邂逅了大名鼎鼎的摩梭走婚皇帝扎西。他正带着几名游客在此处家访，实为巧合，于是和他聊得兴起。说到走婚，他格外自豪地说："张艺谋的《印象丽江》里介绍到摩梭人时，那个演员很自豪地说'我有五个老婆'！我笑了，什么啊，才五个，才我十分之一！"我听罢，掐指一算，遂瞳孔浑圆，五体投地。心想除了杨二车娜姆，也许再没有比扎西更牛的摩梭人。

然而，在小洛水村真正令我动容的，是一户老婆婆家。若在秋天时来，这户院子的树上会坠满梨和苹果，或者熟了掉落在地上，转湖的旅人经过，老婆婆会很热情地请吃水果。老婆婆的孙子才八岁，推着自行车带我去买水。他无论去哪里都会推着爱不释手的自行车，那是曾经的某个游客送的。我离开前，小弟弟害羞地说想留影，然后将了将头发，又用手拭掉鼻涕，努力地对着镜头笑着。一刹那，我心底某个位置猛烈地痛了一下。

离格姆女神山已经开始遥远，云影在大风中于山间乱舞。又是若干个村庄过去，恍惚间，我觉得自己就像是活在了另一个人生。在那个人生中，怀抱着一腔对生活、理想的勇敢和热情，就算前路迷茫，也永不停歇地在未知的世界冒险。在那个人生中，与挚友仗剑江湖，与爱人浪迹天涯，坦坦荡荡，只为那心中不灭的理想与自由！

现实，却用各种方式阻碍前行，对于我这样一个毫无准备和经验的徒步客，尤其简单得可笑。进入山区后，日渐西薄，冷风扑面。漫长的路上，食物与水准备不足，疲累、饥饿接踵而来。一条长长的路，花很久的时间走到头，爬过个山头，却又是一条同样的长长的路，无穷无尽，周而复始。虽然身体无碍，可是穿着一双硬底的休闲鞋连续疾行了几十公里，脚底已经极为肿痛。天色一分分渐暗，体力一分分耗损，前方的路却依然未卜，我不禁嘲笑自己的天真。

人到了极度饥饿的状态，会产生幻觉。我于是开始用幻觉给自己打气。

"天上的云一块块儿连在一起，好像一块大年糕！"

"山下一条条的田埂好像三元钱一根的台湾烤肠！"

"坚持走下去，今天晚上就能吃到路边的那只小肥羊！"

"坚持走下去，你就可以找到老婆！"

神志随着身体的垮掉开始不清。我却知道自己一定会坚持走下去，否则就是自己抽自己一个耳光。人不可以太任性，反复无常地索求和放弃同一件东西。如果顺则勉、逆则怠，如果不对自己转湖的决定负责，我会以自己为耻。

这场仓皇的出行，本是对自己原有生活的逃离。却在与天地大美不经意间的邂逅中，萌生出一种新的感悟。此时此刻，在恍如幻境的泸沽湖畔趟过一个又一个不知名的村落，体验着惊喜和疲累一轮又一轮的上演，我才深知自己骨子里流淌的一种最初的梦想，正在逐渐显现出从未有过的清晰轮廓。

夕阳将我的影子拉得很长，贴在我身前的地面上，像是在匍匐。不知过了多久，终于再次看到熟悉的人影，路过的摩梭人对我热情微笑，放学的孩童骑着高头大马拉风地回家。这里是草海附近的村庄了，我重拾了气力，大步流星地赶往草海，去会那最一天中灿烂的时刻。

踏上草海桥的一瞬，突然霞光万丈，草海带着狂风的呼啸，像是有生命地热烈燃烧。我缓缓地在踏上栈桥，不舍得走太慢，不舍得走太快。绷紧的神经顿时释放，心中暗涌着一种肃静的激动。大风忽而消失，残阳似血，湖面倒映着云霞，草原仿佛长在紫色的天空，水岸甚至呈现出令人难以置信的彩虹般的分层光彩。 我一辈子也不会忘记那顷刻间的美丽。

同样是泸沽湖的日落,给我的震撼却是截然不同。里格的日落,美得令人慵懒,只想静静地坐看一面湖水的温存;可是草海的日落,却让我思绪停止,两耳丝毫听不见任何声响,只能感到血气在躯壳内奔涌的搏动。

画面随着金色和紫色的沉淀而定格,冬季的夜风吹起,我大梦初醒。走过草海,才发现自己来到了一个更加孤僻的地方。天色褪转为鸽灰,除了湖面凌乱着三四支朽坏的猪槽船,再也没有人家。

暮色下气温变得十分寒冷,紧绷的压力经过刚才的彻底释放,一天积攒的疲累顿时袭遍全身。冷得不住发抖,分明地听到自己的牙齿猛烈敲击的声音。只想找个安稳的地方落脚,然后简简单单地想一些事。我翻看地图,这里是娜洼、木洼,还是舍夸?如果我有帐篷,是

泸沽湖,彩虹般的神奇湖水

不是就可以不受地点的约束？可是这个夜晚，该去向何方？

接下来的几个小时，天色渐渐变得几乎全暗。夜的泸沽湖已经是零下的温度，寒风刺骨地打在脸颊。那是一种近乎绝望的痛苦。

我无知无觉地朝着村庄的方向前行。站在山头，远方终于出现了村庄的灯影，就像沙漠中的绿洲般，给人以强烈的回家欲望。黑夜中，不知何处来的勇气。我没有选择回头走一条安全的路，却一头扎进了未知的前方。村子的光影越来越近，而山坡也越来越陡。冬季的山石都风化成久旱的砂粒，我的鞋子并不防滑，令我不得不渐渐需要每一步都靠抓住旁边的树枝往下试探。直到抓着最后一棵树苗探下，已是沙砾陡坡的尽头。前方并没有路，只是一个空荡荡的悬崖。

小心地往前探视，却看不到崖外漆黑一片的下面是什么。毕竟下了很久的山路，已经是一个靠近村子的小山坡，现在的小坡崖不会太高。正当我蹲在崖边，考虑着是如何才能安全地攀下时，鞋底的砂石却突然开始自己滑动，将我往崖外推送。我想抓身后的树苗，但树苗早已在一米开外。

我连思考和恐惧的时间都没有，就已经飞出了悬崖沿。伴着心里一阵惊呼，瞬间使劲睁大双眼，望着脚下的无尽黑暗。

都说人死前的一瞬，脑里会飞快闪现出人生的许多片断。我的大脑却一片空白。

几秒钟的时间，如隔三秋。我重重地摔到崖壁脚下。谢天谢地，下面是一片倾斜的刚松过土的农田，岩壁也只有十几米高。我一屁股深深坐在了田里，顺势躺下翻滚了两个圈，疼痛和抽搐，潮水一样笼罩着全身。但我清醒地认识到，至少我还活着！

几只大狗的叫声突然响彻四方，逼得我忍着剧痛赶紧爬起，一瘸一拐地在黑暗中朝依稀的光亮走去。穿过农田，渐渐有了黑黑的民宅，最后是点着路灯的街道。我总算回到了人间。

　　这时，才感觉到左脚踝的扭痛欲裂，双手应当大面积地扯破了皮，走了几十公里的脚底已经肿得失去了知觉。

　　我携着一身的泥泞不堪与伤痛，走到路旁的一家小店。店主夫妻很热情给我烤了肉，我终于理解了落难皇帝是怎样的一种窘迫。我和店家聊了转湖的经历，聊了摩梭人的传统与未来。一杯苏里玛酒下肚，甘甜中又带些药味，僵冷的周身便很快暖和起来。

　　湖水在路的一侧呢喃。抬头，仍是那一片星空。我回想着这场任性、惊艳、疲惫、危险、矛盾的历程，回想着挥之不去的草海日落与跌落悬崖的数秒光阴。或许一场大雨天根本没有日落，或许带了睡袋和帐篷就可以庐天席地，或许那个崖壁不是十几米而是几十米……

　　我努力回想在跌落的瞬间，脑中曾有的情景。

　　鼻子开始发酸。我究竟勇敢了多少，又舍得了多少。

【三】

　　离开泸沽湖的那个早上，我慵懒地躺在床上，被第一抹阳光唤醒。

　　惺忪地睁开眼，只见霞红的湖水、遮面的晨日和温暖的被窝。落地木窗外，红扑扑的太阳刚刚爬过山头，泸沽湖水闪耀起一片星芒。我情不自禁地笑了，此刻的幸福，仿佛徒步转湖的一切艰辛都是场梦。

泸沽湖,被阳光叫醒的被窝

金沙江的月亮

【一】

　　丽江以北的老君山，是和玉龙雪山齐名的山脉。它像一座天然的屏障，将金沙江与澜沧江南北分隔。自从泸沽湖一别，对大自然的向往愈发强烈，黎明千龟丹霞与九十九龙潭的美景，相继成为我的精神食粮。

　　从老君山回丽江的车沿着金沙江疾驰，窗外下了整日的阴雨。山丘怀树，水绕沙洲，略带模糊的河谷风光像是一幅连绵不绝的中国的水墨画。车行至半途，停在了一处河湾，暂歇片刻。

　　这里是长江第一湾。金沙江一路由北往南，流经此处时急剧地转了个几乎一百八十度的弯，突然向北流去，故而得名。站在河湾一岸，可以看见这里与别处不同的大气光景，层叠的山棱带着男人的刚毅镇在北岸，湍急的江水由于猛拐而打着漩涡，滩涂满布杨柳，江心弯曲着一片宽阔的沙洲，但由于视角太低而看不清形状。

　　我很高兴地掏出电话打给小和。每逢遇到惊喜，我都会向她汇报。

　　"小和，猜我在哪？我坐车经过了一个叫长江第一湾的地方，这里真是漂亮！"

　　小和的反应让我惊讶："那儿就是我家啊！"

　　我差点没掉到江里。原来这里就是小和的家乡石鼓镇，坐拥着金沙江大气的风光。她告诉我，江心的那个沙洲格外好看，但是要好天气爬上山头俯瞰。

"你要不就别回来了！"她继续说道："在石鼓住一晚吧。就住我家！可是有点简陋，别嫌弃啊！"

"好啊，好啊，我求之不得！"我兴奋地答应道。又一次突然发生的惊喜，旅程中这样的趣事怎能放过。

"我爸还能带你爬山，去看长江第一湾真正的美景！你就在码头等吧，我这就打电话让我妈妈去接你！"

我欣喜万分地把旅行包从车座上扛下，然后目送着疑惑不解的乘务员随车远去。

石鼓的公路才修了没几年，这个小镇正以前所未有的速度蓬勃发展着。要说石鼓镇最吸引人的，并非诸葛亮南征孟获所立的巨大石鼓，也非茶马古道历代贸易遗留的民俗，而是那横亘在路边，一摊一摊摆着卖的鸡豆凉粉！原来曾在丽江让我垂涎三尺大快朵颐的小吃，竟就是产自石鼓。我屁颠屁颠地跑到一家人声鼎沸的凉粉小摊，揉揉肚皮高兴地坐下。

几十块两寸见方的鸡豆凉粉在炭炉上的平底锅中嗞嗞地弹跳，蒸气携着香味从一面焦黄的凉粉下往上冒着，这是一种任谁也难以抗拒的诱惑。除了冷天热吃，暖天凉拌，这里更有用爽滑的凉粉皮做成的春卷。摊主大婶忙得不可开交，给围坐的人们调料。在丽江古城十五元一碗的鸡豆凉粉，在这里只卖一元，还味美不可方物，乐得我一阵囹圄。

未过多久，小和的妈妈便撑着一把花伞，悠悠地从山坡上的村寨后走出，热情地朝我挥手，身边还带着小和七岁的弟弟。阿姨面容格外年轻，难以相信是位已逾五十的农村妇女。我表示感谢，并给小弟弟买了一大袋乱七八糟的零食后，跟着阿姨踏上田间小道，朝山坡上小和的家走去。

梯田层层叠叠，开满了早春的油菜花，在雨后晴空下显得扑朔迷离。一条蛇行的小路伸向漫山金色的后方，我想起了童年时的学校旁，也曾有过这样宽阔的田野，放学时经常偷跑进田里捉蜜蜂捕蝴蝶，偷蚕豆，烤地瓜。

一棵双人合抱不及的古树旁，红砖墙上盖着青瓦，木门贴着一对门神，那便是小和的家。前院两百平米见方，有土的地方都盛开着灿漫春花。正门主厅外，贴着"国泰民安千门报喜、天祥地瑞万户迎春"的对联。厅内很暗，一个昏黄的老式灯泡摇摇欲坠，能看见一个小的海绵沙发与漆木柜，墙上贴着一张印迹斑斑的山水画，唯一的家电是墙角的小电视机。

小和的爸爸很客气地招呼我就座，问我从哪里来，到哪里去。暗光中可见，大叔非常魁梧，大眼浓眉，一圈络腮胡子围着满脸横肉。他语速很慢，经常欲言又止。我突然觉得像是在与儒雅版的李逵聊天。

天色未暗，晚餐便已经做好。炒土豆片、炖腊排骨，蒜苗炒肉丝，白菜豆腐汤，还有一小碗用来作蘸水的老干妈辣椒。阿姨显然是摆出了宴客之席，我有些不好意思。边吃饭边说话，才发现自己由于时常独处，嘴很笨，冷场得有些尴尬。想象如果换成是疯兮兮的皮皮，或者伶牙俐齿的小毅身处这样的陌生环境，气氛一定会很活跃。我于是开始拿自己的鼻子开涮，大讲这张脸是如何在泸沽湖徒步时被烈日灼伤成这副德性，再添油加醋地说到如何从地狱般的工作与大城市生活中逃离。大叔阿姨止不住地笑。

赶在黄昏之前，夕阳未沉，大叔带着我进入莽莽山道，赶往俯瞰长江第一湾的绝佳地点。先经过若干小溪,再攀过一片焦黄的枯草坡,最后在一堆路不像路的树枝间穿来穿去。大叔家的两只小狗一路相随,温顺的一只叫"哆来咪",凶的一只叫"吉祥小宝",我暗笑大叔也有如此未泯童心。

大叔总是在前面走得飞快,突然扭头问我:"小和有没有告诉你,看到我时会被吓一跳?"

我说没有,为什么会吓一跳?

大叔说:"我的面相比较凶,一般人看到我都会觉得我吓人。"

我笑答:"那不会。因为别人也说我爸爸是面相很凶的人,我看惯了。其实你们面相都蛮好。"

终于来到山腰一处突起的平坝。这是石鼓即将修建观景台的地方,但更好的位置在数百米开外的断层之上。前几天,雪泥石流冲毁了山径,要攀登并非易事。

我趟过乱草,拨云见日般地看见长江第一湾格外壮阔的风光。金沙江面变得格外开阔,嵌在江心的巨大沙洲,竟然是一弧弯月的形状!万丈霞光从云层中射下,在山峦江面上洒出点点光斑,如天堂之光照耀尘世。我想起小和说的话,庆幸自己果断选择了留在石鼓。

大叔站在齐腰的枯草地中,晚风吹起时草如浪涌,却只有大叔毅立不动。他向我描述着金沙江的四季四彩,春季翠绿、夏季浑黄、秋季泥红、冬季清蓝,就像是描述自己的家人。

"你怕狗吗?"大叔问我。兴许是村里狗较多,怕我畏惧。

"还好。比较凶的狼狗会怕。"

"我小时候也怕狗。"大叔说:"后来有一次被七只狼狗围攻,没有办法只有硬着头皮干了。打跑最后一只狗后,我就再也不怕了。"

真是武林前辈啊。我暗笑:"老爸,你有对手了!"

石鼓镇的青砖黛瓦已沉入暮色，大沙洲在眼前变幻着光泽。大叔开始回忆他的人生，说起他年轻时胆子大，爱冲动爱闹事，打架酗酒赌博，做生意不成，性子又刚烈任性。打打杀杀到五十岁，却庸庸碌碌一事无成，感觉人生很是失败。

　　我有些惊讶大叔会和我说这些，只是在一旁默默地听着。也许因为我只是个过客，也许因为金沙江的博大有着包容一切的力量，人在这样的地方能够敞开心扉。

　　"我过几天就要出发，去越南，一年，和朋友做点生意。"大叔立志在天命之年再搏一次。

　　"阿姨应该不好受吧。"

　　"嗯。"

　　风过无痕，大叔的背影巍然不动，我想起了自己的父亲。

　　"江水的对岸，是藏族人的地盘。我们纳西人和藏族人在这片土地争斗了几千年，却好像渐渐变成了邻居。那里是香格里拉，比我们这边美很多。"

　　香格里拉，这个让我魂牵梦萦的名字。从大叔的口中听到时，却和书本里描绘的意境不同。这半个月的日子，我都在为前往香格里拉做着准备。眼前的巍峨大山身后，究竟是一个怎样神秘的地域？

　　是夜，我睡在客厅左边的房间，一张小床，一把木椅，一个悬在梁上的灯泡。墙用纸糊了一层，一丝月光从天花板上的纸缝透进屋里。床铺和被子有一股典型的农家味道，那是养猪种菜的农户无法避免的。我想起曾经的自己辗转于各大城市的五星酒店，对床宿是如何挑剔，可现在苟且于此，竟是这般舒坦和感激。被灼伤的鼻子如同火燎，右脚大趾疼得我想切掉它。既然选择了自然，那么就彻底去感受自然。门外虫鸣如夜曲，我心安入睡。

【二】

次日黎明，我在日出之前起了床，独自爬上后山，攀过泥石流冲毁的断层，去目睹长江第一湾真正的大美时分。

晨曦中的河湾格外静谧，绛红的云朵倒映在蓝色江面，巨大沙洲像银色的弦月般飘在水里。江北的锥形大山，在腰际飘着一绺绺绵长的云带，温婉宽阔的金沙江环绕山体，将其隔绝成仙境中的岛屿。

当第一缕阳光翻越山头，终于照下的一瞬，月亮沙洲竟然被对称地从正中分隔为二，一半流丹，一半浮翠。暖色倾泻在尚在睡梦中的石鼓镇，层叠梯田又整齐分隔得像是开心农场。先前冷峻冰清的仙境，突然变得温暖可爱。

我坐定崖前，一边拔着手上攀越荆棘留下的刺，一边傻傻微笑地看着浸满视野的这个幻境。即使是那么真切地目睹，我仍然觉得难以相信世间真有这般太过童话的造物。如果人们每晚抬头看到的是天上的明月，那么天上的神仙看到的，一定是此刻我眼前的这个月亮。

喝过小和爸爸给沏的酥油早茶，不忘最后饕餮一番鸡豆凉粉后，我再次上路，沿着金沙江一路徒步到了老君山脚的红岩。旅途中遇到了一位背着八十升大包、狼狈不堪的小哥，给了我很大的启示。他的帐篷扎在江边的一处孔雀尾羽状的沙洲上，所有的峰群都乖乖地倒影在帐门前的幽静江水中。这位小哥已经独自在外漂泊半年了，一直以徒步行走天下，挨哪儿睡哪儿。说到石鼓时，他原来也攀

越过泥石流后的断层,我们相视而笑。

原来背着营帐,便能够翻山越岭四海为家,我又何尝不可!望向金沙江对岸的重重大山,香格里拉,等着我。

石鼓,晚冬的日出

香格里拉

【一】

去香格里拉是这次旅行的夙愿。在决定出行之前,满地图地找着心仪的地方,然后这个名字跃入眼球。我一直觉得有些地方,只是听过名字,便已知向往已久不得不去,比如雅鲁藏布,比如冈仁波齐,比如香格里拉。

相比香格里拉,丽江的热闹与繁华足以让每一个心在四方的过客都得到丰富的信息和万全的准备。以丽江为起点,我不断地摸索着自己对旅行的理解,寻找着自己真正想要的路。

于是,梅里雪山,带着令我心脏暂停跳动的传说出现了。她那绽放在喜马拉雅东麓的神性光辉,即便只是凭空想象,亦已经令我感动不已。旅途中的每一站,我总在不断地朝北方的天际遥望,我知道那里有梅里,有生命的答案。

小和店铺的墙上,便挂着一幅三米宽的巨大照片。小得袖珍的前景是金沙江的弯曲沙洲,而山峦之后几乎布满整个布景的,是一座合成上去的巍峨雪山。那刺破天空的高耸,洁白无瑕的神圣,远非玉龙雪山可以比拟。我笑说这山也画得太假了,小和说,那是缅茨姆,梅里雪山群峰之一。

我发了疯地想去梅里,这种近乎本能的盼望随着时间的推移而越发强烈。可是天意弄人，恰逢雪灾之年，梅里雪山早已经封山数月，根本不可能靠近。每一天，我都迫切地请小和帮我打听梅里的情况，得到的答复却一直是坏消息。久而久之，丽江各大旅行社、各大酒吧客栈的驴友板前总是晃动着同一个人的身影，那是我在焦虑地四处拜托人打听梅里的境况。

等待梅里解封的日子里，我继续在大丽江辖区四处游走。一张地图已经破损不堪，每去过一个地方，都用笔自豪地画上一个圈。小和说，我就是只精力旺盛的鼹鼠，在丽江周边打满了洞。

玉龙雪山是我平生踏足的第一座雪山。经过形如九寨沟的甘海子后，便是扶摇直上的山路。百年罕见的大雪将主峰下的高山草甸变成广袤的银色冰原，每一步前行，我都被鞋底踩在冰上的声音所感动。云杉林环绕着绿油油的草场，骏马奔过稀稀落落的小木屋，令人怀念年少时对阿尔卑斯的梦。在玉龙之上极目远眺，峰林落峡谷，无尽的山峦带着渐欲灰蒙的色调层层消失在远方，哪里是梅里的踪影？我知道旅程才刚刚开始，还有千重大山需要翻越，才能抵达心中的殿堂。

时而深沉唏嘘，时而意气风发，我的旅行充满了迭宕起伏的情绪波动。骑着自行车飞奔在丽江至大理的高速公路上时，两岸田园水车流转，梯田如镜，一派春耕景象。离离枯草，树树秃枝，但不久的将来便会是桃红柳绿，寸土发生。路遇同样骑行的旅人，上坡时一起咬牙切齿地嘶吼，下坡时又一起直起身子俯冲，让凉爽的风狠命地吹过裆下，然后飘飘欲仙地嚎叫。人们在路上相遇、相离，在各自的旅途中追逐梦想，而此时此刻，却在神笔马良的世界彼此共勉，这是一种何等奇妙的感觉。

每当早起洗漱，或站于水边时，我都会被自己逗得忍俊不禁。镜中的我，满脸紫红，翻着层层叠叠的落皮，像是紫黑色的卷心菜。鼻尖红肿得发亮,像是熟透的上等番茄。眼圈因为有墨镜保护而依旧白皙,让我看着像头黑白颠倒的熊猫。为了洗心革面痛改前非,我买了防晒早晚霜,还跟人学着生平第一次用面膜来漂白,可是十几天过去后,熊猫依然是熊猫。

  为了让自己能够为未来更辛苦的旅程做好准备,我必须在前往香格里拉之前养好周身的伤痛。本已受伤的脚,在我不停的摧残后,已不再是刺痛,而是成片的水肿,有时甚至痛到麻木。不得已之下,我做了生平第一次足疗,期望以此驱散痛苦。倒满藏药的木桶,看上去像是茸茸的银耳汤,脚伸进去的一刹那,仿佛每一朵药花都在亲吻脚上的肌肤,实为舒服。捏脚的师傅是一位年轻的女孩,由于初次尝试足疗,我显得非常不好意思,向前挺直腰板坐着,不敢仰躺着摆大爷的造型。女师傅人好,和我聊着她向往的北京,问道:"北京有古城

玉龙雪山,在冰原上徒步

吗？"我想了想："有啊，故宫。"她随即兴奋地说，我以后一定要去故宫里租个门面开客栈！就像丽江这样！"我乐开了花。

　　伤痛渐愈的同时，我的吃货清单也开始不停翻页。一项项的风味美食被我收入囊中，例如不爱吃的摩梭猪膘肉、青蛙皮、汽锅鸡，和惊喜连连的腊排骨火锅、野山菌火锅、臭豆腐炖牛肉、腾冲大救驾。不得不提的是，从玉龙雪山徒步整日归来当晚，已经是饥肠辘辘，千钧一发之际，一家斑鱼火锅店迅雷不及掩耳地冲进我觅食的视野。于是，一条近四斤的大斑鱼壮烈牺牲。几十个空碟高高地垒在桌前，整个店的食客都把我当作景点纷纷瞻仰，坚信我是胃妖怪的化身。吃，是一项不逊于徒步历险的战斗！

　　不知不觉间，我已经成为了大丽江地区的旅游达人，东至绵绵山，西至老君山，上天下地无所不知。于是小和经常把我拉在她的店里当义工，向游客们添油加醋地忽悠各条旅游线路的惊世传奇。我还是会经常路遇来自拉市海管委会、玉水寨管委会、宝山石头城管委会等众管委会的大婶，每当她们掏证件向我证明身份的时候，我都会斜眼打量后巷里有没有站着一个鳄鱼般的身影。

　　尽管丽江的生活已入佳境，但我心底从未放弃的，是对香格里拉的执著。"梅里雪山暴雪封山"的消息，像是传递了几个世纪般的漫长。我试图结识能够一起走向那片净土的旅伴，但即使是丽江，游客也反常的稀少，更无从谈起志同道合之人。

　　易怒、易笑、易悲、易喜，这趟寂寞的旅程中，我终日挥洒的，是歇斯底里的繁杂情感。时而凶神恶煞大声谩骂，时而人面桃花眉开眼笑，时而独坐青楼黯然神伤，时而仰天大笑醉舞狂歌。我清晰地观察着近似精神分裂的自己，明白一切的扭曲，都是我与以往人生观的斗争，是灵魂在治疗。也许梅里之行根本不可能在这样的一年得偿所愿，但我即使走也要走去！这场对自己的洗礼中，我不想有遗憾。

故事的转折，发生在古城南端的阿哩哩小吃店。某个晚上，我散步经过"天雨流芳"的牌匾，在忠义广场旁看到了阿哩哩。这是一家十分温馨的小店，狭小的空间内，木桌椅互相倚靠，每一寸墙壁都贴满了写满游客祝福与感想的纸片，在昏暗的灯光中把小店染成五颜六色。老板娘是位衣着很质朴的大婶。我点了餐，信手翻阅着阿哩哩别具心思的菜单，一页页手写的奇怪的菜式之后，我看到了菜单末尾一幅幅的手绘地图。泸沽湖转湖地图、虎跳峡徒步地图，甚至有梅里雪山内转山地图，署名"阿呆制作"。我的心跳突然加快，用手指轻轻摩拭着牛皮纸上的一座座雪山、一个个湖泊，仿佛自己的脚也走在了上面。

直到，缓缓的翻过下一页，是一张只画了一半的地图。纸面的最上方，歪歪扭扭地写着两个字——尼汝。

"老板娘，为什么这幅地图没画完啊？"

"哦，阿呆画到一半不会画了。"大婶笑盈盈地说。

"为什么？那里很偏僻吗？"

"我只知道那里是'世界第一村'，没什么人去过，但是听回来的人说，那里才是真正的天堂。"

尼汝？

我看着那画了一半的地图，心里竟然涌出一阵难以名状的熟悉。

"我在丽江已经住了很久了，一直想去梅里，可是大雪封山，又找不到伴。"我向大婶吐着苦水。

"太巧了，我家也有两个游客，在丽江住了一个多月了，也是一直想找机会去梅里！"

"什么？真的吗？"我惊喜万分。

"你吃完后,我就带你去我家找他们!"

就像是上天注定,就在第一次听闻尼汝的同时,我在阿哩哩小吃店老板家认识了小杨。小杨三十出头,是广东的资深老驴。她在老家开了家餐厅,交给别人打理,自己则与老公四处游历。为了能在这百年雪灾中朝拜梅里,她租了阿哩哩老板家的屋子,已经和老公在丽江住了一个多月,天天像纳西人一样自己买菜做饭,只为等待。后来的日子里,我一直叫她小杨姐。

我和小杨夫妇一见如故地聊着对梅里的种种期盼,惺惺相惜。神山不愿见我们,但是旅行仍要继续。我向小杨姐提起刚刚听说、却似曾相识的尼汝,竟然一拍即合。未知的世界一定充满惊喜,与其龟缩在丽江苦等,何不如在另一个天堂,等待天堂?

终于离开丽江的那晚,我坐在后山,看着山下的古城璀璨的夜景。每每看到万家灯火,我总会想家。身边的空地,一位流浪歌手唱着《小鱼的理想》,吉他声婉转撩人。当丽江的一切被我抛诸脑后时,新的我或许才会真切地成长起来。

这一宿,我兴奋得彻夜未眠。朦胧的意识里,是心中的日月。

那时候的我并不知,尼汝,是会给我新生的地方。

【二】

虎跳峡是前往香格里拉的必经之地。湍急的金沙江流经石鼓的长江第一湾之后,忽然掉头北上,从哈巴雪山和玉龙雪山之间的夹缝中硬挤了过去,切割出一道垂直高差近四千米、世界上最为壮观的奇险大峡谷。

小杨姐高大健硕的老公竟然畏高,决定不参加这次高寒之旅,除此之外，我们又在出发前巧合地捡了位新成员，名为老何，年近不惑的山西人士，酷爱摄影。

于是，一行三人借着天边的曙光前往虎跳峡，沿途经过的拉市海依旧柔软，玉龙十三峰一字排开如影相随，我在心里感激着这些曾经给我历练的地方。

峡谷之中，即使是冬季也如夏天般炽热，我脱得只剩一件短袖，怀着敬畏之心冲在枝丛横生、岩石峥嵘的悬崖断壁里。无与伦比的巨大山棱挤逼着谷中的狭小世界，给着我从未感受过的压迫感。脖子后仰望向谷顶，阳光从一线天空射入，带领我们沿着绝壁中凿出的半尺窄路前行，攀爬在垂直天梯上的小杨姐如同站立在我头顶，而老何则蹉跎在我脚下百米的万千葱茏。一路滑沙崩落，身边崖底的江水凶猛地冲卷岩石。我暗想，如果当初不慎坠落的是这处峭壁，那在空中飞舞的时间也该足够我慢慢回忆今生了。

谷底咆哮的江心处，散布着满天陨落的星石。坐在大名鼎鼎的虎跳石上，仰望着千丈鸿壑的环绕，觉得人如此渺小。前路茫茫，绝壁被压成一条细缝，将温婉的蓝天排挤在视线以外，阳光的阴影切割着山的纹理，演绎着雄壮与

虎跳峡，小杨在悬崖边攀行

凛然。得到香格里拉的拥抱就必须跨越虎跳这道天堑,我兴奋地大叫,仿佛在地狱仰望着天堂的入口。躺在乱石上凝望天空,一朵白云偶尔从一线天中飘过,身边半米开外的洪水振聋发聩。试着闭上眼,轰鸣水声覆盖了听觉。但是渐渐,竟变得万籁俱寂,先是脉博律动,既而脑中每个曾经纠缠的音符都变得清晰可辨,最终被寻觅到,抛进滚滚江水,逝落无影。

终点前的路程从来都最为辛苦,疲惫之际,每逢触目惊心地看到枝丫和岩缝开出的寒冬小花,我都会重新点燃力量。当我们最终攀越虎跳峡,已经是大半日过去。峭壁边缘,一间小屋炊烟升起。当极致的温婉嵌身在极致的壮观中时,我心中残存的意识,只有感动。刚才还震慑天地的虎跳峡,此时却有着与世无争的温柔,这就是香格里拉么?

【三】

车在日薄西山的峡谷中飞速前行,海拔不断攀升。我睁大眼睛,目睹窗外一分一秒的变化,对将要到达的那个香格里拉,我实在有太多的好奇和憧憬。从山中倾泻在车顶的连连瀑布如同洗礼,戈壁般风化的岩石、抹布般扭曲的褶皱、茂密的森林和草原、被夕阳熔化的金色河流,色彩的演绎,已经与之前大为不同。我不住地哇哇乱叫,惹得车里同伴一阵奚落,司机师傅哈哈大笑:"一会儿正式进入香格里拉,才是好看得多了!"

我这辈子都不会忘记,与香格里拉的初见。我们穿梭进入一个隧道,拉成长线的路灯给人以跨越时空的错觉。当眼前豁然开朗的一刹那,万事万物都竟然变了光景!漫天盖地的雪色,在一瞬间无尽铺展，被夕阳抚摸的无数草甸，像相邻的世外桃源一样离散在各自的森林怀抱中，雪山、从未见过的连绵壮阔的大雪山，像钻石般闪着光芒，横贯着视野所及的整个世界。

这就是香格里拉吗？原来这些天来不断震撼着我的大美，在香格里拉竟俯拾皆是。

我压抑着难以平复的心，站在凛冽的寒风中，端详着瑰红色的哈巴雪山。回望这一程用双脚踏过的险峻，是否沉重阴暗的背负都可以被阻挡在层峦拥叠的山门之后，不再跟随，让我转身走向那全新的净土。

直到看过小中甸的花海平原被冰雪覆盖，白色的藏式小屋在余晖中浮起炊烟，直到迎宾白塔在最后一丝晚霞中残留紫色，我们终于抵达了迪庆藏族自治州的首府，中甸。借着夜色，我们在独克宗月光古城中寻找食宿。这里极为冷清，偌大的古城中只有几家小店寥寥地开着，难以相信是给游客落脚的地方。老何说这里的人太抠门省电了，我说那是对自然的尊重。

住处最终选在了一家小客栈。临睡前，我独自徜徉在漆黑的屋前小巷。隔邻拉姆酒家的布巾徐徐飘动，两侧的房檐都坠满欲断的冰凌，一切都在寂静无声的黑暗里，只有远方山顶巨大的转经筒仍沐浴光辉。

回忆这一天，仿佛身边的一切都在改变……突然间不再是一个人，突然间月光古城不再喧嚣，突然间就连客栈的小院也覆满积雪，突然间这个世界积聚着黑暗和陌生，是否明日太阳初升后，会有意想不到的光明？

明天，我们就将出发前往香格里拉鲜为人知的秘境：世界第一村，尼汝。

星空下的藏家婚礼

【一】

当我们怀着忐忑的心背起大包出发时,雪白的山坡刚披上银光,月光古城则仍在安睡。沿着起伏错落的巷道步行,举目皆是白墙石瓦的老房,栉比的屋顶铺满白雪,不经意的墙角画着宗教彩绘,围上头布的老人手握佛珠念念有词地蹒跚。古城的清晨,演绎着遥不可及的古老与宁静。

每个人都全副武装。晨光把我的影子拉在地上,活像一只长了鸡冠的千年巨龟,从包里伸出的多条扣带又像是盘丝大仙。小杨姐也不认输,红色的墨镜与蒙脸头巾,活生生一位蜘蛛侠女。大家都拿出了自己最热情的准备,来迎接尼汝的到来。

从中甸到偏僻的尼汝并无班车,攻略未济,身体先行,我们满脸堆笑地挤上了一辆开往洛吉乡的小巴士。车里满坐的是藏民,十分惊讶地打量这一群突然出现的造型诡异的家伙。我们一字排开,坐在狭小的过道地板上,欲露还羞。

对藏民的印象,一直以来只停留在《红河谷》、《金沙江畔》这样的老电影中。如今第一次亲身接触,这群生活在雪域高原的传说中的人们,究竟会是什么模样?我隔着墨镜,像特务一样转着眼珠子偷窥。原来他们比我们更害羞,所以都只是好奇地看着我们不说话,他们也比我们更友好,所以都无一例外地带着笑容。

我坐在小巴士上下车的梯坎上，正对着落地窗般的整扇车门。一幅幅至美的大自然画面如流水般滑过眼前，林海流过雪原，湖泊流过村庄，阳光流过树影，雪峰流过长空。我几乎把脸死死地贴在门玻璃上，黏得无法扯开。

心情在这一刻十分复杂，好歹是第一次进藏区啊，那些神秘莫测的天堂般的地方。我不像小杨姐曾经暴走过阿里和塔克拉玛干，不像老何在可可西里瑟缩着欣赏过繁星，我是一张白纸，唯一能做的，便是睁大眼睛来汲取一切可以触动神经的天地馈赠。秘境尼汝，将在纸上画出怎样的一幅天地？

经过彩色的红泥梯田后便是洛吉乡，大道终点止于此。我们搭乘了一辆拖拉机，继续沿着坑洼不平似路非路的山间曲径前往尼汝。在密林间穿梭时，斑驳的阳光照得人眼迷离，却因为无比颠簸而更加精神抖擞。大雪铺满山林，车时而因为路滑停滞，时而因为大石拦路，一路的推搡与搬运，我们龟速般地前行。

如同再一次的时空穿越般，驶出密林的一刹，我们已身处一个壮阔大峡谷的崖岸。与虎跳峡的逼仄不同，这一片大峡谷宽广无边，巨大的山体柔和得像悬垂的地毯，依次铺陈，带着一种海潮般的暖意将我包裹。方才一路相随的冰雪顷刻间消失，一种从未见过的极致绿色取而代之，漫延在视野所及的天地方圆。雪峰羞涩地动辄消隐在连绵的森林之后，峡谷山腰的断壁嵌着与世隔绝的稀疏村庄，尼汝河用尽千万年的时间切割着这片山地，如今化为一条细长的绿色光带，幽然闪烁在谷底。

终于要到了啊……人究竟要在内心深处企盼多少次，才能觅得一面之缘？不知为何，这一次凝望风景，我的心里却格外平静。耳朵里放着许巍的《旅行》，只有青山藏在白云间，竟有种历经沧桑后回到家的感觉。

背上包，晒着尼汝的暖阳，走在清澈的尼汝河畔。河岸零星地出现着一两座藏式小屋，环绕在各自方圆几十米的油绿色梯田中。河水透着奇异的深绿，却是那么清澈，甚至连河底的每一粒滚动的沙砾都清晰可辨，水底铺满苔原、藻类以及深浅不一的卵石，令水流过处五彩斑斓，熠熠生辉。

尼汝没有手机信号，现代信息的沟通在这里失效。我们沿河步行，希望在这陌生领域找寻落脚之处。一路无人，直到河岸的一片草甸中出现一个藏房，石块堆砌围成的院门竟斜挂着一块牌匾，上书"尼汝藏家第一客栈"。众人欣喜而入。

在这里，我认识了丹能。攀着圆木凿成的斜梯爬入院子，小狗初吠，一位满头长发、留着陆小凤般八字胡、身着脏脏的迷彩服的魁梧男人从门内探出，惊讶不已。他便是藏家的主人，丹能七林。在接下来的日子里，感谢他陪伴我们走过。

所谓的藏家第一客栈，其实便是丹能的家。对于闭塞的尼汝村而言，丹能是村中最早接触到来自中甸旅游业冲击的人，于是也就成了

尼汝，尼汝河的葱茏世界

尼汝的数一数二却也半调子的向导。这块客栈牌匾，还是前些日子才刚请人写好挂上的。见到生人到来，丹能非常高兴，用着有些大舌头的汉语招呼我们进门。

　　丹能的家分两层，上层住人供神，下层养着牲畜。一株冬秃的大枣树在院子里蔽下可怜的阴影，树桠里还窝着几只白色的长尾鸡。入门的隔间有一个水缸，里面可以舀水，水缸旁是一个直通到下层牲口处的水槽，可以直接灌水下去。屋子内堂十分昏暗，只开有一扇小窗，悬着三盏黄色灯泡，几束阳光从屋顶缝隙斜射在炉灶边，墙壁上镶满佛像与佛教法器的彩绘，天花板的横梁坠着香肠、腊肉、玉米等储冬的食物，柱子上插着几根像是齐天大圣的头翎。除此之外，宽敞厅内的其他摆设大都像文物般藏匿在黑暗中。而所谓客栈的住处，其实便是丹能自家的卧室，暗得伸手不见五指，窗棂射入的阳光照着三张拼在一起的床，那是我们今晚要和丹能一家人一起睡的通铺。

　　"丹能，为什么不多挂几个灯泡啊，那么暗，你们看得清吗？"小杨姐问。

　　"喔，就是，眼睛好得很。天黑了就睡了。"丹能一边忙着给我们冲待客的酥油茶，一边回答。

　　本就怕奶腥味的我又想起了在石鼓小和爸爸给冲的酥油茶，心生畏惧，这可怎么办是好？扭曲着笑容接过丹能的茶，意思地抿上一口，竟发现着实还不错！此时，老何在一旁兴奋地点头自语："嗯……"他顿了顿，像是无比回味，继续说："正宗！就是这个很难喝的味道！"众人笑而无语。

　　我们一边吃着丹能摆得满桌的各式爆米花，一边和他聊起来到尼汝的初衷。尼汝拥有迪庆香格里拉最优质的草原牧场，最原始广袤的森林，最多的雪山湖泊，而一行人的最大愿望，便是能亲临这些地域，亲见传说中的人间天堂。

　　丹能把酥油茶和在青稞面里，捏成糊糊后，抠成一颗颗地往嘴里送着。他告诉我们尼汝最美的可徒步的线路包括西线和北线：西线是翻越奔俄雪山，途经七彩神瀑与迪吉草原，最终抵达普达措国家公园，用时两到三天；北线则是一路穿越原始森林，抵达新寨河谷、南宝草原、圣湖区，甚至可以翻越色拉雪山前往木里与亚丁，其大美不是西线可相比拟。我们在丹能的叙述中飘飘欲仙，心神像是梦游般，已经飞到那满是冰川圣湖的南宝草原。

　　"南宝现在去不得！那里的雪厚，厚！我们都不敢去！"丹能突然站起，一个劲地比划着自己的脖子，表达今年雪灾封锁的南宝地区有多么可怕。其实，就连西线，由于今冬没有访客，尚无人趟过，丹能也不知道是否可行，但至少不会像北线那样要命。

　　我像是被从云霄飞车的顶端径直抛下，遗憾像毒烟般弥散进身体的每一个细胞，竟痴傻得半晌无话。也许已经错失了一个天堂，难道又将错失一个？那么费尽周折来到这里又算什么？本就歇斯底里的情绪，翻江倒海。

　　见大家均有不同程度的失落，丹能突然说："今天你们来得特别巧，尼汝村赶上喜事了，有人结婚，晚上可以带你们去参加啊！"

　　小杨姐听后不住尖叫，惊喜地说："我在西藏呆过那么久，从来没有遇到真正的藏族婚礼，何况是那么避世的尼汝，实在太走运了！"

　　的确难得啊，众人方才的郁闷一扫而光。丹能是个人来疯，又赶紧补充道："喔，就是难得！明天我就带你们去徒步西线，但是我一个人不够，还要再找一个帮手！"

　　丹能啊丹能，你这是玩弄我们的感情啊！我努力压抑着自己想冲过去狠命拥抱他的冲动。可是这另外的一个帮手，又是谁？

【二】

一个小时以后,我们已身处关门山下。这是一片奇境。单体绝壁赫然立于前方,如同巨岩阻住去处。尼汝河一改昔时恬静,绕过山门奔腾而下,在高低错落布满礁石中撞出满天浪花。河水两岸是密不透风的原始森林,纷繁着向外伸张,遮天蔽日地摊在尼汝河上空。布满翠绿丝绒的虬枝相互交缠,无数藤蔓垂下,与河水礁石上的苔藓亲吻。尼汝人相信,这荫护着尼汝河的参天绝壁与葱茏世界,可以为他们挡避灾邪。

丹能用藏语喊着什么,只见河岸一侧的密林里一阵动静。不多时,竟有一个十岁出头的小男孩凭空出现,然后像人猿泰山般地抓住一绺垂蔓,径直朝我们的方向飞晃过来。我看得目瞪口呆,直到小男孩咣叽一下,手滑摔到水里。

"这是我儿子,孙农七林。明天我和他一起带你们去徒步!"丹能大笑着说。原来帮手就是他儿子。

小孙农滴滴答答地从齐腰的水里爬出来,没事儿般地跑了过来,和大家像熟识已久般打成一片。孙农是个小疯子,十岁的他在尼汝山间灵活得像山精妖怪,非拉着我和他一起去礁石满布的河滩冒险,我的墨镜便是跌落在此,随着河水一去不复返。

黄昏将至,我们分散开,沿着尼汝河各自走回家。夕阳将河岸的田野晒得明晃耀眼,河水像光影参半的透明翡翠。白色藏房依着河水数百米相邻,用炊烟互相问候。山无常绿,水无常清,风无常吟,雪无常新,我想象着小孙农口中,尼汝春天的殷红花海与夏天的流翠青稞。四季流转皆映入脑海时,眼前的一切可爱得像是家园。

最令我动容的是,一路上每每遇到山坡放牧的男人,或是田间劳作的妇女与小孩,见我经过,都会停下手中的皮鞭与锄头,惊愕得一动不动地目送着我,直到我走远时,才又像意识起什么,突然向我使劲挥手。偶有村民的拖拉机驶过,也都会停下来,不知如何是好地朝我微笑,然后伸出黝黑的手一个劲儿地招呼我上车搭乘。对于这一切,不知道尼汝村民与我,孰更惊讶。在这样一个语言不通、文化迥异的地域,迎接我的竟是人出自内心最真挚纯朴的关爱。我唯有努力地挥手,努力地说着你好,努力地表示感谢,然后任暖流在眼里荡漾。

丹能的女儿梅朵已经做好饭在家中等待。和不悉汉语的一家四口天南地北地畅聊,这一餐是那么朴素和温馨。最后一丝阳光消失时,白色的长尾鸡从枣树枝头飞到屋里,河岸草甸的羊群也纷纷蜷下不愿再动。我们将要借着夜色前往藏家婚礼。

丹能的惊喜源源不断,竟然拿出了家里另外的几套盛装藏服,借给我们穿上赴宴。小杨姐右肩披上毛皮大襟,让孙农帮忙挽着左手的丝制绸红长袖,而我们男士则穿上英武的绣花缎袍,露出一只胳膊,扎起腰带,活脱脱一副西藏土司老爷模样。漂亮的尼玛挂起绿松石佛珠,腰间坠满罗松。丹能也梳起他似乎一辈子没梳过的齐胸长发,穿上大红色的锦袍与白色镶边的肥大衬裤,脚踩黑色纹金靴,神气得像个皇帝。大家齐落落站成一群,这五颜六色的架势,欣喜得几乎就要载歌载舞。

天色全黑,漆黑的山路间只有手电筒照亮的寸光寸土,抬头向天,星河闪耀。少顷便来到婚庆的藏家,一位极为年轻英俊的盛装小伙,和一位头戴黑色礼冠的老婆婆,在大门口迎接来客。看到我们的到来,两人惊讶不已,继而高兴地欢迎。

这是一间与丹能家相仿的藏房,此刻宽敞的后院平坝竟已经站满了一百多号人。每位村民都盛装出席,牵着手围成两个大圈,外圈是女人和清醒的男人们组成,内圈则是已经酩酊大醉的彪汉们,两圈人围绕着场地中心的篝火,轮流司演着唱曲和舞步。丹能和尼玛不假思索地加入到舞圈中去,和众人同乐起来。这样的场面,我们颇为拘谨,不作声响地躲在房里的一角观摩,生怕自己的出现会给别人的盛典带来影响。

"远方的朋友,进来一起跳啊,你们在那里怎么看得清!"

说话的是舞群中的一位长者,汉语竟颇为标准,我们方知他是尼汝村的村支书。话毕,众人竞相投来好奇的目光,之前迎客的那位英俊小伙提着青稞酒壶就冲将过来。满上后,他用无名指蘸酒三次弹向空中,以示祭天、地、祖先。我轻呷一口,他添满,再呷再添,连续三呷至第四次添满,我一饮而尽,遂礼成。感谢小孙农在边上详尽的现场解说。

梅朵跑过来牵起小杨姐的手,我也被孙农给推进了舞群。我无言胜有声,羞涩地牵起身旁一位藏民的手,开始在咿咿呀呀的歌声中笨拙地学着大家并不复杂的舞步,而小杨姐却是另外一番模样,激动不已地不住大叫:"老何!别愣着,快给我照相,这样的机会可不是年年都有的!"

内圈的壮汉酒鬼们,哪里还是跳舞,简直就成了蹦迪,东倒西歪

尼汝村,害羞的新娘

地搭在一起飞速旋转,像是一起走火入魔修炼神功般壮观。一个小男孩从身后,挽住了我的手,对我说着听不懂的话,文静地跳了几圈,觉得不够刺激,立刻放手投身内圈,跟随着东倒西歪起来;少顷,又一个小男孩,从身后挽住我的手,一圈未毕,再度放手……就在我的自信心受到严重打击

的时候，新郎新娘驾到了！

　　高壮的伴郎搭着新郎撞进内圈，整个屋子的气氛更加活跃起来，众人纷纷上前去拍触新郎，表达自己的祝福。迎客小伙又不知从何扛来一大麻袋花生瓜子，笑得合不拢嘴地往我手上硬塞。

　　梅朵轻声地说："看，那就是新娘。"我才注意到身边盛装的年轻女子，她一直低头不语，身上挂满叫不出名字的宝石与织锦，狐皮帽下，唯露半张羞得绯红的脸颊。我轻轻地问她的名字，她嘴角微张，却湮没在歌声中。

　　"远方的朋友，也为我们的新人唱一首歌吧！"村支书大声张罗着，众人息声屏气。这番热情怎么好意思拒绝，我清清嗓子大声唱起：

　　　十五的月亮升上了天空哟，
　　　为什么旁边没有云彩？
　　　我等待着美丽的姑娘呀，
　　　你为什么还不到来哟嗬！

　　换了一番旋律，大家又继续跳起，我挽着旁人的手不住地笑，笑得僵硬了脸，笑得眼角渗出了泪。我分明地感觉到，自己的内心在那一刻竟是如此豁达，仿佛血液中的每一处伪装，都在悄悄脱落。

　　已不知过了多久，我站在人群后，听着若即若离的藏语祝颂歌，渐渐被一种冷暖交织的心情包围着。躺在坝前的草坪，等待一场戏落下帷幕。帷幕上，漫天星斗。

　　谁说冬季的夜空难以看到银河？这是我，此生看到过的最美的星空。见识了这么多的都市霓虹人情冷暖，翻越了这么多的山川河岳艰难险阻，在来到尼汝村的第一个夜晚，星河照耀之下，我遇到了一场婚礼。咫尺而悠远的浪漫，蒸腾在无穷无尽的深邃夜空。

　　前方，又会是什么在等待。

谜一般的世界

【一】

　　这一宿睡得并不太安稳,半夜被什么东西压醒了。睁眼拿手机屏幕的微光一照,发现是小孙农的腿,他正留着鼻涕呼呼地甜睡在我新买的睡袋上。梅朵的床被老何与小杨姐占了,她只能睡在杂物堆上,我心生歉意。

　　阳光还没有翻过深深的尼汝河谷,丹能便已将接下来几天徒步穿越的物资准备妥当。梅朵在屋前用艾草为我们煨起桑烟,祈求神明赐福。

　　丹能牵出两匹马负载被褥、锅、水、主食干粮、一只活鸡,以及大伙儿的背包,以减轻高寒地区徒步的负担。马儿被孙农装扮得格外漂亮,头上、脖间、腰间、尾巴上都缠绕着五彩经幡,也寄托着我们的美好愿望。丹能不停地告诉我们:"要诚心求菩萨,你们就会赶上好天气,菩萨会保佑你们的。"

　　天空万里无云。再次经过关门山时,山前的松林恰好被阳光留在了阴影中,如同绝壁上的刘海,如诗如画。晨光挑染着山林,将尼汝河映成红色,随处可见从浓密苔原中倾泻而下的幽蓝瀑布。一处挂满经幡的圣泉边,几位村民生着火堆,定睛一看竟然是昨晚的新郎与新娘一家人。原来按尼汝的习俗,新婚第一天新郎要为新娘背柴,所以两人一大早就忙活出门了。新娘不再羞涩,满脸含笑地和我们打招呼,我祝他们百年好合。

走在寂静的路上，总被突如其来的遥远喊声打断。循声望去，却是河谷的、山腰的、藏房小院的尼汝村民们在用尽全身力气向我们打招呼。昨晚的婚礼，尼汝村的所有村民几乎都参加了，于是都识得我们。我也用尽全身力气挥手回去，直到胳膊再抬不起来。在尼汝，人与人的友好距离，可以超越山林。

小孙农一路咳嗽，很是辛苦。丹能说感冒已经一个月了，却不想长途跋涉去中甸看医生，小孩子的病，过了冬天就会好。我把携带的所有感冒药全部留给了丹能，心里揪着疼。

尼汝正在修路，脚下的小土路也是才通一年，在此之前尼汝更是封闭得难进难出。我给小杨姐讲起了拉市海边阿月的爹爹的一席话。

"我理解。其实每次在像尼汝这样的边缘秘境旅行时，我都非常矛盾。"小杨姐说。"每次离开这些地方，我都会迫切地想与人分享，让更多的世人知道这里的美丽，也帮助这里脱离贫穷。可是当外人涌入，旅游大肆开发，这里的自然生态开始遭到破坏，这里独特的精神文化也随之消失。"

我想起昨夜婚礼上，村支书拉着我的手说的话："小伙子，你出去后，一定要把尼汝告诉你的朋友。尼汝很美丽，但是需要你们的帮助，需要更多的人来！"

温饱、生态、文化，究竟孰轻孰重？

丹能开始唱起藏歌。他的嗓音很嘹亮，歌声回荡在长满云杉的谷间河床上，久迁不散。我问是什么歌词，他说意思是"亲爱的来自远方的朋友啊，让我们相聚在这片天神保佑的美丽净土……"

"我也要唱！啊～"小孙农也要激情地掺和。

"你在咳嗽，别唱！"我赶紧制止这个小疯子。

"多唱歌的话,菩萨会保佑嗓子好起来。那我不唱,小叔叔你唱!"

"哈哈,昨晚唱过啦!城市里的歌,哪有你们唱得好听。"

"还有,要叫我大哥哥!"

路边的山川越发的壮阔,但仍然保持着尼汝特有的沁人心脾的绿色。走在暖阳中,我试图闭上眼睛,聆听着丹能迂回的藏歌。是啊,的确很美丽,这片天神保佑的净土。

尼汝村,世界第一村的迎宾树

【二】

湛蓝的天穹下，一棵残留枝丫的大树，树干贴着一张残破不堪的纸条，用毛笔字写着"世界第一村欢迎您"，树顶镶着一弯明月一轮太阳的图形，寓意"心中的日月"。这便是尼汝村的村标。

小孙农刚领着我去尼汝的帕木乃仙人洞拜过神明回来，小杨姐与老何已随着丹能前去休息。孙农坐在河谷边的岩石上，张望着不远处的尼汝希望小学，那是他上课的地方。孙农说，整个尼汝地区只有一所希望小学，有五十来个学生，三位老师，每个星期都要背上自家的粮食和褥子，走半天的山路去上学，住在学校里，周末才回家。

我十分喜欢这个天真活泼的小男孩，喜欢他的聪明搞怪，喜欢他飞檐走壁的本事，喜欢他说到外面的世界时一闪一闪的眼睛。

"小叔叔，你住的城市是什么样的？"

"叫我大哥哥就告诉你。"

"喔，大哥哥……你住的城市是什么样的？"

"乖，我住的城市嘛，很吵很闹，很多人会骗人，很多人都不开心。还是你家乡好，风景好，人好。"

"可是我想去城市里看看。我以前在别人的照片里看过，城市里的房子都像山一样高，还有很长的冒烟的火车，还有飞机！"

"是啊，那你一定要好好学习，这样有一天你就可以走出大山，去外面看世界了！"

"嗯，我会的！大哥哥，你说坐在飞机上是不是就可以看见天上的菩萨？"

我心里一阵抽搐，轻轻摸着小孙农的脑袋，半响不语。也许每个人都注定要去陌生的远方，寻找羁绊一生的谜底。

再度上路时,已是日上三竿,我们趟过尼汝河,朝着高山进发。丹能说,这接下来的路程将上升到很高的海拔,走得慢就等于白走一趟。直到最后,我才明白这句话的用意。

在原始森林的入口处,我一次次地回望几近遥远的尼汝村。白色的藏房,像小花般点缀在河谷的连绵草甸上,森林将雪山切成完美的钻石托在天边。如果再过一两个月,大地女神便会将村子都变成盛绿吧。想象间,我像是已经摸到了青稞田间的朝露。

一入密林,方才灿烂的天地立刻变得阴暗潮湿。阳光的万丈光束,利剑般地穿梭在森林之间,高耸参天的树木、卷曲着的蕨类、铺满土壤的地衣、颜色各异的蘑菇,都在有限的空间里生生不息。尤其夺魂的,是成群的溪瀑,宛若仙境,我第一次感到如同身处指环王的精灵世界。

随着海拔的提升,硬叶常绿阔叶林逐渐变为针叶林,树林之外,雪脉环绕。拴在马儿屁股上的公鸡总被拦路的枝丫撞到脑袋,气愤地啄着马屁,惊得马儿不停踉跄。丹能总是走着走着突然尖叫一声"哇哦",然后不多时便会听到山里某处的牧民回叫着同样的"哇哦"。我和老何相仿而叫,却只闻到山谷里狼嚎般的回声,遂大笑不绝。

当积雪开始出现时,路面已经是更难走的冰地。温度骤降,众人体力大幅耗损,走得越发缓慢。那只公鸡也已经认命,怎么撞都不再叫唤,马儿也时不时地踩滑,幸好有四条腿才能保持平衡。为了赶路扎营,丹能把大家分为两队,小孙农在后照应小杨与老何,而我则跟随丹能先走一步。

"记得七彩神瀑吗?"丹能问我。

"记得,是今天的终点吧?"

"不是,但是离终点不远。这个季节不好去那里,就算去了,要是没有太阳就可惜了。"

"那里漂亮吗?"

"就是,七彩神瀑是圣洁的。"

我的鞋在冰面上没有任何防滑能力,让我受尽折磨。每走一步,我的全身都在抵御着脚下的威胁,却仍然大步流星。冰雪已经蔓延到森林的每一个角落,曲径蜿蜒,偶至绝壁边时,竟只有一尺来宽结满冰棱的窄道。然而,与时间赛跑的渴望,胜过了求稳的心。

穿出森林的一刹那,是雪白的下掉阁牧场,今晚的营地。雪水化在路上,和着草根变得湿软。我兴奋地向前跑着,从小径跑到雪地里,又从雪地里跑上小径,连裤踝的湿润也附带着轻盈。忽又停了下来,仿佛颤抖了几十秒的神经突然变得麻痹,挪着步子沉浸在这高山怀抱的一方草原。营地到了,可是七彩神瀑仍在前方。

习风推送着成片的云朵,时而露出的阳光下,上百匹的马在起伏的草原上徜徉。小孙农的队伍还远在后方,丹能在牛棚生火,我则提着水桶去溪边取水。

"丹能,我要去七彩神瀑。离这儿不远吧?"

"呜,去不得去不得,路不好走,全是冰!"

"我一定要去的。不然我会后悔!你告诉我路吧,我会小心,一会儿就回来。"

丹能很担心,见我坚持,只好告知我七彩神瀑的方位,并不停嘱咐,路很危险,如果不好走了,一定要折回。

"七彩华泉就在牧场边的山谷处,下山时会渐渐看到河流,顺着河流走就对了。记着,要等阳光!"

我将丹能的话牢记在心里。

【三】

云渐渐蔽日，阳光偶露时，层林尽染。我怀着一颗无畏的心闯进谷中，便再无阳光射入，一切显得低迷而凄冷。七彩神瀑是在山谷底处，所以此行是数百米海拔的大坡度垂降，对体力考验极大。

一路滑沙。许多坡道的倾角都在六十度以上，我无法稳妥地一步步下攀。有了泸沽湖的前车之鉴，我学得小心也灵活了许多。与黄昏赛跑的分秒间，能跑就跑能跳就跳，往往在倾斜得无法停步的山坡顺势猛冲，到悬崖边上抱住大树，再掉转开始新一轮的冲刺。

直到凝冰之路赫然挡在眼前。无数条"之"字形的倾斜冰坡在崖岸相连，我根本无法想象自己的鞋怎样去穿越这样的考验。只是轻轻地踩上，我就顺势跌坐在了冰面上，然后一直下滑，直到跃起抓住一棵粗树干，双脚竟已在崖外悬空摇晃。

天色渐晚，连冲带撞的过程中，再度磕得头破血流，一股气馁笼罩了我。丹能说得很对，明明去不得，为什么我还非要不自量力任性妄为？如果真的出了事，又有谁会知道？我不停地追问自己，却根本无法为自己的冲动选择找到原因。

屡次的摔倒与滑落，靠着双手第一时间抓住身旁的遒劲树根，我大难不死地来到了河谷。再次看到水的感觉如此欣慰，至少我知道，即使现在摔下去，也不会丢掉性命。穿行在白色与绿色交缠的幽暗世界，隆隆的水声已经渐欲响亮，我的心脏止不住地跳动。近了！更近了！

在如镜的河水身后，我初见了七彩神瀑。无数条白色垂纱，从数百米宽的阴绿色钙化台地上飘落，与水中的蓝色倒影相互缝合，美得不似人间。

然而，没有七彩。

我想起丹能说过的话，坐在瀑布前等待阳光，却黯然地思考着这一路的艰辛。捡回一条命，但却来晚了么？也许人生的缩影就像这场旅行，有时惊喜不断，有时即使拼了老命也仍然得不到完美。我做梦也想去朝拜梅里，拼死也要来到七彩神瀑的脚下，难道只要过程美丽，就真的可以不论结局？

我终究还是等到了。在几乎放弃时，风吹散了浓云，一缕阳光沿着河面铺展而来。传说并没有骗人，我永生难忘，那一抹残晕，如何变换了人间。

一瞬间的年华，可以定格为永恒，而我也静止在那片永恒里，从未走出。朦胧的记忆中，只是瀑布变得万分耀眼，我的意识仿佛托出，然后进入一个难以追回的梦境。

如梦方醒时，三条彩虹飞腾在瀑布腰际，仿佛伸手即可触碰。神瀑的光影抖落万千，溪流也亦真亦幻地出现七彩。苔原壁上开着不亦察觉的彩色野花，水中静卧着的断木残桓，不知已在这个鲜为人知的绝美秘境守候了多久。

我抹掉眼泪，癫狂地在虹光中奔走，在布满苔藓的钙化台地上跳跃，直到夕阳携着华彩再次退却，才驻足静谢这场神的恩典。我在心中千百次地向神瀑说着谢谢，毕恭毕敬地接了两瓶神瀑之水，才无言以报地离开。

【四】

暮垂深谷，路早已模糊不清。我手脚并用地攀爬在入夜的冰坡，终于彻底透支了体力。回想半个月前的自己，也曾在一个黑暗陡滑的坡崖处跋涉，一样饥寒与眩晕，但是这一次无所畏惧，因为神瀑最后的光明，永远地温暖了我的心。

回到牧场时，下起了雪，牛棚里已生好火堆。丹能问着谷中的情景，我轻描淡写地回答，慢慢连说话的力气也渐渐消失，只听见丹能不住地感谢菩萨。凛冽的晚风，刮着雪粒从牛棚的缝隙中硬挤进来，惹得火光扑朔。晚餐是腊肉、菜根、土豆煮成的米线，加了丹能的蘸水糊辣椒，我口水横流地狂咽，这是我旅行以来吃过的最感动的一餐。

激情燃烧后的高寒地带，难以入睡。再踱步出来已是夜深，雪不知何时停了，仰望天空，本以为今天已经完美落幕的景色，竟仍在安静、璀璨地上演。

冬季的星空，辽远壮阔得令人忘乎所以。天狼星、南河三、参宿四，在各自的星盘主宰着光辉。猎户座的腰间，甚至能看见大星云斑驳的色彩。壮丽的星河，携带着宇宙亿万年前的记忆，穿越时空照亮了此刻的下掉阁牧场。我躺在草甸上，满怀着微不足道的故事，融入这无声的伟岸。

尼汝下掉阁牧场，夜宿牛棚

一生只有一次的感动

【一】

一阵寒风顺着脖子钻进睡袋,我被冻醒了。天已微亮,发觉睡袋有些硬,竟结了冰。棚内的炭火早灭了,我踱到棚外,拾掇鲜有的干柴,重新烧旺火势。

天空布满五彩祥云,我问丹能这是否吉兆,丹能有些凝重地看着彩云,沉默不语。尼汝的天气,无法用常理来判断。

小孙农三下五除二地把随行的公鸡宰了,高原的氧气稀薄,无论在火上怎么烤也熟不透,于是改煮成一锅鸡汤,给大伙儿补充着气力。

"都多吃些,今天将全部是冰天雪地。"丹能边说,边将鸡的内脏都集合起来烧掉。

"不烧掉的话,血腥味会吸引狼和老熊。"

我在脸上被前日树枝划破的伤口贴好创可贴,又给脚底绑上几条草秆,整队再次出发。

今天我们必须翻越奔俄雪山的垭口,海拔4300米左右,然后才能下至海拔较低的迪吉牧场和普达措国家公园。奔俄,原本是多种植物林带共生的原始森林雪山,气候湿暖,积雪并不太多。但是今年持续的暴雪,使漫山都成为雪的海洋,为徒步创造了始无前例的难度。

沿着一条名为"咕噜说滴"的高山溪流前行,身旁依旧是精灵王国般的意蕴。夹在雪中的冰路，让我们行走时无暇他顾，只能偶尔驻足欣赏。雪原向着看不到边的高山延伸，天气一改以往的晴朗，变得阴沉而压抑。顺着七十度倾的陡坡一路高攀数百米后，大伙儿都已经虚脱，瘫倒在山脊草甸上大喘，像是汲取着生命最后一口呼吸。

云冷杉林织成的峡谷横贯眼前，黑白相间的牦牛群在雪原找寻寒冬的食草，峡谷对岸的山坡上，雪像九天而落的大江，摧枯拉朽地撕扯掉森林的肌肤。

"小叔叔，你们都好慢。我一个人一天之内就可以来回一趟哦！"

我还没来得及教他改口，小孙农便抄起一枚树枝，张牙舞爪像牦牛群飞奔过去，吓得肥硕的牦牛拔腿就跑，在陡坡上轻盈得如履平地。

"他乱说的！他长这么大也是第一次当向导。"丹能笑着解释。

晶莹壮观的雪脉绵延，不知何处是我们需要翻越的垭口。路边的土壤结满了玻璃花般弯曲的冰晶，松萝在雾凇间垂荡。四千多米的冬季高山难觅水源，众人唯有将积雪灌入容器，塞进衣服里融化。感谢神瀑之水，助我消渴。

我们停在林间空地小憩，丹能有些忧虑地生火做饭，不时看看天空。近百米高的参天杉树，竟无一例外的枯而不朽，利剑般直插在方圆百米之内，守卫着在这片营地。身后的雪山之上，盘桓着黑压压的乌云，这情景如同魔界、阴森、凄美、壮烈。

"吃完饭后我们要走快点，要是乌云追上来，就会有暴风雪，我们就走不出去了！"丹能焦虑地说。

饭是必须要吃的，空腹的危险系数更高。我和老何迅速地帮丹能拾掇干柴与可以食用的干净雪块，小杨姐帮着准备米粮。雪块在锅里冒着仿佛烟尘的雾气，融得很慢，颜色也越来越深，直到化作乌黑的一锅热水。舀去水面的一层浮沫与草蒂，倒入肥腊肉、面条、土豆、菜叶，便有了雪煮成的火锅。

寒风刮起地吹雪，孙农重新开始咳嗽，每咳一声，毛线帽上的红绣球就会震颤一次。薄薄的围巾在脖子前，冻得发紫的脸蛋和小手，他却只顾着从灌木上折下树枝，给我们做成筷子，看在眼里感慨万分。我冷得发抖，将此行携带的所有衣物全部裹上，由里向外依次是短衫、毛衣、两用衫、长风衣、羽绒服，但即使是爱斯基摩人般的造型仍难以抵御严寒，我再次为欠缺的户外经验买单，开始渐渐失温。老何与小杨姐也几近透支。丹能赶紧冲出酥油茶，逼着我们喝下几碗，终于适当回复了些暖意。

再度前行时，路上的雪已经厚得超过了膝盖，只有沿着被踩得严实的冰径前行，才不会深陷。阳光与乌云作着抗争，于云隙间猛然射下，前方的雪原一片闪亮。渐渐的，我的眼睛开始异样，看不清东西，只是觉得一切亮色都很刺眼，而所有暗的东西都发黑，直到不住地刺痛流泪，无法睁开。这便是墨镜丢失的后果了，我得了雪盲。

有经验的小杨姐赶紧

尼汝奔俄雪山，小杨雪中带路

嘱咐，让我寸步不离地跟在她身后，一定只能看着她的衣服，不能再张望雪景。三个多小时的徒步，我眯着眼缝前行，不敢抬头。从未觉得白色竟是那么的可怕，茫茫雪海中，偶尔出现在脚底的一丛绿草，也给我传递着希望。不知不觉中，已趟过奔俄山的垭口，来到了迪吉草原，眼睛也好受了许多。

迪吉牧场是香格里拉最负盛名的高山牧场之一，我学会了通过微眯眼睛、转换视角的方法来缓解雪盲。这是片海一般开阔的雪原，平坦而微微起伏的雪的纹理，静止成千载未融般的安宁。雪面总在阴影中，淡淡的蓝，乌云渐渐开合的时候，离散的光束洒下，便出现金色的光带，在蓝色的画布上舞动。牛棚像溺水的积木，各自零星在千米之外，就快要被雪覆没。我知道它们正在酝酿初春融释后的花海。

背后是越来越浓密的乌云，一直追赶着我们的脚步。奔俄雪山的那头，已经暴雪如瀑了吧。

"要感谢菩萨，如果那片乌云在我们之前抵达这里，牧场上唯一的路将被暴雪掩没，我们就会轻易陷入路两侧两米厚的雪洞里，再不可能出来。"丹能如释重负地说。

丹能的歌声再度响起，是《青藏高原》的藏语版，歌声与驼铃声婉转相合，被风吹散到油画般旖旎的白色世界中去。

我站在牧场尽头标志尼汝地界的木门，回望来路，纯黑色天空下，是皎洁得如同皓月普照的银色雪原。我们踩过的小径，弯曲着横穿到无垠的世界尽头。狂风刮着黑云迅猛聚散，数不清的金色缎带，在银毯上游龙般飞舞。

这是极光吗？我无法名状地伫立，目睹这遥远的极北天象，换了一种方式在横断山脉的深处演绎。

这不是人间应有的光泽。即使真有天堂，我也更爱这里。

【二】

"小叔叔!快走吧,要不然雪暴就追过来啦!"

小孙农的喊声把我拉回现实。我控制不了自己的情绪,远离队伍独自走在后面,热泪滚落。

从迪吉草原下山,不远便是普达措国家公园的属都湖,也是徒步的终点。我们卸包在丹能的远房亲戚家。孙农的表妹是十一岁的拉宗卓玛,她与外婆两人,常年生活在属都湖畔的一个稍大的牛棚里。

与尼汝的初见,就要结束。我们在湖岸与丹能父子告别,他们还要迎着大雪赶回尼汝村。孙农已经十二岁了,那匹一路相随的三岁小马,是丹能送给孙农的成年礼物,孙农与马儿脸颊相贴,爱惜不已。徒步至普达措,对于他也是第一次。这个小疯子,如果再见时,长得一定很高,咳嗽一定也好了……

"再见啦!丹能!孙农!好好学习!"

"再见啦!小叔叔!"

"我以后再来看你!"

驼铃声渐行渐远,我不住地挥手,目送父子俩消失在银色国度的深处。呵呵,这个小家伙,到最后也不肯改口了……

雪淅淅沥沥地下着。老何、小杨姐与我坐在卓玛家的牛棚,回味着这短短几日,却似漫长年华的点点滴滴。

"你们相信神迹吗?"

我回想这些天的种种境遇,忍不住地问。小杨姐与老何是旅行经历丰富的人,在经历了尼汝的大起大落之后,都开始沉淀出曾经的刻骨铭心。

"我最难忘的一次,是前年在新疆徒步。"小杨姐回忆道:"那是天山山脉，我和一个朋友在满是雪的大山中徒步。第四天，我们迷了路，却已经用光了所有的食物。雪很厚，狂风吹得人无法站稳，冷得恨不得直接钻进雪里大睡一场。第六天，天空开始放晴，我们在绝望的边缘时，攀过了一个山头。那竟是无边无际的花海啊！从我们脚下一直铺展到一个碧蓝的湖边。身后是银白世界，身前却一滴雪也没有，只有无边无际的灿烂！我和同伴懵了好久，然后抱在一起，号啕大哭……"

"我最难忘的一次是在西藏。"老何说，"我在一个不知名的小村子过夜，就像尼汝这样避世。当天晚上，我睡在帐篷里，突然听到外面窸窸窣窣的声音，探头出去，竟是很多藏民不作声响地走动。我好奇村民大半夜是要去哪里，于是赶紧穿上衣服尾随在队伍中同行。大约是翻了几个山头，终于来到崇山峻岭间的一处台地，天色已微明。村民在那里停下，安静不语，像是在等待着什么。突然，第一束阳光把台地正对的雪峰照得鲜红，而所有的藏民就在那一刻齐刷刷地向雪山跪下，不停磕头。我在人群里，突然目睹这一切的发生，竟像失了魂一样呆了很久。意识回复回来时，已经泪流满面。"

情到深处，小杨姐与老何都几许停顿。原来每个在外行走的人心中，都有挥之不去的那一刻感动。

"但是，那一种像是失去意识般，醒来才发现泪如雨下的经历，一辈子只会有一次。"小杨姐补充说。"我之后的每一次徒步，即使艰难困苦，都没有最初的感动那么强烈了。"

"是啊。在多年之后我又造访过那个村子，也又在一个晚上尾随藏民朝拜神山，可是竟然再找不到一直以来心心念念的那种感觉。有些感动，发生一次，就再不会出现。但一次，足以影响一生。"

我像是入迷般地听着两位前辈的故事。那么尼汝，也会是我人生的第一次么。

牛棚外雪势渐停，天光云影亮堂许多，兴许是暴雪即将过去。远远的属都湖一侧，卓玛与她的外婆赶着羊群，一只藏狗尾随其后。冰湖之上，两人一犬，如宣纸滴墨，美得和谐。

"那既然找不到最初的感动，为什么你们还要继续旅行？"我问。

"最初的感动是一个动力，却非目的。我的人生因此而改变，毅然辞了公司的工作，和老公借钱开了个小饭馆，开始很穷，慢慢走上正途。所以现在才能每年大部分时间都和老公在外游走。"

"我老婆就没你那么潇洒。每次我想出门，她都要埋怨。"老何抱怨道。

"那你还成天往外跑？"

"啥也阻挡不了我啊。后来，她一生气，我就又出远门，等几个月再回家。渐渐的，她就不敢凶了，等我回家就特温柔。"

"哈哈哈！真有你的……"

卓玛斟满最后一碗酥油茶，坐在牛棚外的木篱上，很开心的样子，她的双眸干净而深远。离开普达措时，已是半壁晴空。久违的湛蓝，湖一般的清澈。

"还是蓝色的天空好看啊。"我陶醉地说。

卓玛笑盈盈地应道："阿妈说，天空本来就是这个颜色的呀，就如原本的心灵。"

尼汝，大森林里的小孙农

白水神川

【一】

　　中甸的生活，又回到了类似在丽江打洞的日子，可惜没有在这里认识小和般的朋友。尼汝就像一场盛大的篇章，华彩落幕后需要长长的时间来消化。心中对梅里的期盼依然不减，只可惜冰封的214国道与澜沧江大峡谷，丝毫没有要敞开胸怀的意思。

　　和小杨姐与老何自从尼汝一别后便各奔东西了。小杨姐老家的店铺有急事需打理，于是不得不离开，临走前信誓旦旦地说一个月后便将重新回来，她有的是时间；老何是个和我一样孤僻的人，两个孤僻的人很难并肩上路，于是他按着自己的意志摸索着前往梅里。每个人心中的同一个目标都未曾改变，只是将踏上各自不同的朝圣征程。

　　我有史以来的最长假期终于要结束，一边面临公司催着回去干活的急急律令，一边如获重生般地活在这个神奇的地域，两者之间完全没有重叠，就好比梦里梦外，无论在哪一个现实中醒来，梦里的故事都会遗忘得销声匿迹。在大都市社会化的生活与浪漫主义的超现实冒险中，我选择了后者，竟毅然对老板谎称自己受困于交通不便的雪山深处，无法回程。老板体谅地让我保重，并允诺为我延长假期。用这样的手段达到继续旅行的目的，我实为惭愧，就像割下左臂的肉填补右臂，绝非长远之计。

一直沉醉在一重重相接而至的奇遇中,直到在中甸放慢节奏,我才第一次开始思考旅行与生活的关系。大美不过转瞬即逝,而被自己努力抛却的大都市中浮华、虚荣、压抑、劳碌的曾经,才是人生真正的组成部分么?那么这些天来,一直挣扎着、拼命着的自己,从未这般勇敢、坦荡的自己,其实也不过是再度腐朽前的昙花一现?

旅行前的种种,我在路上皆抛诸脑后,不愿忆起。北京的朋友们应该如常地加班加点地赚着钱吧,不知是否又换过一任女友。与他们几乎断绝了联系,因为即使只是暂时也好,我不想身上再掺杂半点以往的气息。唯独特殊的是皮皮,总是不断想起,新年夜的低落、关于"一床房子"的设计,还有秋千上倾诉的梦想。那时的我还一个劲儿地"批判"她呢,可时至今日,方知自己内心深处,埋藏的竟然是同样的诉求。

香格里拉,向我讲述着一个与尼汝截然不同的藏族天地。

中甸,静静的香格里拉

中甸正在不知不觉中发展，林立的商铺与客栈从月光古城内向新城扩散，大佛寺顶的巨大转经筒，就像是藏汉融合、中甸现代化的一个代表。当松赞林寺前身穿华服的藏族小女孩嘲笑着对我说"不给钱就不能拍照，天下没有白吃的午餐"时，我想念蓝天碧水畔放着羊群的拉宗卓玛；当红旗路的牦牛肉火锅餐厅里，富有的喇嘛们一边划着拳一边大叫"再来一盘"时，我想念小孙农说到菩萨时，眼神的闪动。

我渐渐摸清香格里拉善变的天气，前一分钟是暴雪狂扑，这一分钟便已晴丽明朗；而即使是生活在大山间的藏族女人们原来也会晕车，就和老妈一样；我记住了长征大道上哪家超市卖最便宜的肉干，古城中哪个烧烤摊能烤出最美味的蘑菇；我喜欢大老晚趴在一家酒吧的窗子外很可怜地朝屋里偷窥，却从未光顾；也喜欢酒足饭饱后，扎进运城广场，牵起一位藏民的手，就开始载歌载舞……

最喜欢的，是租上一辆自行车，骑到县城郊外的伊拉草原，去看那冰水参半的纳帕海。空荡荡的青稞架，沿着湖水与草原的朦胧吻痕静静站立，羊群在湿地上澄蓝如镜的水塘中映出的懒散倒影，214国道背着越发厚重的积雪盘旋向北方的峰岭，那里有尚未解封的白马雪山与梅里雪山。

【二】

香格里拉的乐土中，也有久违的纳西人的圣地，那是哈巴雪山脚下，三坝乡的白水台。

空荡荡的班车摇晃着从中甸前往三坝乡白地村，车上除了司机与我，就只有一位灰发老人和一位年仅十岁不到、躺在座位上睡得东倒西歪的小女孩。

大雪初歇，窗外笼罩在一片蒸腾的白茫雾气之中。远山只留灰色轮廓，白色藏房像披着三角斗笠的火柴盒般躲在雪地里，一株株身姿各异的枯树相伴左右，展开着一幅幅恬静的水墨田园画卷。牦牛群总不时地挡在路中，司机只是鸣笛耐心相让。老人说，今年的雪灾非常严重，连牦牛都冻死许多，大家都很心疼。

路在大气万千的森林峡谷间穿行，积着厚雪，小巴车每至上坡或拐弯便力不从心。我帮着司机在车轮上套上很粗的铁链，缚以六芒星图案的麻绳，拿着铲子在路边铲出干土草芥埋在车轮下，然后共同发力推车。屡陷屡推，班车终于降至无雪的河谷，两岸的梯田像大片的豆腐皮般从仰止的高山上一路铺下。这里便是白地村了。

一条小公路，把偏僻的白地村与中甸紧紧相连。路旁的阡陌里，是纳西风格的砖瓦石板村屋，篱笆相隔，鸡犬踱步。河谷切得窄而深，看不到崖壁下方的水，仰头望去，便清晰可见山腰一处白玉色的光带，镶嵌在密林之中，有如宝石。那是白地村的骄傲，白水台。

白水台是纳西族东巴教的发祥地。相传纳西东巴祖师学完藏经，路经此地时被美景所憾，以为神迹，决定在此修性，创立了东巴教。白水台的地貌与四川黄龙、土耳其棉花堡如出一辙，是一种历经沧海桑田方能形成的钙华彩池奇观。

作为一个开放不久、少有人知的景观，白水台并未受到旅人太多的关注。如果不是为了等待梅里解封而四处打洞，我也不会跑到中甸客车站随便搭上一部车、随便点选一个景点而来到这里。台地山脚的售票亭边，几位村民乐呵呵地打量着我，看得我渗得慌。

"大叔，多少钱一张门票啊？"

"哦，三十的，今年没人来，半价十五了。"

"好，这儿有厕所吗？不好意思……"

"在修。你小的大的？"

"小的。"

"那就在这儿直接撒嘛！"

"……那大的呢？"

"这个巷子进去，找个树底下撒。"

"……"

我四下打量着这个以农业为主的村子。眼见的活人，不是在路上赶着黄牛，就是在田间弯腰劳作。不见半个游客的影子，一两家"农家乐"里也是空空如也，没有朝我饿狼扑食般冲来的店家。兴许是罕见的雪灾，让许多地区的旅游业都倒退了十年。我索性背上包，直奔山腰的白水台而去。

我们伟大的地球上，耗时亿万年形成了数之不尽的难以想象的奇景，其中许多，如果不是亲眼见到，根本难以置信。对于初出茅庐、孤陋寡闻的我来说，即便此行已经历经从未见过的雪山、草原、森林、峡谷、沙洲、湖泊的洗涤，也不可抗拒地被白水台中超出我想象的美轮美奂所震撼。

从踏上台地的一刹开始，我便屏气息声地讶吒。哈巴雪山之下，数公里宽连绵荡漾的贝壳形台幔，层层叠叠相连铺展，像是九天泻落的巨瀑。我踏上水晶般的阶台，倚着比自己还高的白色台壁而行，悬空匹练，滟滟凝脂，斜月形的无数台池中，盛满安静不语的蓝色水泊，好似一朵逐渐盛开的蓝莲花。

万籁俱寂，迷蒙的山雾时聚时散，这天河神瀑仿佛在宇宙初开的瞬间凝固，从此在时间的洪流中长眠。一路走过，我脚下的每寸肌肤均有极薄的一层水流滑过，像是母亲的温柔爱抚，也像无声哭泣的泪。镂着蚕丝纹理的细密台地上，落叶飘零，随细水长流渐渐凝结成白色。一排绿意沁人的垂柳，从银色台池中生出，摇曳在没过树踝的涓涓细流中，它们的血脉在绵延的雪白台地上浸染出彩色的纹理。柳林身后，一弯明月形的水台，孤独地泛着暖黄。

这一切都是天然的？我在亦真亦幻的迷境中，彻底沦陷了。禁不住问自己，究竟须臾间闯入何境，越是穷竭地在脑中找寻与之相似的形象，越是头疼昏乱。

我在绵延不断的白色世界中疾走，耳畔充斥着急促的呼吸。走出白水台时，我竟有种如释重负的感觉。太过精致的画面，会让眼睛中毒。

我决定用美食给自己解毒。在这个僻静的小村落，我走街串巷才终于找到一家餐馆。一个瓦数不高的灯泡照着四张木桌，墙上挂着阳朔山水的照片。

"有人吗？"店里空无一人。

"要吃饭吗？你等会儿，我去叫老板来！"门口探进一个头，是隔壁的一位大妈。于是我落座等待。

不多时，一位年纪与我相符的姑娘扯着一位小伙子进了门。他们是这家餐馆的主人。

"好久没有客人啦，欢迎欢迎！你想吃什么？我们店没有菜单哦。"姑娘说道。

"我想吃辣的、口味重的、热的菜。有推荐吗？"我无辣不欢。

"给你做杂锅菜吧？有吃过吗？"

我才想起自己的"吃货清单"里，唯一漏下的纳西名菜便是杂锅菜了，遂欣然同意，真是天如人愿啊。

小两口开始忙乎，男的主厨，女的切菜。我坐在一旁看着小两口摆了一灶头的菜，一边看着店里一只不到一个月大的小狗。小狗只有

101

巴掌大,它像是还没有适应这个世界,对什么都充满好奇地嗅着,磨磨蹭蹭朝我走来。我善意地伸手想要摸,它却突然尖叫,然后跑开几米,瘫着颤抖不已。少顷,它又闻嗅着朝我走来,我伸手想摸,八丈远处却又尖叫着跑开。这种尖叫,是生命受到极大威胁时才会发出的声音,却带着婴儿般的嗲。直至饭做好之前,这样的尖叫无数次地上演,我对自己的亲和力彻底失去了信心。

"它胆子太小,但很喜欢你。"姑娘端上煮好的杂锅菜。

"真没觉得……"

五花八门的肉与菜盛在脸盆大小的锅里,一碗辣椒蘸水,一碗米饭,我吃得涕泪横流,不住计算着这是否旅行以来最美味的一顿。小两口在一旁搂坐着,我吃得格外别扭。

"做得太好吃了!我给你们夫妻俩照张照片吧!"

"不要照啦,我们还不是夫妻。"说完还搂得更紧了些。

我有些惊讶。原来这两位年轻人已经相恋很久了,但是家里人并不同意婚事,于是才私奔到这白水圣地开餐馆。

"你们都私奔啦,我代表北京人民对你们表示崇拜!那就趁热打铁结婚吧!"我脑门一热地胡说。

白地村,路边的野花你不要采

"慢慢来，慢慢来，会结婚的。"小伙子终于开了句口。

屋外，无数贝壳状的梯田层叠地铺展到河谷的崖前，六十米高的白水河瀑布从山坡的另一头轰鸣泻下。夕阳映红了V字形峡谷尽头的雪峰，早春作物在风中似涟漪起伏，我才想起白地村的传说中，正是神仙创造了白水台，教会纳西人民耕种的技巧。

"白水台好看吗？你应该晚上上台，有时月夜下能看到从池子里突然冒起的大气泡泡，最大的里面装几个人都没有问题，我们叫它弥勒菩萨的大肚皮。"小伙子说。

"我们放了几盆花在上面，过几个月去拿，就变成雪白的工艺品了，很漂亮。"

我抬头望山，月光不见，白水台也隐在云中。我和小两口边聊着白水台的匪夷所思，边插科打诨夸赞他们私奔得帅呆了，直到深夜。心里暗自为他们感动，这一对小情侣，为了追逐自己的理想，甘愿离家背井，白手起家。执著至此，在这样一个近似仙境的地方生活，也未免不是属于他们的一种幸福。

【三】

一宿无梦。黎明之前，我再次爬上白水台，一亲日出芳泽。

沿着潺潺的乳白色溪流上溯，前方的五彩云雾似神龙般揽天入地，整座山有如浮在天空。这一夜下过雪，前日方是墨绿的整片山林，此刻均泛着程度不同的蓝色。白水神川，在日出之前原来完全是另一番风情。

霞云挑染了镜台，玫瑰红与葡萄紫，在细薄水流中各梳己妆。我用手轻轻抚摸着镜台上的水，那是无比性感的光滑与冰清。想要拥抱，想要亲吻，却怕自己弄脏了她，吵醒了她。

　　曙光普照下山林的一刻，梦呓却完全被震撼所取代！从雪峰往下，山林分明依次呈现白、蓝、红、紫、绿的色带，映照在弯月彩池中，仿佛两束无比宽阔高远的巨大彩虹，可齐天地的挂在眼前，相比之下，金灿灿的白水镜台反而显得袖珍温婉。我禁不住屏息，直到心胸缺氧，反复思忖着不同林带在晨光下何以呈现此等幻象。一场夜雪为山白头，彤阳为山披上婚纱，在这个圣域，世界万物都融为一体，彼此依附着谱写神话。

　　大雾自山脚涌上，我满怀感激，恋恋不舍地离开，不住地回望这个奇幻的仙境。山脚下，班车已至，背着书包的放牛娃们要齐刷刷去中甸，新学期开始了。

　　我踏上车，拣着门边的地坎垫好背包坐下，巴士便慢慢启动。餐馆的小两口站在路边向我道别，我伸手指着白水台，大声地朝他们喊道：

　　"白水台也穿婚纱啦！你们快结婚！"

白水台、哈巴雪山的婚纱

向 往

【一】

"喂?翔子吗?我是老何!你最近怎么样?"

我正只身徒步在临近普达措的一个山岭,踏雪寻芳,手机突然久违地响起,竟然是在尼汝之后便各奔东西的老何。

"是老何啊!好久不见,我还在中甸一带转悠呢!之前去了好些地方,白水台特别美!你呢,跑哪儿去了?"

"我在梅里!"

我顿时心跳加速,耳朵跟着竖了起来。老何怎么能到了梅里?

"什么!你怎么去的?不是大雪封山封路吗?"我迫切不已地问。

"我折腾了两整天,包车走了一段,又转了两趟班车,还铲了一路的雪,绕了老远的路才到的。本来若没雪,直接从中甸乘班车经白马雪山国道就能到德钦县了,才四个小时路程!"

至少有办法去梅里,我已经听得心血澎湃,恨不得也插身飞过去,管它上刀山下火海。

"我就是打电话给你说,让你别来了!"老何出乎意料地说。

"这是为什么?"

"什么也看不到!德钦天天暴雪如洪,能见度不到二十米!我在飞来寺等候了四天,别说看梅里日照金山了,就是大白天也看不到雪山的影子！"我才听出老何似乎一直在吼，却显疲惫，电话里是呼啸的风声。

"我固执地进梅里看明永冰川，太子寺的雪已经积到大腿，五米之外更是什么也看不清，寸步难行。现在刚从明永村回来，全身都在风雪中湿透了，冻得发抖！"他越说越激动。

"可是……"

"总之你记住！千万不要来，我现在非常后悔！我建议你啊，改向南，去怒江一带，比如丙中洛，比如腾冲，我问过朋友了，那里没雪！否则，你去了也白去！"

我呆立在原地，被这个晴天霹雳彻底击傻。接下来该怎么办？绕路而上，本就已经错过了至美的白马雪山，难道即使到了梅里，也是功亏一篑？飞来寺的日照金山、明永冰川、雨崩神瀑，全部不予得见？这样的结局，叫人如何接受！

不知名的村庄，大地上走出的图腾

虽已托词不回，但我分明已经耗完了自入职以来积攒未休的所有年假，如今的游玩已处于无薪状态。回想刚参加工作之时，曾为能跻身一些好项目而不择手段，而现在，一个个好的项目正在溜走，职业高升的机会送给了同事，老板兴许也快忘了还有我这么个人。

身旁是藩篱在雪原上围成的田园，一尺厚的雪下得馒头包似的白色小土堆，从田野的这一头一直错落到青稞架下。丹能说过，这是冬季堆砌好的肥料，用于新春的耕种。人们的脚印在雪地延伸成树的形状，就像古老的血脉和图腾，这里的世代人民，靠着双脚的勤奋，在大地上孕育生命，绵延不息。

站在这如诗如画的景象里，我扪心自问，竟也觉得所有的代价都是值得的。大喊出声："梅里一天不放晴，我就一天不走！"

【二】

北海湿地的鸢尾花还没有开，船在水草环绕的水巷中穿行。撑船的小伙子说，前两日发生了一场火灾，烧掉了几亩草海，所以才有了眼前乌黑的一片枯景。码头边，一个五岁左右的小女孩裹着毛巾当披风，拿着根树枝耀武扬威地又唱又跳，后面紧跟着一个同样五岁、老实巴交却关怀备至的小男孩，这分明就是幼儿园版的黄蓉与郭靖啊。

腾冲是一个以火山与地热闻名的滇西南城镇。尽管是第一次坐上热气球，俯瞰已覆满植被的葱茏火山口，也没能让我发自内心欣喜起来。想不到老何的几句话后，我真的离开中甸，来到了南边。经过怒江大峡谷时，回望北方的碧罗雪山，有些懊恼，明明是决心一路向北的，但现在却一路向南了。

在开始在更大的活动范围出没，以等待梅里解封的日子里，我发现了越来越多的人,原来拥有我和相仿的经历,甚至已经走在我的前面。有许多像小杨姐一般骑着车沿川藏线直取拉萨圆梦阿里的人,有许多背着柜子一般大的背包四处落宿蓬头垢面的人,有许多弹着吉他一路卖唱的人,甚至有一对三十岁左右、抛下上海的一切优厚生活、在大理双廊镇的洱海湖畔开着没人光顾的小客栈,终日面朝湖水心宽体胖的可爱夫妇。每个人都曾站在天枰的一端,和另一端的梦想较劲,最终败下阵来。在这个百年一遇的异常天候下,大家都挤到了温润的南方,静静蛰伏。

故事总发生在戏剧性的时点。有一日,我在洱海边一处公共厕所干大事,未及一半,突然隔间的门被猛烈拉开,一位白族老爷子大惊失色地叫道:"你在干什么?"

大号至一半,我吓得定在那儿,动弹不得,惶惶地问:"怎么了?"

老爷子厉声喝道:"你居然敢坐在马桶上解大手!难道你没有常识,没有公德心?"

"我……"

"看清楚!"他顺手指向邻间的蹲坑,说:"那里才是大手的地方,马桶是用来解小手的!你解了大手,我们怎么用?看不出来,你年纪轻轻一小伙,竟然这么没有道德!你坐在这儿等着,我这就找人借相机,把你现在的样子拍下来,然后挂在厕所门口,以儆效尤!"

吼完,老爷子一溜烟地冲了出去,剩下我有如石化。一分钟后,我像是意识到什么,赶紧解决彻底,遂火箭般冲出公厕,四下张望后逃之夭夭。

真是见鬼糗大了!我哭笑不得地边逃边想,怎么从未听说白族还有这等文化风俗?本就不佳的心情,被这样无厘头地一搅和,更加堵得慌。

就在此时,电话响起,竟是小和那沙哑的声音:

"翔子啊,你在哪里?"

"我在洱海呢,刚被人从厕所里赶出来,不知道招惹谁了!"

"哈哈。我告诉你一个好消息!据我在德钦的朋友说,那边的天气好像开始好转了!大雪有要停的趋势,而且从中甸已经有临时的班车前往德钦,只不过要绕好大一个圈子!"

大理,苍山盖着云被子

"真的？你是说真的？"

"应该无误！"

"恩人啊！我这就撤回中甸！"

不用想也知道我是怎样一幅张牙舞爪的兴奋样儿了。苍山从未那么绿，洱海从未那么蓝！感谢菩萨！感谢小和！感谢白族老爷子！当天，我便买了经丽江赶赴中甸的班车，连夜北上。

【三】

去梅里究竟会有多冷？会有高反么？如果像老何一样苦等是不是要多带些吃的？尽管已经走过尼汝的历练，我仍然把梅里放在一个神秘的高度。为了做好万全的准备，我小题大做地在中甸跳蚤市场买了新的地摊墨镜、手套、补充蛋白质的牦牛肉干、补充能量的巧克力、补充氧气的双氧水、补充维生素的维C果冻爽等，大包小包地前往清晨的汽车客运站。

车很快驶向中甸城郊的巍巍山岭，窗外的白塔与玛尼堆簇拥在一片晶莹雾凇之中，冰封的纳帕海倒映着天空的醉蓝，湖上万朵覆雪的草垛有如珊瑚群岛，我目送着这一切酷似缩微版大堡礁的美景，十分欣喜。

"根本就不需要特意去什么国家公园啊！这里一步一个美景，你说是吧？"我兴高采烈地跟身旁的乘客说。

身旁坐着的是一位颇有福相的藏族小姑娘，看了我一眼，客气地说了一句："哦，就是。"然后便一头栽倒，昏睡过去。

太阳晒得车顶的积雪开始融化，淌下一条条水痕，划过玻璃窗，像哈哈镜般映着窗外的万里晴空。据小和的情报，德钦的雪呈减小

III

趋势,所以护路班才能够铲掉一部分雪,将经过维西澜沧江大峡谷的路暂时打通,至于白马雪山之路则不得而知了。这段晴好天气只有三天,即是说,我必须把握好夹杂在连续雪暴间仅有的三天时间,去朝觐梅里。

巴士拐过尼西乡的彩色梯田,拐过巴拉格宗峡谷令人神往的入口,跨过金沙江后,便来到了更回壮阔险峻的澜沧江大峡谷。谷岸的巨大山体寸草不生,风化的彩色山壁给人一种极致的苍凉感。雪山座座相连,我就像刚刚从丽江进入中甸时的兴奋,不住地问身后的藏族小伙:"这是什么山?那是什么山?"藏族小伙无奈地一歪脑袋一摊手:"不知道,香格里拉的雪山太多了,我记不得。"

荒芜高耸的山壁上,每出现一座雪峰,便能在雪山垭口往下延伸的山隙处找到一个小村子,缀在巴掌大的油绿色梯田中,有如圣城。澜沧江,带着醇酒般的色泽惊涛拍岸。整部车的藏民都能感觉到我的高涨情绪,只有身边的藏族阿妹睡得打鼾,脑袋一搭一搭地枕着我肩膀。一位披着军大衣的年轻军官,兴许也是闷得发慌,想要找人说话,便叫醒藏族阿妹商量了几句,换座至我的身旁。

军官年方三十,安徽人,从十八岁便开始在德钦当兵了。因为德钦条件太苦,所以将妻儿安置在昆明,很久才能见一次。他翻揉着我已经破损的云南地图,不吝地流露着他对这片土地的热爱。

"我在迪庆已经呆了十几年了,但还没有像你这样好好走过。"

"你是为国家守卫在最艰苦的地方,也把这里当成了家。我们都要感谢你。"

"等我以后退伍了,就带着我老婆到处逍遥。"

"到了那个时候再看这片守卫过的土地,感觉应当是两样的吧。"

"年轻的时候根本不觉得什么,只是觉得苦。到三十了回头看,才发现这种人生可能不是自己想要的。"

军官大哥说话透着一股儒雅范儿,和我聊着部队里有些枯燥的琐事。远方的公路蛇行在万丈绝壁边缘,看得人心惊。艳阳洒下,不觉间双双睡去。

醒来时,已是黄昏。车外开着幽暗的一片油菜花,不如丽江大理般茂盛,却也坚强地绽放。刚毅带雪的山峰,被夕阳烧得灿烂。

"到德钦了,漂亮吧?"身后的藏族小伙突然伸过一个脑袋,很自豪地说。

"是啊,真美!你家吗?"

"不是,但是我也想搬到这里。德钦和西藏阿里,是我最喜欢的地方!"

"以后你要是再来,要带着你爱人、家人一起来。他们都会喜欢的!"

抵达德钦县城已是深夜。军官大哥的战友来接,他热情地给我指点了在德钦住宿的建议,推荐了一位汉族姓名的藏族司机师傅。观赏梅里日出的飞来寺断水断电,唯有住在县城内。与赵师傅接洽妥当后,我兴奋难眠,在德钦窄小的主街道上散步。路边的夜市只剩一家烧烤小摊,耿直的老板给我烤着热情似火的肉串。

仰望夜空,星空依旧,祈祷明日神迹再临。

维西，澜沧江大峡谷的纯美水色

在世界尽头说爱你

【一】

我做了一宿的噩梦,梦见自己在比天还高的大山间,不停地跑,不停地望,却根本看不到梅里。

早早地步出旅馆时,仍是墨般的黑,一盏弯月当空而挂。昏黄的路灯,照着倾斜而上的街道,这是德钦县城唯一的主路。赵师傅的车在约好的时间出现,载着我奔赴飞来寺。

"飞来寺有多远?"一夜狂梦,头很是晕,我似乎还未能适应即将抵达的终点,有些惶惶地问。

"哦,只有几公里。那里是梅里雪山日照金山奇观的绝佳地点。每天早上,都会有来自世界各地的摄影爱好者,端着三脚架密密地排成一排,站在飞来寺前的空地上,虔诚地等待。"赵师傅的普通话比丹能好多了。

"那今天也会有很多人?"

"呜哦,没有的,肯定一个人都没有。德钦封路太久,已经很久没游客了。今年一直下雪,什么也看不到。"

"那今天能看到吗?"

"能!你是幸运的人。"

再一路无话,车内车外一样的沉默,直到十几分钟后停在了一片空地上。我蹑手蹑脚地走出车门，冷空气扑面而来，不禁缩了缩脖子。这里便是飞来寺前，却不见半点灯火。因为已停电很久了，飞来寺前的餐馆或客栈都纷纷歇了业，这个平日里熙攘嘈杂的地方，冻结一般的沉寂。

连日大雪，天空第一次出现了月亮，在漆黑的夜色中照不穿半点乾坤，启明星下的一切都仍然沉睡。空地上立着很大的煨桑台，我忐忑不安地向后方的平台边缘走去。

隐隐约约，我看到了远方若即若离的蓝白色轮廓，定睛一看却又空无一物。那兴许就是梅里吧。漫长的旅途，在这一刻悉数回放，为了这个从出征的一开始便已经确定的终点，已经走过多少艰辛，又苦等了多久。神山在即，我是会癫狂成魔，喜极而泣，还是会一场失望？内心，芜杂的感触交织涌动，已然不知如何面对。

一位喇嘛在崖岸的煨桑台燃起了松枝，苦寒顷刻减缓了许多。

"你是幸运的人。"他并未看我，只是若有所思遥望梅里的方向，绛红色的僧袍被火光映得鲜亮。

天际泛出鱼肚白，蓝色的梅里十三峰，以毫无遮掩的大气昭然呈现。缅茨姆神女峰、加瓦仁安峰、巴乌巴蒙峰、玛兵扎拉旺堆峰，竞相擎天。而梅里中央，群峰相拱的卡瓦格博峰，更是传说中的神山之首，维护着世界的和谐与宁静。

我也许想过一百个与梅里初见的场景，却没有一个与眼前的壮丽群峰相符。梅里，与所有曾经见过的雪山都完全不同，天地之间仿佛蒸蔚着一种无比强大庄严、却慈爱安宁的力量，给人以感化。我甚至来不及接受这种开宗明意的交会，只是坐于崖前，沉默在这场浩大的苍穹布置中。

雪山越来越亮，突然从身后射出漫天红光，又转瞬即逝，取而代之的是天际薄薄的一层紫色镶边，左侧的缅茨姆也已被系在腰间的霞云染上浓脂。

　　当第一抹曙光洒下，卡瓦格博完美的金字塔峰顶终于刻上金红，我的血液也仿佛瞬间凝结。峰顶之尖，燃烧着微小的一丝光芒，只为了它，已不顾千山万水。我久闭双眼，心如闸开，多少红尘，一刹那已是往事云烟。

　　虹光往下徐徐铺展，雪山渐欲鲜亮，顷刻间，梅里十三峰已全然沐浴在耀眼的金色之中。天地仍旧是幽深的宝蓝，梅里甚至形如在漆黑宇宙中的恒星般，用唯一的光热普照尘世。及地的经幡舞动，只留我一人静坐仰望。模糊间，卡瓦格博的红色流金，像是滚烫的熔岩向我涌来，盖住我，再无寒冷。我在心中默念，永远要记住这一刻，即使未来有再多挫折困顿，也要记住卡瓦格博的万世神光，曾经怎样温暖了自己。

　　"你的心想到什么，你就会看到什么。"

　　一抹绛红色的衣衫飘过，僧人在我肩旁坐下。

　　"太阳最早照耀的地方，是东方的建塘，人间最殊胜的所在，是奶子河畔的香格里拉。"

【二】

　　霓云卷曲成羽状，沉在已臻湛蓝的天空，像是给卡瓦格博插上了雄鹰般的翅膀。车在突兀的大山上蛇行，赵师傅开始不断给我恶补梅里雪山无穷无尽的传说故事。

　　"卡瓦格博以前是凶神，后来被莲花生大师感化了，变成了保佑四方的神山之首。我们这里都很崇敬莲花生大师……"

"缅茨姆是卡瓦格博的王妃,她很害羞,总是披着面纱,因为高峻秀美,总是被人误以为是梅里的主峰。我觉得她比卡瓦格博更美……"

"卡瓦格博是处女峰,是世界上登山死亡率最高的峰,世界联合登山队几次登顶都失败了。尤其是1991年的攀登,我们藏民认为神山是不可侵犯的,很多喇嘛就从西藏、青海、四川赶来,在登山当天向卡瓦格博峰跪下,摆阵焚香念咒,祈求山神宽恕。最后山神有感了,就有了史上最大的山难。现在联合国已经禁止攀登梅里雪山了……"

"梅里不喜欢日本人,只要有日本人来,就一定避而不见的,这是玩笑,呵呵。不过你真是好运气!梅里已经两个月大雪没有日照金山了,一年一共也就几次,我以前接待好多人,有的在飞来寺一等就是几个月,都碰不到一次神缘。"

雪山已经亮白,我目不转睛地望着这场雪灾为梅里盖上的史无前例的白毯。赵师傅的声音在耳畔流转,描绘出一个更加神秘圣洁的形象。

卡瓦格博,让人往前一步不敢,往后一步不想。我的满腔热血,却都洒向那片圣地。车向雪山脚下的明永村而去,行至柏树桥头时,滑沙巨石淹没了公路,我和赵师傅下车奔走清理,终于再度打开前路。

"我们这里很漂亮。可是太过荒芜,没有树,只有菩萨。以前有一个复旦大学的毕业生,自愿来这里工作。只可惜,才来不久,经过澜沧江时坠入,车毁人亡。"

赵师傅看着湍急不息的澜沧江,回忆着让德钦人民伤怀的往事。江水巨龙般地奔腾在山谷,白色藏房拼成的村落仍然在阳光照耀的边际之下,我开始不禁想象自己生活在这样的村庄中的情景。

方是黎明不久，我已身处明永冰川峡谷的入口。从海拔两千三百米的谷口，攀升至两千九百米的太子下寺，与三千八百米的莲花上寺，需要徒步一千五百米的垂直落差，在这个大雪封山的季节，何以得行？

赵师傅仍是把我推送至谷内，鼓励我量力而行。疑惑不解中，开始了征程。山谷里的森林，繁花次第开放，布满林间的风马旗，超度着殒命梅里的登山者魂灵。这是梅里雪山著名的内转山路，处处是曼陀罗石堆，每颗石子都凝结信徒们发自内心的祈愿。

越发厚重的积雪自山腰出现，两岸山体也挂满从天而降的雪舌。

梅里雪山，转山路上飞扬的经幡

不经意间，已来到白色笼罩的太子寺。住持大师在寺庙晒着久违的阳光，我入堂转着经筒，祈求好运。

"大师，上面还远吗？"

"上面没路喽，差不多就到这里。小伙子，一个人来的啊？"

"啊？怎么会没路？不是还是莲花寺吗？"

"太高，雪把路埋了，寺里没人去了。积雪的地方危险，不知道下面是悬崖，是冰洞，是河谷，还是路。"大师说。

"我上去看看吧，我能把外衣寄放在这里吗？"

"哦，好的。小心走，菩萨会保佑你的。"一句熟悉而温暖的话。

太子寺后的山径之雪越积越厚，逐渐高过了膝盖，高过了腰，我在脚底绑上枝干以增加受力面积，大胆地爬上积雪堆，站在高高的雪路中，继续前行。直到临渊一探时，山谷间的大美，彻底震撼了我的认知。

万丈深渊外，气吞山河的巨大冰川，携着一千多米的宽广跨度从卡瓦格博一涌而下。眼前横亘出这样的宏大场面时，什么疑虑都不会存在。

我似着了魔般，在没有路的雪坡，双手双脚往上攀爬。雪坡越发陡得离谱，横生的树变成了横卧，截腰深地向一侧倾倒。我踹落脚底的树枝，为了走稳每一步，都用脚尖狠狠地在斜壁上踢戳出雪洞，以利踏足。每一次爬升，都要坚持到一颗横卧悬空的巨树，才能坐在树干上小憩片刻，眺望峡谷的浩瀚冰川。

鸿壑之下，远古巨冰连成江流，岁月不息。每一块巨冰，每一缕雪纹都是我无法企及的伟岸，我如同一个可怜的小生命，被抛到了时空的另一边，瑟缩地爬行在这个星球演变的斑驳痕迹旁，感受着千万年的岁月。

树影散在雪坡上，似乎也被大雪掩埋，我才意识到自己正在攀爬的斜坡，竟是雪崩过后的痕迹！匍匐在这条漫漫的白练上，我渐渐透支着体力，这是自尼汝独探七彩神瀑之后，第二次感觉到自己快不行了。

　　不化的积雪覆着下，能看到每一块蓝冰都像是楼宇般宏大，每一条百十米裂宽的冰壑都像通往地球深处被撕裂的伤痕，而鳞次栉比的巨冰无垠铺展，超越着我词穷的想象。在翻过一片与胸齐深的平缓雪垫后，我已有心无力，顺势躺下，仰望天空。在这洪荒上古之地，我无力地恐惧着、崇拜着、向往着、孤寂着，即使哭了、笑了、成功了、消失了，又会对这个世界造成什么影响？

　　雪崩之地，我不敢大喊，于是在心里与神山对话。凝望卡瓦格博许久，不觉时光流淌，竟仿佛冥冥间意识到，即使与所有深爱的人都遥距万里，但精神将穿越时空，超越物质的束缚。

　　就在这时，巨大的雪山顶，竟飞升出一对对翅膀般的羽云。雪峰冰晶般闪出一道光泽，晃得我眼睛难睁，继而身体仿佛飘了起来。奇迹发生了，我感到一瞬间，力量和心志涌回到体内，我一跃而起，兴奋异常地重新向上攀爬、跌倒，直到隐约间看到了舞动的经幡，看到已深深埋在雪中的莲花寺。

　　终于可以不用五体投地地匍匐，癫狂的奔跑在刹那间挥霍到极致。我在雪中像鱼一样翻滚，飞溅的霜雪晶莹地闪烁在腰际。爬上莲花寺后的山顶坡台，回望自己一路踏上的深深印迹，心中充满着自豪。

　　我从未试过把自己放在这样的位置，试图与地球对话。卡瓦格博神峰，在这里显得如此亲近，冰川源头的白色冰塔林，像来自冰河时代的神话造物般纯净。人在这里，无比渺小，渺小到以往种种的执念、财富、嫉妒、怨怼、暴躁、胆怯、迷惘，都是那么微不足道，小到在真正的大自然面前，可以失去任何意义。而裸露的纯净，给人的感觉是从未有过的安全。

就在这时,一阵狂雷响彻云霄,竟是冰川源的冰裂!冰裂牵动雪崩,卷起如海的烟云向峡谷之下奔流,万般轰鸣之后,烟花散尽,万籁再寂,只留泉水的淙淙轻吟。阳光普照,我穿着一件短衫暖暖地坐在卡瓦格博面前,想起了一位诗人般的植物学家在二十世纪初来明永村时写下的话:"穿单衣坐在冰川上,冰川是冷的,岸边却开满了鲜花。"

禁不住热泪盈眶,掏出手机,借着飘忽不定的信号,拨了三次后终于通了,是母亲断断续续的温柔的声音。

"儿子啊,怎么想到打给我,在外要注意身体。"

"嗯,我会的。妈,儿子在世界上最美的地方给您打这个电话,我爱您……"

【三】

再度身处飞来寺前时,冰川源上的故事已恍惚如昨。天降星辰,卡瓦格博的金色镶边渐渐隐退,缅茨姆仍然气质若兰地披着紫纱,这才是真正的夜景。

喇嘛对着夕阳中神山的方向叩首,我才想起悠悠一天已过,我竟忘了拜谒。喇嘛笑道:"你忘了你是怎么爬上去的了吗?"

柏树桥头相对明永村的另一侧,是西当村,那是通往梅里秘境雨崩的入口。晚霞蒸得人脸一片醉红,我默契地看向赵师傅,笑而不语。

终于到了离开梅里的这一天。班车在晨曦中绕过山岭,我贴着车窗,看着渐行渐远的最后一场日照金山。

窗外的雪丘连绵,在彤阳轻抚下暖成红色,犹如大漠。214 国道奇迹般地通车了，三米高的雪墙沿路而筑，白马雪山就在前方等待。

我不住地回望。梅里彻底消失的一刹，我的眼睛开始湿润。

原来梦想是可以以命相抵的。

白马雪山，中国最美的高山森林

Chapter 3

流浪的蜗牛

疯了
母亲的背影
大山的向往
博台之约
蜗牛的修行
四海为家
谁画出这天地
南宝的传说
神山一直守护我们
流浪终究会有始有终

疯 了

【一】

离开云南已是一周有余。不觉间,陪着香格里拉从冬天走到春天,如今已经是芳菲四月。

生活在努力重塑以往的样貌。我开始重新穿上正装,每日早晚堵塞在北京城的熙熙攘攘中。工作不算繁忙,优质的项目机会早已溜于人手,唯有赖着时间,等待公司新的指派。长假已过,毕竟要重新做人,我如是告诉自己。

然而,困扰我的却是时时刻刻萦绕脑海的云南。每一个晚上,都在不眠不休中度过,脑中反复闪动着挥之不去的影像。一半清醒时,塞住心口的是无尽的怀念;一半梦呓时,竟不停在大山间来回奔跑,想呐喊,却喊不出声。内心就像憋着一口气,不吐不快,我于是竭力地找人分享。

"你太厉害了!这岂不是人猿泰山般的生活?"

"我肯定受不了,我就算出去,也只会选一个海滩,点一杯红酒躺着看书。"

"你胆子真大!那些藏民多脏多野蛮啊,我肯定躲得远远的!"

办公室里,荡漾着同事们的声线。我说着尼汝村民的时候,只见对方的鼻梁与眉毛很皱地揉在了一起,仿佛听到了一件让他们倒胃口的恶心之事。明明是我被鄙夷着，我的心里却涌起一种对他们的强烈鄙夷，横眉冷对这群像魔鬼一般的人。偶尔一两位同事表现出的感动或惊喜，竟令我如蒙恩泽、感动不已。

我将魔爪伸向朋友。玉兰初开的香山脚下，与一些日子未见的小毅散步在早春的新绿中。小毅是个十五分之一的佛教信徒，因为每月的初一十五定不沾荤腥，他认真地听我讲述着那些在我看来惊心动魄的经历，时不时地表达着对那片带着信仰的土地、对放浪不羁的生活的向往。小毅在北京的生活，仍旧是不改地周旋在老板的压迫和女人的暧昧中，牵一发而动全身地占据着他所有的心思，和数月前没有任何变化。

我知道这才是生活的常态，却不禁说道："其实这些都不重要，烦忧都是自己给自己缠上的。"

"嗯，我在三十岁之前，一定要去西藏好好朝拜一下，要不然，心里太脏。"

这个精明又善良的朋友，我不知道他是发自内心，还是为了挺我才这么说。无论如何，朋友的作用，在无人理解时能挺我一把，已经足够。

北京仍然是一个美丽的城市。它蕴含的元素，远比故宫和长城所展现出来的历史感要丰富得多，庄严、悠久、繁华、时尚、蓬勃、市井、宫闱、学府，像一首交响乐般深深吸引着许多人。再度走在车水马龙的街头，公文包、领带、高跟鞋像影子般疾速地穿行在身边，抬头是压迫得人难以呼吸的摩天大楼。绿灯亮起，潮水一般的人群向马路踩去，我走得紧张不已，不禁想起小孙农的向往，感到莫名的陌生与失落。

这里真的是我的家么？

我开始恐慌，害怕那个在遥远的天边歇斯底里一步一爬的自己会逐渐消失。我开始习惯阅读别人的旅行故事，饥渴地涉猎着那些曾经或尚未走过的地域，不断做着笔记；我重复地听着许巍的歌，沉湎在对自由的向往中；我选出一张张自己拍下的照片，把它们统统洗印成册，再贴满房子的四壁，把日照金山与七彩神瀑的大幅照片贴在写字台前，抬头就能看见温暖一世的光芒。

我疯了。

用朋友的话来说，我这种行径颇具连环变态杀手的特征，如果不再加以抑制，迟早有一天会分裂出一个新的人格。

某一天，我拎着新洗完的一大把照片回到公司，散在桌上，心满意足。这时，公司的一位高管经过身边，不屑地瞟了一眼照片，冷冷地挤出了两个字："垃圾。"我顿时一阵心抽，仿佛被打了一记耳光，痛得发自肺腑。

完了，我真的疯了！

【二】

一星期后，我躺在甲板上，海风拂面。月明星稀，船在夜色中驶往普陀山岛。

我终于想到了小波，于是把他从南京拉扯过来一同出海。这个我打小的好哥们，大学毕业后留在南京工作，天南地北的相隔，加上平日里各自忙碌，我俩鲜有联系，只在每年春节回家时才能把酒言欢。有时候，男人间的友情不在乎家长里短，只是相望于江湖，足矣。

新的工作安排很快降临，我再次来到上海，却深感自己力不从心。飘忽的精神状态，使我每当拘束在狭小的写字楼办公厅里，便会头脑空白，不愿运转。我找准周末，把小波从南京忽悠而来，明面上老友相会，实则倒苦水。

船尾的航灯一闪一灭，偶尔有汽笛鸣起。小波还是那细得蚕丝一般的头发，却为了装成熟而蓄出了大胡子，像圈毛线似的缠在有些秀气的脸上。三等舱里充满异味，各地前来向观音求子求财的叔婶们齐聚一堂，聊得不亦乐乎。小波决意给他年轻阳刚的身体多一些年轻阳刚的锻炼，于是准备好啤酒、肉干，准备在甲板过上一夜。

"你说我是不是疯了吧。"我评书般地讲完了故事，等待批判。

"我懂。"小波盯着我，很认真。"我真的懂。"

"好像生活已经回不去原来的样子了。"

"你觉得原来的生活怎么样？"

"生不如死。"

"那干嘛回去？"

从中学时，我就喜欢和小波聊天。他的话极少，是个和陌生人说话也会害羞的人，可是心里却装着一个大世界，偶尔从中舀出一瓢水，也能掀起人心的一场波澜。记得初中时，他曾说"此生梦想是像杨过一样逍遥江湖"，高中时，他曾说"想独自生活在一个隐世之地，与所有朋友都鸿雁传书，聊表相思"，大学时，他曾说"要当道士，去青城山出家"。小波是一个浪漫主义、理想主义的存在，是一个仍没有被社会现实所矫正的个例，所以每当与他相处时，都如同时光倒转回十年以前，都能看到曾经年少爱追梦的自己。

"我觉得你现在的工作状态不是办法，开诚布公地和你老板谈谈如何？"

"嗯，只能这样了，要不然没法儿活。"

小波一个铁拳锤在我背上。"痛！"我叫道。

普陀山、甲板上的日出

"都是你惹的祸,被你说得心痒痒了。我过的那还叫生活吗?"

"哈哈哈……"

午夜的海风猛吹,我们大口喝酒大块吃肉,虽不是以最帅的方式,却快意无边。我问小波现在还想当道士吗,答曰想,更大笑不绝。躺在冰冷的甲板上,我们唱起 Beyond 的歌。

> 今天我,寒夜里看雪飘过
> 怀着冷却了的心窝飘远方
> 风雨里追赶,雾里分不清影踪
> 天空海阔你与我,可会变
> 原谅我这一生不羁放纵爱自由
> 也会怕有一天会跌倒
> 背弃了理想,谁人都可以
> 哪会怕有一天只你共我

歌声被海浪吞噬。十年春秋已过,梦想从未改变。海天阔处,一轮红日初升。

从普陀山归来后,我向老板 William 老实地阐述了自己的感受,寻求在职位不失,且不影响工作质量的情况下,能够做到的最大尺度。老板爱才,却怒我不争,在我三番五次地诚恳表意后,说道:"好吧。你可以不去公司坐班,我不管你在任何地方,甚至可以跑到火星上去写报告!但是约法两则:只要工作出现迟滞或质量缺陷,你就必须回来!客户约见时,你也必须赶回来!没有商量!最后,你要清楚这个选择会对你的前途造成不可挽回的损失。"

我已经什么话也听不进了,心里在高呼:万岁万岁万万岁!

【三】

　　我毅然退租了北京的房子，从此正式开始居无定所的浪子生涯。既然不住，决意远行，空房意义何在？换了一个八十升的大背包，内置备用的一套正装、一双皮鞋、一台插着无线网卡的笔记本电脑、几本书、衣物，便开始了我在"火星"上边游走边工作的旅程。

　　这样的生活方式，是以前从未想过的大胆与新奇，我小心地尝试着自己争取而来的半个自由之身。由于项目大约两周便要约见一次客户，不敢造次溜得太远，于是盘旋在整个大江南，尽享春色。

　　秦淮河畔原来没有歌女，只有到处卖着鸭血粉丝汤的小贩；无锡不愧为中国第一甜城，除了三凤桥酱排骨外，连小笼包也是甜的；瘦西湖的琼花遇风则散，在二十四桥上站立片刻，便像是也有了乾隆皇帝的风雅。姑苏城中，沿着荇菜参差的水巷寻芳问柳，寒山寺的晚钟响起时，往事翻飞；而温州人一定是中国生意算盘打得最响的，居然能在雁荡山想出"夜景"游览的噱头，叫人佩服……我在一家家的青年旅舍里来了走了，一个背包、一张铺位，便足以谢尽春华。

　　忆江南，最忆是杭州。我住在杨公堤深处的湖中居青年旅舍，竹林掩映中，是江南风格的小院门。六人间中除我之外，只有一位在此长住并且工作的男孩。屋外，一边是岳湖，一边是西里湖，缓缓地伸出在西湖的环抱中。

　　我改掉了每逢闲暇必睡懒觉的习惯。春末的早晨，在西湖某个幽僻的窗格下，被鸟鸣叫醒，多少年来，除了泸沽湖畔被阳光晒醒的那天外，再没有过这么惬意的醒来。与苏堤、白堤的张扬之美不同，这里细腻而安静，清晨散步在石子路上，碧露新添，秀树带雾，满谷迷蒙，淡雅悠扬，能闻到早荷的香味。绿萝围成的水道中，谁家的小船不经意滑过，让人心生盖个小屋炼仙丹的冲动。

西湖是一个需要慢慢泡在里面品味，才能真正喜欢上的地方，她与所有曾经震撼过我的大美湖泊都不同，不会让人头皮发麻、热血翻涌，却尽显温婉闺秀。我爱沿着西湖一圈一圈地徒步，一圈一圈地骑行，从柳浪闻莺，走过南屏晚钟，走过夕照中的雷峰塔，看长桥不长，断桥不断，孤山不孤，一情一景盈满人间情骨。每逢暮垂夜至，苏堤的长椅上总坐着一对对的情侣，或是单车旁一个孤独的影子，无

西湖，雷峰夕照

声地看着湖水。在电话里和朋友开着玩笑,说从古至今被西湖霸占的最经典的民间传说有多少,白蛇传、梁祝、西子,不胜枚举,这里兴许是全天下最浪漫的地方了吧。

夜倚深宵,便是我履行工作任务的时候。客栈一楼偏厅的小书吧,店小妹会微笑地送上一瓶驱蚊花露水,我开始在笔记本上敲打,偶尔也在江南的吃货清单上补充几句。屋外蛐蛐和呱呱在唱双簧,心灵无拘无束的时候,才思方能泉涌。

在杭州一住即是一个多星期,西湖山西湖水皆已走遍。离开的那一天,已是梅雨季,我最后一次环西湖而行。水积成潭,索性拎着鞋子,光脚转湖。这是像家乡一样的豪雨啊!苏堤上所有的行人都四处逃窜,我却兴奋不已地漫步。顷刻间,湖面的点点游船迅速消失,只剩一片白银泻地的画卷。肆虐的风掠起水光,铺天盖地向天空侵略,似星池碎镜。我已经全身湿透,却像疯子一样纵情迈步。四下张望,咦,这年头的白娘子,都不流行赠伞了?

谁家的春燕在屋檐瓦舍间飞舞,衬着渐暗的蓝紫色天幕。西湖喷泉如莲花绽放,孤山灯升灯灭。江南的杏花烟雨,把我身上从大自然中带回的一切疲累都洗得一干二净。我知道在江南的日子并不会久远,所以珍惜此刻的每一份味道。心太野,不知哪一天自己又会疲惫地攀爬于崇山峻岭,或避世地隐在水墨山村。

何须望破长空切,不若化作西子烟。

母亲的背影

【一】

坐在楼里,突然感觉一阵头晕。

"我竟然营养不良了,得补补。"暗自揣测着,我冲进超市买了一堆吃的,鸡蛋、豆奶、红枣、核桃,甚至还有枸杞。这时候,小毅的电话打来,声音颇为急促。

"翔子,你那儿没事吧?地震了!"

"没事啊,哪儿有地震,别操心呵。"我满以为又是在北京上大学时那种BBS上众人奔走相告却无人察觉的地震。

直到晚上打开电视时,我才震惊无语。阿坝强震,死伤无数,惨绝人寰的镜头与图片滚动播放,我心如刀绞,夜不能寐。脑中的每个细胞都充斥着噩梦般的悲伤,曾经走过的大西部片断像魂灵出窍般闪现,我发了疯似的通过各种途径屡次捐款,不断在网上撰写着赈灾檄文。上天为何要这样癫狂!美丽的阿坝州还好吗?善良的藏族羌族人民还好吗?我的家人还好吗?

"儿子,别担心,你爸和我都很好,地震没有向这边扩张。"听到妈妈在电话那头的声音,心里才平复许多。连续一个多星期以来,我时时刻刻被缠绕在不可抑制的悲痛中,难以自拔。

"你在外要小心,你爸爸看电视也不停流泪。我已经几十年没有见过他这样了。"

"妈,我想你们。"

【二】

百年不遇的雪灾终于过去,南方各地的冰棱已经消融。一场天灾,震碎了人心,对灾区潮水般的感情慢慢缓解之后,涌起的却是对家无尽的思念。一张机票,再没有什么阻止我回到贵州。

家所在的街区,自童年时便像是从未变过。春晚夏初,路两侧的梧桐已经发满了巴掌大的叶子,相合成拱形,阳光透过树缝,晒得街道光斑点点。老旧的大院里,单元楼前的花坛仍旧是几枚月季,月季旁总有打着羽毛球的父子,爬上梯台,幼儿园还是掩映在雪松丛中。三楼,家门仍是古色古香的铜色。

我握住狮子头形的门把,轻轻地敲了三下。

"谁啊?"屋里温柔地问,然后是轻轻的拖鞋走动声,门缓缓打开。

已经一年多没见了,妈妈的素颜仍旧是那么漂亮,鬓角的白发像是又多了几根,一阵心酸涌上鼻尖,我紧紧地抱住妈。

对家的思念是那么重,以至于在外行走时,即使能够抛却北京的一切,人间蒸发般地不与朋友沟通往来,却时时刻刻都在想着老家的父母。每当邂逅难以名状的大美,孤独感便会更加强烈,如果有一个人,与我分享该多么好。最完美的旅行,是与所爱之人唱游天下,而至亲不正是所爱之人吗?

在家小住了几天,以弥补春节未归的时间。妈妈每说到儿子除夕夜一人在京时,都会不禁神伤。我问雪灾的冬季是如何度过的,妈说仍旧是在屋内生起烧煤的北京炉，连上一根烟囱管伸出窗外，总要自己购煤敲煤，炉火早生晚灭。五十平方米的老宅，墙纸已没有十几年前的雪白，厨房仍是那么昏暗，洗澡仍然没有热水器，黄木家具上的许多瓶罐都比我还要古老，而妈妈却能把所有都收拾得如此干净整洁。我躺在久违的小床上，感受着这真正的家的温馨，想到二十年不变的房子，就如同二十年不变的父母的勤俭生活，心里被感激、惭愧层层围绕。

"爸、妈，我带你们一起出去旅行吧。"父母一生过得朴素，尤其为了成就儿子的学业而省吃俭用，放弃了追求自己更舒适的生活。而在我的记忆里，自从我初中以后，妈妈便再没有出过远门旅游。与其在外行走时思念，为何不带着父母一起欣赏世界？

"我走不开，你带你妈出去玩吧。"爸爸要上班，唯有婉拒。

"不行啊，你上班怎么办？"妈妈开始推托。

"和老板说好了的，不会影响。有你一路看着我，工作效率更高啊。"

遵义，妈妈在做拿手的葱油饼

"还是不行,我一起的话,会是你的累赘啊,很多地方你都不能去了。"

"我不会带妈去当野人的,放心,咱去过神仙的日子。"

"可是两个人就要花更多的钱啊。"

"钱赚了不花做甚?"

"那我爱晕车怎么办?"妈妈晕车,也是我最担心的一点,舟车劳顿,难免会有身体上的不适。

"怕啥?你跟着儿子出去,心里面高兴死了,啥毛病都没了,还怕晕车呢!"爸在一旁怂恿,逗得妈直笑。

"还是不要去了,家里要提防小偷……"

"有爸呢!"

"水电费马上就要交了……"

"有爸呢!"

"你爸吃饭怎么办?"

"……"我形神凌乱,爸在一旁偷笑。

"容我再想想……"

"去吧!"

"……"

"明一早我就去买车票。"

"呃,那我要带什么衣服呢?"

妈妈终于用完了所有的借口,开始喜上眉梢地收拾衣服。我知道她是发自内心地想出去走走,尤其是和儿子相伴。我欢乐不已地期待着半年以来第一次有人陪伴的旅行。

次日,我与妈妈踏上火车,听着整夜如歌的轮声,一路南下。

【三】

广西是一个盛载着质朴的中国童话的地方，同样是山水，却较云南更隽秀，同样有故事，却较西湖更隐世。不觉间已与妈妈一同走过广西的许多美景，从德天大瀑布的双生彩虹，到明仕田园的一路对歌，到流水行云的龙胜梯田里那位长得酷像舅妈的瑶族长发大婶，都成为我和妈妈以后关于旅行的快乐谈资。

妈妈的陪伴，给我的心里下了久违的雨。从此开始，旅行的一切变得更加多姿多彩。我不再老是丢三落四地掉东西，因为妈承担起收拾包袱的职责；与小贩砍价时，嘴笨的我可以退居二线；吃货清单上多了一人的评价，我们也曾因为口味不同而辩论；而每遇风景绝美之时，我知道身旁的至爱之人也在与我一同感动。

背着硕大的背包，我们挺进阳朔。作为环游邻里的绝美山水的驻点，这个小县城充斥着老外、客栈、酒吧与商业街，俨然一个广西版的丽江。好在阳朔县的周边有许多在青山绿水中蜿蜒的公路，无论骑行还是步行都是非常惬意，那是轻松写意地亲近大自然的最好诠释。而最为引人入胜的，便是闻名遐迩的漓江与遇龙河。

清晨的杨堤，我与妈妈来到烟云密布的漓江畔，上了一条小竹筏，沿江而下。五六月是这里一年中最美的时节，宽阔的江面上，青峰环绕，凤竹夹岸，万事万物都在蒙蒙山雾中若隐若现。从桂林南下的观光大铁船还没有起航，水面纹丝不动，映出千山重影，云带疏离地悬在山腰间，竹筏仿佛引导着我们漂向一个未知的世界。

"唱山歌嘞！诶诶诶诶诶……这边唱来那边和，哦哦那边和。"

"山歌好比春江水嘞！诶诶诶诶诶……哪怕滩险湾又多。"

妈妈将光脚伸在水中，享受着水流的亲昵。父母深爱刘三姐的民歌，我跟着听了一首《童年》，却从未觉得像今天这样动听。吊着一个嗓，与妈妈唱起山歌，别说还有模有样。

"我们快到房步倒影啦！那里最漂亮啦！我给你们在房布倒影照相吧！"我们的船夫大叔非常健谈，很是豪爽与淳朴，边说边拿出自己的香烟，给我们指着烟盒封面的漓江山水。从他兴奋得意的表情中，可以看出杨堤人对漓江深深的感情。

我心中欢乐，大声应答道："我最想看的就是房布倒影啦！"我格外喜欢大叔把"黄布"说成"房布"的发音。

我们在漓江流域的兴坪镇住下，一米阳光的木制窗台外，是青砖黛瓦的古镇。妈妈的体力很不错，这是常年的爬山晨练练就的。清晨，我们爬上青苔满布的石阶，坐在老寨山山顶的亭子里，俯瞰雾色迷蒙中的漓江山水，把自己也静止地融入画里；午后，我们骑上双人自行车，在如画的乡村中穿行，妈并不会骑车，此刻蹬得不停欢呼。找寻一处幽静的江湾憩下后，我写着报告，妈妈看着书，浮生半日转瞬即过。她是那么快乐，好像生活中太多的背负，都可以在这般悠扬的画面中——卸下。

阳朔，妈妈在漓江边徒步

黄昏逝过，万物归于沉寂，峰林在宝蓝的夜幕中散发着醉人的美。几叶竹筏点着渔火在江心漂荡，演绎着千百年来漓江人的生活。

"漓江渔火，再过些年头也许就再看不到了，看到也是假的。"

我们吃着路边摊的米粉，听摊主老伯悠悠地说着漓江的故事。

"我小时候的漓江水，清得可以直接饮用，现在不行喽。"

"水脏了，鱼少了，鱼鹰都捕不到鱼，以前是鱼鹰捕鱼养人，现在是人去市场买鱼养鱼鹰。很多村民都把鱼鹰卖了，只有我们老一辈的还舍不得。"

"儿子想接我去外地。在江边活了一辈子了，离不开这片水，离开了，我也活不了喽。"

"家里的鱼鹰实在喂不起，所以给它们吃了最后一顿肉。之后喂点酒。一喂酒，鱼鹰就会死。可是，是醉死的，就不痛了。"

老伯的声音断断续续，讲述着沉重的话题。我看着老伯的白色胡须，似乎在聆听最后一个即将消失的传说。

妈妈爱漓江，爱这里极致的南国柔软和刘三姐与阿牛哥的传说；我爱漓江，爱这里墨般的山水和依山傍水的田园牧歌。似简笔勾勒的意韵，已风干成为残留在心底的静景，那里写着我们对漓江的祝愿。

【四】

农家庭院被欲滴的翠色包围，一棵老树下挂着秋千与吊床，很像是和皮皮聊起最初的梦想时的那一晚。树荫下格外凉快，躺在吊床上昏昏欲睡，侧过身，便能看到树丛之外那片蔚蓝的大海。

很久没有看过海了，所以来到了涠洲岛，细想之下，这是我第一次接触向往了许久的中国南海。与海南不同，涠洲岛是一个只有几个渔村的小岛，由于火山的力量而形成了极其独特的美景。妈妈选中了滴水村里这个步行到海滩只要一分钟的农家客栈，我们便枕着窗外无边无际的海水住下了。

每日的清晨，不同的海滩呈现出不一样的奇光异景。坠满熔岩巨石的火山公园，无数的彩池彼此相连，像是天堂的泻湖；芝麻滩上被海蚀雕刻得五彩缤纷的礁石，在第一抹阳光的照耀下，又妖艳得形同魔域。沙滩与海水相吻处，在日出之前有着半湿半干的清亮，尤为性感。潮汐退过，无数的螃蟹小洞，密布在可以映出云彩的沙滩上，梦幻得仿佛置身缩微的外星球表面。我与妈妈都从未见过如此美的晨海，万千感触难以言喻。

我们常沿着盐白色的细软沙滩，从海螺滩一直走到滴水丹屏。无论何时，海都是那么博大和温柔，携着海浪轻轻地吻上沙滩，白色浪花冲过脚踝时，细沙流于趾间，暖暖融化。妈妈抹上厚厚的防晒霜，撑上花伞，在海边捡着五彩的贝壳，我则在背上涂般沙泥，走在没腰的水里，肆无忌惮地接受着阳光的炙烤。潮水退下时，白沙润成镜面，倒映着蓝天白云，时不时漂上滩涂的椰子，或搁浅的脸盆大的水母，都分不清是在海边，还是飞在天上。

"买一个椰子吧？清甜解渴。"一个风铃般的声音在边上问道。

我和妈妈在海滩的烧烤摊大快朵颐，鲜有的客人，吸引了卖椰子的十岁小女孩，扑朔着大眼睛，却不爱笑。椰子重，妈妈心生怜爱，一气儿买下几个，把喝光它们的任务交给了我。

"菠萝蜜，也买一个吧？"椰汁还没灌完，一位老婆婆提着更重的菠萝蜜在烈日下有气无力地出现。妈妈又开始掏钱，我不禁摸了摸肚皮。

涠洲岛渔村的海鲜仍旧是自家的渔民出海捕捞的，尚未流入市场之前，十分便宜。我们一口气要了五只快有小孩手腕粗的皮皮虾，四只肥硕的海蟹，一条大鱿鱼。掰开蟹腿，肉紧实地猛往外蹦，我不顾形象地吮着指头。

"老板娘，你们的海鲜太好吃了，又厚实又便宜！"妈妈不住夸赞。

"自家打渔，就便宜些，今年年候好，海鲜长得肥。有些年份就不好了。"

"住在海边是什么样一种感觉？"

"有啥感觉啊，都住了一辈子了，靠海吃海。你们来之前的一个星期，滴水村还发生了龙卷风。大晚上听到很大的声音，不敢动，白天才发现棚屋已经被掀掉了一半，木屑和海鱼乱散在海滩上。我收拾了一整天呢。"

滴水村的黄昏，妈妈坐在细沙上，任潮汐扑打着在腰际，我则拖上一把椅子，在铺满银色珊瑚礁碎片的滩涂，抱着笔记本工作。傍晚的海滩没有一个游人，宁静得令人痴醉，残阳将丹屏石染成鲜红，沙滩余留寂寞的紫色，海面漂浮着睡去的渔船，仿佛除了海潮的声音便再无他响，我们独享着这边海滩，各自沉浸在自己的世界里，好像身处一种催眠的意境。

对我来说，海的感觉和雪山有着许多相同之处，同样的伟岸，同样的慈悲，同样原始地远离嘈杂和浮华。如果地球也有呼吸，那一定是海的声音。

妈妈始终坐在那里，退下的潮水已够不到她的脚踝，我写完报告，抬头看着妈妈望向大海的背影，突然觉得长到那么大，终于可以开始尽孝。

我踩过酥麻的珊瑚礁碎片，来到妈妈身边，并肩坐下。漫天星斗，在海边的夜空闪烁。

大山的向往

【一】

将妈妈送回家后,我再次独行,摇在向北的火车上。手机突然响起。

"Jeff吗?你究竟在哪儿?"电话那头响起一个尖锐的女高音,与窗外飞逝而过的青山绿水极不协调。

"我在外地,有什么事吗?报告我昨日已经发出,应该没什么问题。"

"我必须严厉地谴责你!你为什么一直不来公司,究竟这是什么态度!"

"老板应该给你讲了吧?我有特殊情况,是得到老板首肯的,不会影响工作。"我很奇怪这个平日里普拉达香奈儿不离身的女同事怎么会打电话给我,她并非我的上司,原来是想发泄对我的不满情绪。

"你有什么了不起的!凭什么我们人人都要每天到公司上班,你就可以在外鬼混?现在我们很多人对你都不满了,不信你问问!"这个那个的名字从她嘴里一溜烟全冒了出来,火车突然钻进隧道,信号中断。

我开始趁机在脑中使劲回忆那些名字们的样貌,浮现出的却是在办公室里一张张谈着"高品质生活"的、鄙夷着穷人的、谄媚着老板的、抱怨着社会的嘴脸。

火车钻出山洞,电话蹭地又响了:"我还没说完!你竟然挂电话!你信不信我直接告诉公司的CEO,再告诉公司的人事部,让他们都知道你是怎么工作的!"

"诶诶,那你去说吧。"

我早已经预料到我这样的行径会遭致许多人的白眼,这无可厚非,不过是此般人生必须付出的代价。工作与梦想,应该怎样取得最好的平衡,我仍然在琢磨。电话那头继续骂着,却被又一个隧道掐灭了。

感谢湖南,丘陵众多的地区,铁轨总要穿行在众多的隧道里。电话誓不罢休地响起,我随手摁下接听,将手机远远地放在一边,看着我的书,听车轮声与电话里的嘶吼声二重合奏。下一个山洞,快来吧!

三个月以来,兴许是江南水乡太过悠闲,漓江与南海太过柔软,妈妈的照顾太过周到,心里隐隐地感到,自从尼汝梅里一别后,尽管终于过上了近乎自由的浪迹天涯的日子,却总少了些自己向往的气度。

虽然早已做好心理准备面对来自公司的怨怼,但心里仍然是很不舒服。我的执意给信任我的老板造成了很大的困扰,也在不断地挑战着这个行业既有的工作文化。对自己而言,却也没有真正意义上获得自由。为了能够即时回复工作任务,我一直尽量身处通信水平较为发达的城镇。恍惚三月间,虽走过诸多美丽的地方,却不是我的内心最想要的方式。心太野,舞台太温柔。

夜至,车厢熄了灯。火车的隆隆声,像晚钟一样澄澈着我的思绪。想起徒步泸沽湖入夜后的狼狈不堪,想起金沙江畔那位背着大包蓬头垢面的小哥，想起尼汝牛棚里紧凑的空间，想起漓江水岸的芳草地，许多的至爱之境，不都是可以扎起帐篷露营的吗？在晨醒暮归时能与天地万物相对，正是我最向往的意境！

下了火车，已是数月不见的北京，无心寒暄，直接赶往商场，狠心购买了帐篷、睡袋、防潮垫、登山杖、登山鞋、冲锋衣裤等一系列基本装备。北京已没有我的家，只能在小毅家的沙发上借宿一宿，我兴奋地在客厅里捣腾着新买的帐篷，小毅无奈地说："你居然想一个人独闯深山老林去扎营，难以想象。"

"当你决定出发时，最大的困难就已经过去了。"

【二】

我的目的地是小五台山。这座燕山山脉的主峰也许名不见经传，却是华北地区山野户外爱好者的圣地。每逢初夏，东西南北中五台争艳，漫山油绿的草甸无边铺展，金莲花在近三千米的海拔开得无比灿烂。每位深爱大山的驴子，似乎都必须经过小五台山的考验，才能开始成长。

然而，这并非一个简单的决定。小五台山是完全非景点性质的徒步课题，每年事故常有发生；这是真正意义的首次山野宿营独行，无人相互照应；山中没有手机信号；山上水源缺少……各式各样的小问题都在萦绕，而最重要的一点，小五台山必须负重攀登，这将是一件海拔提升非常剧烈的苦差。

我向一位曾担任大学山野科考协会会长的同学咨询。他曾经在长江源的格拉丹东雪山科考，更不用提多次带队在小五台山锻炼。"路并不明显，但大约能看到一些痕迹。带好水和食物。记住！如果走过一段觉得路有蹊跷，一定要下撤！"猛男同学颇为担心，给了我一份他绘制的 GPS 登山路书，又千叮万嘱了注意事项。我这个已经在千重山水间行走了半年的旅人，终于要以户外新人的身份接受新的挑战了！

河北省蔚县桃花乡的赤崖堡村，是小五台山北台山沟的入口。与沟口的牧羊人攀谈几句后，我便雄赳赳气昂昂地进了山。

北台的登顶，须从海拔 1100 米上升至 2800 米，1700 米的垂直落差更胜梅里莲花寺，更何况是 15 公斤的负重，着实令我有些生畏。山峦的尽头，一朵云球缓缓升起，盛夏的酷热使劲往身体里钻。我努力记忆起路书里那些能够指引路径的标志，譬如"乱石涧"、"老杨树"、"鹰嘴石"、"三角草甸"。骨子里，担忧与享受并存。心里隐约觉得，在山林草甸上独自露营，是在已经久违的天方夜谭的美梦中干过的事情。

天色渐渐暗下，穿梭在密林中时，抬头望不见顶。偶尔遇到前日登顶返程的驴子，相视而笑，或互相道一声你好。大家都明白这一程辛劳的意义，所以彼此间怀着一种理解。

肩带压得人腰酸背疼，在体力不断透支的同时，我像以前一样努力找寻着登山的乐趣，山间有超级肥硕的蜜蜂和更肥的苍蝇，遇到了咿咿呀呀说不了汉语索性改说英语的日本登山小组，邂逅了迷路时被我吓得哧溜哧溜摇尾而逃的蛇，也有某位不小心滑落到崖坡树林间却哈哈大笑的驴友。

然而，意识却不可逃避地开始感到后悔，全身已湿透，为什么这个时候不能像小毅一样，在空调房间里吹着冷气、吃着西瓜？为什么要负重，在这个莫名其妙的鬼地方，煎熬自己的意志和体力？能拿来自勉的，只有曾经在拼死的艰辛之后蒙受的神之恩泽。相信终点的一瞬，疲累会烟消云散。

像是一场约定，在晚霞落日中，我抵达了北台下的营地。再没有任何事，比艰难的跋涉后卸下沉重的背包、拥抱浩瀚大美时来得舒坦。漫山的松林已在脚下，茸茸的草甸与花海，像披风般一路铺至峰顶。夕阳下的山褶，连绵的峻阔山脊，还有云海，从四面八方包围了我。幸福感，剧烈地沸腾。

万丈霞光在山尖起舞，履步至此，为的就是这醉人的红霞。我选了一处最松软的花甸，扎起帐篷，帐门正对着陡坡下的峡谷。疲累地瘫倒在地上，整个人便仿佛融进无尽的绚烂中。

"帐篷外开满了山花。最多的是金莲，还有紫色蕊心带圈的、绿色四叶草般的、像蓝色的香菜的、像黄色香菇的各种花。"这样的情景中，我首先想起皮皮，在手机里编写好了短信，才意识到小五台中并无信号。

"是吗是吗？你会不会像金粉世家的男主角那样在花海中奔跑？"传闻小五台的风，能够把手机信号吹来，皮皮居然给了回复，却是这样的让我哭笑不得。

"你的工作还好吗？今天的露营对我来说很有意义。涌莲初地，真正的流浪之旅自此而起。"太阳滑落，我冷得裹起外衣，趴在帐篷门口吃着牛肉干煮成的晚餐。与皮皮的短信，成为万籁俱寂中唯一的消遣。

"你应该去找找，山中会否有一瀑布青潭，晚上月色中沐浴时，出现一美貌狐仙相邀共赏婵娟？"皮皮的话总让人莞尔，不知她的梦想里，是否也有这样的山林晚色。

夜已深，风声细作，帐篷的帆布轻轻地舞动。我蜷在睡袋里，却不舍将帐篷的天窗合上。小五台的夜，冷得让人难以入睡。半梦半醒

小五台山，掀开帐篷便是金莲花

间，我打开手机，才发现所有的短信都塞在发件箱里，再没能发出。

"帐篷外开满了金莲和不知名的山花，躺下时从天窗中看到微明的星星。不知道万籁俱寂中是什么动物在偶尔吟唱。可是，这个时候才感到是那么孤独。"

"闭上眼睛却被冷醒，再度睁开双眼时已是漫天星辰。我拉开天窗，夏季的壮丽银河落入双瞳，于是索性吃着牛肉干，听着仙剑奇侠的原声看星星。银河中偶有数颗流星飞过，人造卫星却有很多。夏季星空我竟然都忘了，除了银河两岸的牛郎织女星。很亮的大三角都是什么座呢？我想起了尼汝雪山的那个夜晚。"

"浅浅睡去。再度睁眼时，已是刺目的半弯月。于是营地，连同我身沐浴在皎洁的银光中。"

"大山，使我们变得原始而纯净，这是永恒的向往。晚安。"

收件箱里，只有短短的一句。

"我抬头时，也能看到你的星空。"

博台之约

【一】

山就在那里,所以对山的向往从未消失。有了第一次的户外独自露营试炼后,与山同枕的渴望便一发不可收拾。从燕山山脉一路往南,取道巍巍太行,再绕过神农架,重新北上直至秦岭,我背着帐篷信步在中国北方最雄伟壮丽的山河之间。五台山如期绽放的绵绵花海,太行山令人胆寒的艳红绝壁,神农架倾泻浮沉的九天云海,成为我每一站艰辛路途上美好的伴侣。帐篷总是扎在风景最美的位置,因为双眼企图弥补25年来错失的约会。

西安机场,我在到达厅内伸长脖子等待着。从上海抵达西安的飞机刚刚着陆,乘客还在等着行李,稀稀拉拉地往外走着。旅途漫漫,我终于来到了西安这个如北京般积淀着中国悠久文化的古都。

"老妖怪呀!这里这里!"

突然,一个声音从眼神的另一侧传来。只见一个像是被风吹得东倒西歪的女孩,不停地克服地自己的惯性,阿拉蕾似的向我跑来,一张春风得意的小脸蛋,笑得那是合不拢嘴。

皮皮终于到了。与她在西安相见,是为了华山之约。她依然在上海做着自一年前便从未休止的项目,却抽出一个周末的时间赶来与我共赴华山。几数月不见,人竟然消瘦了许多,头发剪得很短,从赤名莉香变

成了安达充笔下的古贺春华，不变的，是能够让旁人快乐起来的笑容。

约在一年前的某一天，皮皮问过我关于山的画面。也许山的情愫在她的心里扎根，远比在我心里来得早，也许很多事物在她的心里都早已扎根，无声萌芽着，直到有一天，终将冲破狭小的舞台的束缚。

"你看过云海吗？"

"云海谁没看过？坐飞机时每次都能看见啊。"

"不是那种云海！啊，该怎么形容呢……"她每次说到自己关切的话题时都激动不已，小兔扑腾出怀的那种激动。

"飞机上的看到的云海，像是与自己无关，它只是一种没有生命的物体。我说的那种，是走在大山间看到的云海，是有生命的！它们会起伏，会波动，会变化多端，会和你产生共鸣，而你就站在云海之上，甚至仿佛可以走上去。"

最初听到皮皮的这番形容时，我以为她看多了哆啦A梦里关于云上之国的情节，但心里的某个位置，却已经开始想象这有生命的云海究竟是怎么一番模样。时隔一年，我却已经背着行囊踏过千山，当真正邂逅皮皮所言的云海时，才明白自己的双脚与云雾的亲密接触，比想象中更妙不可言。

我对华山亦是有着情结的，自童年起的印象中，华山本不应临近任何一座城市，而应该只有飞天遁地神功盖世的侠客才能造访。父亲收藏的若干武侠小说，也在不觉间影响着我，于是父子的心中都种下了对华山剑侠风骨的向往。父亲的旧照片中，有一张是他登临华山北峰的留影，背景是冰封的山色，父亲双臂展开，如大鹏般站立风中，身临峭壁。

"华山天下第一险，结冰的苍龙岭，我再也没能上去。"几十年前的步道，能在滑冰中攀至北峰已属不易，却也成了父亲的遗憾，所以我总也想着要亲自造访，一偿男儿壮志。

古都一夜后,我与皮皮搭载班车前往华山。身边的这个脑中满是天方夜谭的女孩,兴许连与小龙女相好的是杨过还是令狐冲都说不清楚,却也摩拳擦掌地准备挑战天下绝险。

"华山什么时候才到啊?"车已行驶了两小时。

"肯定还早呢!你看窗外这些山,光秃秃胖墩墩的,看起来也就几十米那么高!"声音中满满的都是自信。

"笨瓜了吧,什么眼神?这些山怎么也有千八百米的高度,你想象一下把上海最高的楼搬过来比一比,应该还是差不少的。不过,华山那气势,当然不是此等小石山可比。"我从来都很佩服皮皮在数量级与方向感方面的究极造诣,遂得意洋洋地批判。

我正比划着选哪座摩天大楼搬过来比高低时,乘务员不早不晚地亮嗓道:"乘客们,我们已经抵达华山脚下了,大家右边的这座,便是闻名天下的华山!"

我差点没摔到地上去。大惊失色地看去,这胖墩墩竟然就已是华山?想象中,那应该是拔地而起,直冲云霄,百里之外也能仰望的气势啊。方才五十步笑了百步,我的眼神也好不到哪儿去,这回轮到皮皮反过来无情地批判我了。

这便是我与华山的初见。

【二】

胖子肉再多,脊背也可挺如刀板,鼻梁也可高如刀削。站在大山之外,永远不会了解大山真正的雄伟,当真正踏入华山山门时,我们才被这浩然高耸的山势折服得五体投地。遥望漫漫山路,直冲上峰群之后,杵着拐杖下山的游客都互相搀扶着,以极其悲催的姿态一步一哆嗦地颤抖着，面无表情，淡若死灰。

"这就是我们的下场了吧。"皮皮忍俊不禁道。

自古华山一条道，而这条道竟如同一个躺着的圆弧，开始还是平缓的上坡，渐渐升级成为七十度以上的极大倾角。我在心中细数着以往走过的一座座号称险峻的大山，与华山道的陡峭相比却都黯然失色。

沿着清澈的溪流上溯，不久便来到回心石。一座巨石一盏凉亭，许多人在此歇息。回心石之意，本是源自长空栈道修建时浪子回头金不换的一个传说，在络绎不绝的登山者之间却流传成令人回心下山的另一个版本。在石边仰望，我会心笑开了，原来从山门至此的路，虽已经是辛苦不可言，却完全无法与后面的路相比较。突然陡道直上的登山道，令人望而生畏，不如折返，这才是回心之意啊。

"怎么样，你要回心吗？"我一边摊开地图，一边戏谑地问着皮皮。

"你知道我在上海酒店里每晚泄恨似的跑步是为了什么吗？为的就是这一天啊！"皮皮的心思压根儿不在体能上，她一路都在寻找着让人会心一笑的事物，比如一位背着红色流氓兔袖珍书包的壮硕裸男，或是一株长了七条共生枝梢的绝壁小树。

"接下来，我们将迎来千尺幢、百尺峡、老君犁沟、猢狲愁的挑战！这些地名有没有让你心血澎湃？"

"猢狲都愁啦？看来这年头的猴子都不行了，让你见识一下什么叫做变态老板压榨出来的爆发力！"

皮皮以女人猿泰山之姿猛得向上爬去。千尺幢开始，是一条漫长、笔直的极陡山道，每上一步台阶都要高抬腿，而每个台阶却只有半只脚宽，两侧是紧实逼仄的岩壁，一条铁索成为拖扯着自己向上的唯一利器。我脖子后仰，只看到一个个球般的屁股挂着两条腿慢慢上浮，回头下探，又只有一个个球般的脑袋在我脚下垂直的方向寸步难行，仿佛只要我纵身一跳，便能以叠罗汉之势把他们全都冲回山门。不知皮皮回眸时，有没有看到我咬牙切齿的狰狞表情。

云雾散去，一座齐天的乳白色山峰赫然现于眼前，映得我目瞪口呆。莲花般的峰顶，如同自上古开天辟地后便从未破损的完整巨石，以天宫之墙的阵势，巍然不动的屹立云端。有的大山，能让人忘却艰辛，只为能一凌绝顶。华山西峰，便是这样的山。与之相比，方才所有跋涉而上的距离都微不足道。一路仰望，猢狲难愁，我们已攀至北峰之顶。

视野已经很久没有那么开阔，拔地而起的峰台，被从天而降般的浩瀚石幔围绕。华山鲜有植被，凸显着象牙白的山体，或呈含苞拥簇的莲花瓣，或呈直插云霄的利剑，或呈争相破天的石笋，或呈凝结万载的瀑布，无一例外地彰显着绝险。苍龙岭凿刻在薄如刀削的山脊之尖，飞鱼岭悬挂在寸草不生的绝壁一侧，纷纷向着中峰玉女、西峰莲花、东峰朝阳、南峰落雁而去。

在北峰云台的一棵枯松后，我找到了当年父亲勇攀冰封中的华山所留影的地方。

"给我一把屠龙刀吧，让我也像张翠山一样飞上绝壁，叮叮当当地刻几个大字。"我陶醉地对皮皮说，她笑而不语，剪短的头发在华山的风中轻舞。

唐朝时，韩愈曾在苍龙岭被吓得寸步难行，失声痛哭，写下遗书投入深渊。这条登天的步道，如同行走在针尖麦芒之上，左顾右盼皆是光滑陡直的绝壁。我们并肩坐在苍龙岭尽头的梯级回望，环绕北峰的牙白色山体尽现眼底，如果不伸长脖子，根本看不到脚下正沿着几乎垂直的石梯攀爬的游人。突然，一只手会出现在我的脚边，然后多一只手，然后腾地一下露出一个脑袋，也只是与我们膝盖齐平。每个人都像大猩猩一样四肢着地，撑着手掌上行，令人忍俊不禁。

玉女中峰后,便是前往朝阳东峰、莲花西峰与落雁南峰的叉口。我的心情开始激荡,终于要抵达华山天下第一险的代表,令人叹为观止的"长空栈道"与"鹞子翻身"。不走长空不翻身,就是枉来华山,我与皮皮这样的疯子自然不会放过!

　　长空栈道,是落雁峰下一条用巴掌宽的长木板,依次连接地凿在完全垂直的千丈断壁上的几十米长的绝径,行走其上时,必须像壁虎一样扒在岩壁上侧身慢慢横移,再像高空杂技般踏过一条铁索,最后直接将脚踩进绝壁上凿出的洞而行,才能到达小说中令狐冲与小师妹幽会的思空崖。即使早有耳闻,但这样的绝险是只有亲见才能体会的,皮皮拽上铁链就冲进栈道,隐身于断崖间,我也捧着高亢的肾上腺素尾随其后。鲜有游人敢赴黄泉,我们俩于是像是仅有的两只被粘在绝壁上的螃蟹,将脸颊贴着冰凉的石头寸步寸行。心到高处时,放胆望去,三座如宝剑般高耸的尖峰屹立于前,山风呼啸着从一脚宽的旧木板下窜起,云气翻卷,看不清脚下究竟有多深。除此之外,天地间再无依附。世人至此,不是尿了裤子、抖了脚,就一定恍若实现着自己的英雄儿女梦。

　　"这玉白的万丈绝壁上光滑得连树都不长,如果真的一脚踩空,那连抓的都没有,直接粉身碎骨了。"皮皮上下左右地环顾,天上地下唯我两人。

　　"粉身碎骨之前,不知道会不会因为下落的两时间太长,先把自己吓死了。"

　　"哈哈,看来小师妹的功夫也很高强!"我们在狂风中给自己壮胆。

　　相比长空栈道,朝阳峰下的鹞子翻身便不再令人畏惧。顺着一条直下的垂梯,步过青松林,便是深渊中一处凸起的数平方米的平台,临渊筑有一个石亭,名为博台。传说中,赵匡胤与陈抟老祖在此对弈，赵匡胤输了华山，于是赢了天下。

皮皮坐在亭中，面朝天渊浮云，安静不愿说话。人之心，会随着风景的飞扬与落定而起伏，也许皮皮有许多未对我说起的哀愁，也许她又在回忆她的梦想。

"我们也在这赌一把吧！"我整理了一下自己，上步亭中棋盘，与皮皮相对而坐。

"没有棋啊……"她转过头，眼神里含着深深的内容。

"没棋，就赌硬币，我是人像，你是花。"

"好，赌什么？"

"就赌为梦想牺牲多少。如果你赢了，你就要去实现你曾经说过的为期一年的计划，你要为梦想而埋单。"

"……"皮皮有些惊讶，继而重拾笑靥，眼神闪烁。"好！"

一枚硬币在博台上飞起，旋转不停，仿佛穿越千年的豪赌。鱼骨般的峰峦划破长空，如果山有神灵，也会为此作证。

【三】

晚霞很快散去，这并非一个最为灿烂的黄昏。朝阳峰绝顶的崖边，我们找到一块空地，铺上租来的军大衣，这便是露宿的营地。我和皮皮仰面躺着，枕着背包畅聊。岩石经过白天阳光的炙烤，留有余温，月明星稀，晚风温和地吹拂，一切都陷入一种迷离的意境。

"每个在今晚宿于华山之巅的人，都有着怎样的故事呢？"皮皮问。她喜欢坐在路边，看着城市里匆忙经过的形形色色的人们，然后猜想着别人的人生。于她而言，人生，正是因为有了无数的可能性，所以才精彩。

"每个人都过着自己小小的生活。"

"大家都快乐吗？"

"快乐啊，只是快乐的定义不同罢了。每个人都会感受到快乐，只不过有的人可能还未尝试过真正的极大的快乐，或者觊觎着别人的快乐。"

"那每个人都有梦想吗？"

"都有吧，梦想的定义也会不同。有梦想就是好事。"

"什么样的梦想才是好的梦想？"

"哪有什么好坏之分？所以如果认定是自己想做的事，就去勇敢尝试，为梦想而拼的道路虽然艰辛，但是太美好。这不也是你一向的人生观吗？"我问回皮皮。我们的心里都有无穷的问题，都在各自探索着人生的可能性。

"在大城市待得愈久，愈会忘记自己原来的模样。我们谈论梦想这个话题时，别人可能会认为俗套；而我们的梦想，也是不为社会主流所接受的。唉，究竟怎样才是人生的正途……"

"哈哈，这个问题，我一直在找答案。"

皮皮翻身吃起喜爱的果冻，晚风不时吹起，短发上了眉梢，然后又被她拂下。

"我要感谢你。是你启发了我。"

"作为报答，给我讲讲你的故事吧。下一次不知何时再见了。"

时间在这一晚没有了刻度，我忘记了最后是何时才睡着。草铺横野六七里，笛弄晚风三四声；归来饱饭黄昏后，不脱蓑衣卧月明。曾经幻想过这首诗里的画面，却在不觉间，自己已身处画中。

蜗牛的修行

【一】

清晨的香气弥漫在小径的左右,尽管背负着二十公斤的登山包,我仍然步履轻盈地踏在通往光明顶的路上。兴许是这几个月以来不断负重登山扎营的艰辛不觉间锻炼了我的身体,在较低海拔的山野徒步时,已不为背后的重量所威逼,更多的时候,只有背上有着这厚重的帐篷,心里才能感觉踏实。

我终于来到了黄山。这座从小便久仰大名的仙山似乎不应该是我踏破铁鞋而寻觅的归所,国内外的游客齐集此地,即便是淡季的登山道上也是拥拥簇簇的一番热闹景象。白发的老婆婆健步如飞,年轻的胖胖的女子一手杵着拐棍一手捂着腰椎满脸怨气地看着丈夫,长凳上的小情侣互相擦拭着汗水,年幼的儿童被父亲抓来这里爬山,面无表情地看着峰林雾霭的美景。这般的年纪,应该还不会懂得这样的景色中蕴含的意义,但童年时看过的风景,会常留心底,伴随一生。

雾色朦胧,漫漫前路朝向一个马蹄形的峡谷,消隐不见。两岸的山峰倚照,层峦互叠,如同精心摆置的艺术品。山体呈翡翠之色,因为水蚀的原因留下条条或黄或蓝的彩色波纹,在浓密的森林之上尽显不凡。一条瀑布自山腰倾下,在断石处崩为两股,继而在潭中汇聚,经幽林婉转后最终化作三条瀑布从藤蔓间竞相泻下。远方是翻卷的云气,不留情面地遮住一切,泛着青白的光,偶尔打开一条缝隙,便能洞见开天辟地般的匪夷所思的景象,天之云与地之云彼此汹涌着臂弯,相牵,继而拥抱,然后紧紧不再放开。山峰临渊的绝壁上,隐隐约约地浮现着远近不同的松树剪影,或独孤或成双,云气笼来时,便似乎浮于半空,美得令人恻然。

山雾如潮汐上涌,迅速地包围了我,自此五米开外便是一片白茫。路过迎客松时,只见松树铭字前众人排着长队等待到此一游的留影,让我想起了大学食堂麻辣烫窗口的热门景象。我谢过群众,走上人丁稀少的岔路,直奔天都峰而去。

天都峰与莲花峰,如同兄弟,每隔五年轮番开放其一。记得山门前一位黄山人对我说过,黄山二百元的门票,天都、莲花、西海、北海,各值五十,由此看来,天都绝顶不爬是不行的了。然而这一条如同华山般陡峭的山路上,却似瞎子摸象,雨淅淅沥沥地飘落,却没有风,人笼罩在一股寒凉的蒸气里。

终于攀顶天都绝顶时,只有突兀的岩石外围成的粗绳和绳上挂满的同心锁。我倚着柱子站在绝壁渊前,双目圆睁,却如同凝望着一张惨白的宣纸。宣纸上可以想象出一百种峰林鹤谷的画面,而举步之外却竟是迷蒙,人生又何尝不是这样。

自从拐上天都峰登顶之路后,便再未遇到一位游人。天都绝顶崖边一处突出的尖石上,却盘腿坐着一个年纪与我相仿的男生,穿着宝蓝色的修身的运动衣裤,背着宝蓝色的小包,形容消瘦而俊朗,目若游丝地看着远方。看模样,他也是独自行走,然后被郁闷地卡在这白茫茫的画卷中了。

"兄台打哪儿来?"我的嘴里冷不防地冒出这样一句古哩叭叽的话,自己都啼笑皆非。

"成都。你呢?"他转过头,隔着雨帘挤出转瞬即逝的微笑,不知是庆幸终于上来一人分享他的苦楚，还是暗自抱怨清修被扰，总之冷冰冰的。我这才看清他的样子，瞳孔很黑，眼神深邃得看不透，头发上已经沾满水珠，微笑时露出两瓣尖尖的虎牙。我想起皮皮总说起的，这应该也是一个有故事的人，不过旅途上相遇相别，又何必打听。

"北京。在这里坐了很久了？"

"半个小时，等风景，这雨看是不会停了。"

"永远不要小看自己的人品。"我卸下大包，并排坐下，任黄山迷蒙的烟雨敲打在脸上。

两人无话，又等了半小时，我扛起大包，准备离开。他也起身，似是要与我同行。沿着鲫鱼背下撤时，偶有山风吹开迷雾，像是幻觉。

"怎么称呼？"

"叫我翔子吧，朋友都这么叫我。"我总是狗尾续貂地加一句。"你呢？"

"随便就行。"然后是一个坏坏的笑。

"随便？好吧，你有虎牙，叫你小虎。"

天色已不早了，惨白的迷境中看不出已是日落时分。这场雨或多或少令人有些失望。我们沿着百步长廊与一线天，朝光明顶的方向前进。熙攘的黄山道早已消停了，人们或者停留在山腰的迎客松宾馆不愿上行，或者早早地躲到光明顶的宾馆中宿下，总要有对比，才知道自己有多么异类。

小虎走在前面，我随后数步，他一直沐浴在乳白的雾中。突然，弥漫在他四周的云气像是变成玫瑰红色，继而我发现自己也已经身处这奇异的色泽之中。雨不知何时已经停了，山风吹起，一树一草的轮廓越发清晰，万事万物都笼罩在暧昧的瑰红云雾里，开始一笔一笔地勾勒着自己的模样。我像是预见什么事，由小步改为大步，然后跑了起来，朝视野更开阔的山崖奔去。背上的大包跟着一颠一颠，我从未试过背着这样厚重的身家，也能步履如飞。

这是怎样一个让我始料未及的黄山啊！只是一瞬间的事，阳光便已经将云层完全照破，尽情挥洒在起伏的山脊之上。身后的莲花峰被落日染成鲜红，从峡谷中升起，霓虹般的云裳围着山腰形成一个圆，像烟圈一样，烘托着那浮于半空中的如红莲绽放的仙顶。迎着落日的方向，是层峦相叠的山峰，带着信笔提拉的陡峭与峥嵘伸向远方，云气像诺亚方舟中的洪水，从峰林间隙以瀑布之势泻下，最终汇入沸腾的云海。天地都在炽烈地燃烧，我与小虎凝望着这突如其来的宏宇幻境，惊得不能言语。

日薄西山，晚霞顷刻间飞落，云海归蓝，山脊上的松树如同绛紫色的流苏。我们化作两个影子，像是被遗忘的孤儿，慢慢移动在浩瀚的水墨画卷中。摸着夜色抵达光明顶时，方知峰顶一直笼罩在迷茫雨雾中，之前黄山演绎的绝世大美，竟只是为龟行在山腰的我两人而开。仙山有灵，我心感激，这人品，真不是一天两天就能攒出来的。

我在光明顶选好位置扎下帐篷后，便陪着小虎去寻找住所。白云宾馆是光明顶下唯一的住宿接待处，富丽堂皇地坐落在黄山天海。透过朦胧雾霭，是白云宾馆的霓虹光芒，似家般给人温暖。晚风狂吹，我们冷得发抖，双臂暖着肚子，颤着牙，穿越凄风冷雨步向那片光明。

"你好，请问还有房间吗？"酒店大堂铺着红地毯，前台坐着一个懒洋洋的工作人员，像是被吵醒了美梦般，抬起头来，然后用惺忪的眼神从头到脚扫描了我们一把。

"等会儿。"他不耐烦地拿出一个破烂的手抄本，极不情愿地随手翻了一页，页面上的格子满是空白。"几个人？"

"一个人。"小虎说。

他又从头到脚地打量了湿漉漉的小虎一遍，仿佛之前我们头发滴着水的样子还没有看够。

"有一个床位，250元。"

"床位那么贵啊，没办法了，我要吧。"

"不能给你。"

我们像是被人扔给了块本就难吃的饼，刚要张嘴却被抢了回去。

"这是为什么？"

"呃，我还要再查查。"他开始支吾。

"查什么？"

"不好说。"

"什么叫不好说？"我感到莫名其妙，一个箭步上前，插嘴问道。

"不好说就是不好说，你管我是什么原因，总之床位没你们的份！"才穷词尽之人，急了也会跳墙的。

"那我怎么住法？还有标间吗？"小虎平静地再问。

"别人预订了。"

"现在已经天黑了！外面一个鬼影都没有，谁会来住？"我问。

"只有套间了，你要不要？"他又假装翻了一页，顺道白了我一眼。

"多少钱？"

"3800。"

小虎无奈地看了我一眼，我感到心中一团怒火正慢慢滋生，压抑得费劲。

"明明有的床位，你不给原因不让住；扔出来套房我们住不起。这不明摆着宰人吗，你信不信我找你领导？"

"你找啊！我执行的就是领导的指示！领导说空床不给就是不给！"

"那附近还有其他宾馆吗?"

"没有,只此一家。"

"有民宿可住吗?"

"黄山管委会不允许山民接待。"我闻道了垄断者的腐臭味。

"那有帐篷吗?旅游咨询处说你们是给租帐篷的。我们租帐篷该成了吧?"

"帐篷有,也不能租。"

"为什么!?"

"外面天气不好,你们睡帐篷着凉了,我们承担不起责任。"

"那没地方住,不更着凉?"

"不是我们的责任,冻死也无关。"前台的声音渐弱得像蚊子嗡嗡,却仍然被我听到了让人发指的一句嘟哝。

我终于明白小虎已被当成瓮中之鳖,任人宰割。原来以为市井中才有的尔虞我诈人情冷暖,在本似仙境的黄山绝顶,竟被演绎得更为露骨。我已然没有了愤怒,残留的只是比雨夜更寒的心。

"小虎,甭问了,住我的帐篷去。我的帐篷里还容得下你。"我拉着小虎转头迈向雨中。

我的帐篷只有一个睡袋,阴冷的黄山之夜却必须有被褥御寒。漆黑的夜里,我与小虎打着头灯四处询问路人,终于遇上一位愿意借用被子给我们的环卫工人。由于黄山管委会的管制,我们在夜深人静后,与他走了一小段夜路,才捧得沉甸甸的被子回到营地。来之不易的融融暖被,在这样的一个晚上,可以救命。

风景与情绪都在大起大落,躺下后竟发现周身竟是那么酸疼。帐篷里第一次有人相混,倒是格外新鲜。

"谢谢你啊,翔子。今天要不是有你在,真不知道怎么办。"

"谢什么,这是应该的。没想到的是黄山也可以那么横行霸道。不过以前我也遇到过,这就是背着帐篷走天下的方便之处。"

"是啊,走到哪里就住到哪里。"

"呵呵,像蜗牛一样,家就在自己的背上。"

"会辛苦吗?"

"辛苦?辛苦是种修行。"

小虎竟咯咯地笑起来,难以想象他那冷峻的面容配上这样的笑声会是怎样一副情景,可是黑暗中已经无法辨认。

黄山,云海日落

"我也没啥地方可去，接下来的日子，我跟着你修行吧。"

黄山的第一个晚上就这样渐渐入梦，模糊的意识中，是雨滴轻敲帐帘的微响。

【二】

南湖的荷花正开得灿烂，每逢风吹起，满地荷叶便抖擞着蚕豆大的露珠轻轻摇摆，微透着粉色的皎白荷花更如同羞怯的红颊少女轻舞在叶海之上。我总爱在清晨时漫步在南湖之畔，闭上眼，晨露的气息中隐约能闻到荷花的香味。

一个星期前，初到宏村时，已是傍晚。我与小虎带着黄山冒雨攀行的疲惫，来到了这个青山环抱中如画境般的古徽州村落。宏村是新晋的世界文化遗产地，与黄山的惊世自然奇观交相辉映，而我第一眼见到它时，便知这是为身心俱疲的旅人准备的完美的养伤与修心之地。

稻田成熟的季节，齐膝高的水稻带着沁人心脾的绿意铺在村口，几幢白墙青瓦的徽派老宅缀在其间，斑驳的墙身如同宣纸上不小心滴落的蘸水墨汁，模糊而写意。鳞次栉比的檐梢后，是东西相拱的竹林，青山则在远方似有似无地画着黛眉。弯曲的阡陌间，抬头便能咬到低垂的青枣，鸭子一家正踮着脚蹼扭着白屁股长幼有序地踱步。我与小虎循着只有两人肩宽的窄巷穿行而入，一条潺潺的水道流淌在青石板路一侧。历游四方，我并不常联想到陶渊明，"采菊东篱下，悠然见南山"的意境太过骚人风雅，与总是狼狈的我不贴切。而这一次，小虎不住地用手抚摸着自南宋年间便开始脱落的白墙，我则感慨着自己或许真的闯入了一处世外桃源。

我们慕名来到松鹤堂。一入门,便是一股怀旧的木制老宅的香气。昏暗的厅堂泛着漆木的光泽,左右对称地垂满对联,牌匾之下是一副松鹤延年的墨画。这满载徽派建筑珍宝的古董似的老房子,应是宏村最有韵味的客栈了,我与小虎于是纷纷向屋主表达着我们是如何想一品传说中的雕花大床的愿望。

　　屋主大婶瞥了瞥我们,突然扑哧一声轻笑,便喜洋洋地领着我们拐进东厢,踩上吱呀作响的老旧木梯,拉开一扇刻着精美木雕的红木门。拉亮昏黄的灯泡,木板墙围起的小屋,不过十平方米见方,颜色掉得差不多的小木桌下,藏着把三角凳。屋子的最里,不偏不倚地挤着一个雕花新婚大床,精美的夫妻镂刻在灯下泛着金光,白色帐帘扎得对称,里面是叠得好好的两个枕头和一床暖被。

　　"这是最后一间雕花大床房了,哦呵呵呵。"老板娘笑得合不拢嘴,像是准备看一场八卦好戏。

　　我和小虎面面相觑,僵硬地看了半响,谁也不知怎么开口。这的确是想象中的徽派雕花大床老房应该有的模样,我在心里问自己,"想睡吗",问了十遍,答案都是"想"。可是,气氛怎就如此怪异。

　　"小伙子们,这床可宽敞啦!"老板娘又咯咯咯地说开了:"这可是最纯正的雕花大床房,这种床一定要两个人睡,才入味啊,哦呵呵呵。"我猜这邪恶的老板娘上辈子一定是个媒婆。

　　老房子里,三人对影,我与小虎僵硬得像两个刚出嫁的大姑娘,只有老板娘洪钟般的笑声响彻耳际。再不出声,兴许便是被她给吃了的份儿。小虎抢先一步问道:"我觉得没问题。你行不?"

　　"行!"我如释重负,大不了挤点,为了雕花大床,咱哥俩啥都能忍!

　　老板娘像是终于达成夙愿般的兴奋,却又久久不愿离开,像是等着看我与小虎入洞房。支走她后,我们洗掉一身疲累,一头栽进婚床里,仰头看着这逼仄的空间。对于习惯四仰八叉着睡觉的我们来说,这实在太过狭小,原来古代人对睡姿也有很高的造诣。

"我拉床帘了。"有些话,我怎么说怎么觉得不对劲。

"嗯。"小虎像是更害羞。

"翔子,你说人结婚是为了什么?"

"为什么问这个,睡婚床有感?"

"是我一路都在想的问题。你背着帐篷在外走了那么久,想家吗?"

"想。可是你觉得家是什么?"

"家是足以安身立命的地方。你觉得呢?"

"以前在北京打拼时,想象的家是一幢豪宅;在香格里拉徒步时,恨不得家就是一顶帐篷;现在成了蜗牛,家就背在了背上,却又想念父母所在的方向;也许以后,爱人在何处,家就在何处。"

小虎不再说话,却直睁着眼睛,侧身望着窗棂。不知何时,我俩都揣着各自的心事,沉沉睡着。于是,宏村的某个夜晚,在一张雕花大床中,此起彼伏地回响着两个人的呼噜声。

那已经是一个星期前的事了。

【三】

每每连续徒步于山野之间后,身体总会抵达一个极为疲劳的端点,此时便需要寻找一个吸收着天地灵气的宝地,修身养性,健体疗伤。于我来说,宏村便是这样的一个绝佳场所。

这个牛形水系的古村落,有着世界遗产级别的建筑文化,我却不闻不问地终日泡在院子里看书，或写着报告。旅行团络绎不绝的祠堂与书院，我不去；荟萃着徽派精华的木雕楼，我不去；卧虎藏龙的竹林，我也不去。时值北京奥运会，我总在松鹤堂的水阁边听着中国又拿了几枚金牌，而小虎则不时拍拍我肩，表示他又准备前往什么地方，或者已经玩转归来。

有一日，小虎惯例地拍拍我肩："翔子，我要走了。"

"嗯，保重，准备回家了吗？"君子之别，平淡如水。

"是啊，我决定回家结婚了！"小虎又咧开了他标志性的虎牙，然后挥着手远去，不知在哪淋了一身的雨，一如在天都峰顶初见时的模样。这小子，相处多日，却仍然不知其姓名，不知其故事，我想他也已经参透了自己的迷阵。

我将住所搬到了南湖湖畔，这是我在宏村最喜爱的地方。推开木窗，将视线跳过青砖，跳过屋檐上的狗尾巴草，便是镜般的湖水，画桥一侧盈满荷花，湖岸一株株五百岁的红杨老树伸展着臂弯抚在水里，分不清哪一条是倒影。

我已经习惯了宏村的一切，喜欢看肥硕的大白鹅大叫地扑腾进月沼，尤其钟爱着重油重味的徽菜，总是佐着臭鳜鱼与毛豆腐，大口嚼起梅干菜烧饼，我也开始学人画起了水彩画，搭起小板凳，架起画板，随意拣选了南湖畔的一处风景，便挥起毛笔自我陶醉地涂上半天的鸦。这曾是童年时的梦，背着七彩的颜色盘，流浪在世界每个七彩的角落，画下那里的风景。

直到有一天醒来，我突然感受到肌肉的张力与内心的澎湃，那是再次上路的号角。背上行包，最后一次走过画桥，再见了，曾让我停歇的桃源乡。

四海为家

【一】

我明知道这里没有西沙群岛般湛蓝的海水,却仍然满怀着暗涌来到了她的领域。

可能我总是需要隔一段时间便看一次海,正如隔一段时间便登一次山一般。于是鼓浪屿,鬼使神差地出现了,带着她特有的与大海相谐的琴声,莫名牵引出我已经近乎遗忘的对这种生活滋味的迷恋。

我选在了一家典雅温馨的小客栈入住。不过短短时日,却又积攒了一身的伤要养,于是每日除了在曲折的岛径妄自迷路,便是守在垂满榕树气根、围绕着白色木篱的小院子里边赶蚊子,边写着维持生计的报告。

对鼓浪屿印象最深的一句话是,"来到鼓浪屿的人,最大的遗憾是不能成为这里永久的居民。"落叶、落花、落果、篱笆、藤蔓、使馆、老宅、万国建筑般的艺术品散落在幽巷的各个角落。榕树、九重葛;玉兰树、夜来香、三角梅;龙眼、虎梅、番石榴、洋桃、菠萝蜜。低矮的围墙里散漫的天井,谁家有着谁的故事。剩下的,是海的气息。迷路在幽静的深巷时,偶尔,从合拢的门墙后、半拉着帘幕的窗棂中,飘出缓缓的钢琴旋律,缠绕着我这个行人。

这是一个快乐的小岛,尽管时常充斥着喧嚣的游客团,但来了又走的过客从未影响岛民的恬淡心情。环岛的步道总有人在傍晚迎着落日慢跑,水果摊的大叔总会给我额外多塞几个李子,客栈的老板娘每天都要向我强调这个岛上的人究竟有多么懒。整个岛的居民都热爱着音乐,这里也是众多钢琴家的故乡。我遇到一个男孩,是福州人,专门来鼓浪屿参加钢琴比赛的。他说在这里弹琴,琴就有了灵魂。

离开鼓浪屿的最后一天,我在菽庄花园前的四十四桥漫步。这里的黄昏很是淡雅,太阳往往不愿落到海面,便已经消隐在了半山腰的云层里。金色的海面有些刺眼。一番犹豫之后,我给家里打了电话。我不太好意思让妈妈知道,她原来忘了儿子的生日,因为她一定会难过。可是如果过生日却不给妈说,就仿佛不是生日。

最后,妈妈在电话那头还是哭了,一边感叹着为什么自己会忘记儿子的生日,一边感叹着我已经 25 岁,然后畅想着我的未来将是何许的光景。

25 岁,我明白这个数字的含义。对许多人来说,这仍是一个风华正茂甚至乳臭未干的年纪,可是对 24 岁时的我来说,却是人生的一个坎。一年前,当我突然意识到青春正在飞速流逝的一刹,我告诉自己,在 25 岁生日前,一定要做一件疯狂的事情,一件只有凭着年轻时意气风发的、哪怕头破血流的勇气才敢去做的事情,一件若干年后回想起来,会仰天大笑,不觉遗憾的事。

我做到了,有生之年,从未感到一次生日的回味有如此甘甜。走过的路一步步地重演在眼前,沿着大海的颜色弥散在远方,像是海市蜃楼。

我翻开手机,浏览着仅区几条祝福的短信。小波的、皮皮的,还有一位早已不识的陌生号码。与在北京时朋友们通过开心网互相提醒着彼此生日时的热闹景象相比,此刻的我显得格外冷清。抛开北京的面孔与形态，独自流浪的代价，原来除了工作，还冷却了我与故人的距离。除了两三位挚友，兴许我已经从别人的生活中被抹去。

幸好，现在的自己不再是一个会以物喜以己悲的人，所以可以坦然地面对得失。抬头，是海天一线在渐暗的光明中互相融合，晚风吹起的一刹，我突然意识到我错了。

原来，我的生日祝福来自天之彼端、地之彼端、云之彼端、山之彼端、海之彼端、风之彼端的生灵。我用一年的时间，和它们成为矢志不渝的朋友。未来再见它们的任何一刻，我都会热泪盈眶。

【二】

从玉山县火车站出来时，正是阳光普照，热得厉害，我将包搁在一伙挑担工边上，看着他们打升级，边等待着不知何时会有的去三清山的车。

约莫一个小时后，一辆从上海驶来的列车进站，所有的挑工、司机都撂下牌，飞似的跑到出站口等着招呼那稀稀拉拉抵达的人群。不多久，一家老小共五人被接领到了我身旁的小面包车，于是我幸运地蹭上了车上所剩的最后一个位置。

这是爷爷奶奶、爸爸妈妈领着儿子出来旅游的一大家子。车沿着水岸摇晃前行，除了年约20的小伙子外，一家人都兴高采烈地攀谈，谈到最后，恨不得把闷葫芦的我也裹进他们的话题。

"小伙子，从哪里来啊？准备去哪里啊？"

"多大了啊？还是学生吗？"

"什么大学的啊？"

"怎么自己出来旅游啊？"

"有没有兄弟姐妹啊?"

"有没有女朋友啊?"

回答了一番人口普查般的问题后,一家人似乎对我产生了愈加浓厚的兴趣,尤其是小伙子的父母。不觉间,已经抵达三清山脚下的一家客栈,大家纷纷入住,然后便是晚饭的时间。小客栈的饭厅里摆着几张像是很久没人坐过的圆桌,我被热烈地邀请参加到与上海一家人同坐,小伙子早已不见,老太太宝贝似的拿出几个粉红色塑料袋,精心拨开,竟是从家里带来的白斩鸡与红烧豆腐干,在酷暑的车里焖了一天一夜,散发着令我食欲顿失的味道。小伙子的妈妈殷勤地在塑料袋里挑着鸡肉塞到我的碗里,我欲拒还迎地笑纳,心里边奇怪着这一家人的过分友好,边数落着自己果然难改的不合群的性格。

夜已深,我一人在屋里拾掇,突然吱呀一声门被推开,一阵冷风窜入,我警觉回头,竟是小伙子的妈妈悄悄摸进房间,见我在,便诡异地将门锁上,我不由得咽了一下口水。

"小伙子,还没睡啊?"

"阿姨,有什么事吗?"我故作镇定,庆幸着自己不是弱女子。

"啊,有点事情想请你帮忙。"她扭捏地坐在凳子一角,理了理逻辑,继续说:"我的儿子你也看到了。他现在是上海交通大学大三的学生,可是啊,成绩不好,就知道打游戏,已经好多门课程不及格了。老师找过我们家长,表示再这样下去,毕业证就拿不到了。可是这小子又自负又倔强,满以为老师说的都只是吓唬,学校是不可能不发证书的,所以依然老样子。今天遇到你,我和他爸都很高兴,因为你的学历可以唬住他,教他这些事情的严重性。真是要拜托了!"

原来是希望我帮忙劝儿子改邪归正,我表示愿意一试,阿姨才宽慰地离开,还千叮万嘱不要露出马脚,要表现得像是和他自然地聊到这个话题，而非她暗中安排。

谁知，几分钟后，却换成男孩的爸爸走进我房里，同样地锁上门。"小伙子呀，你不要理那个老太婆，她的管教方式，行不通的，儿子又不是傻子。就麻烦你和他随意地聊聊你们的大学生活和毕业后的前途吧。"

我苦笑着点头，目送叔叔离开。全天下的父母，莫不是都一样用心良苦。

一个微小的插曲之后，次日黎明，我来到三清山口，看云气翻腾在山间。长长的登山道后，是玉石般的深绿色群峰，在雾雨的洗礼中如沐仙泽。速速地抛却人群，再次独行，与自然对话的过程中，我向往这份静谧。从阳光海岸到西海岸的山径，拥有三清山最为壮观与唯美的景象，我一遍一遍地循环往复在壁立万仞的栈道上，怀着诚心祈求着风云际会间能有幸目睹这新晋世界自然遗产地的神奇，同时不停地嘟嘴吹着"仙气"。

不知在西海岸徘徊了多久，突然雨势渐停，白茫中，一些模模糊糊的光影开始在眼前出现，朦胧中渐有越来越多的层次，如同远近不同的一条条画布层叠拼接在一起，随风舞动。我的心开始狂跳不已，奇怪的预感从心底冒出，我揪着血管，毛孔不由地放大。

刹那间，狂风大作，白茫的天穹云幕竟然横向地拉开了一条缝，头顶与脚下皆是云层，仿佛某个入口，打开了一个从未向世人展示的秘境。终于，一个由近及远、无穷无尽的世界在天地间打开的这条入口中呈现，森林、群峰、山脉、云裳，不一而足。云气像波浪一样在头顶涌动，而眼前揭露而出的薄薄云海亦如有着生命，和被映得深蓝的山体一起如画地凝在远方。阳光偶尔会洒在深蓝色的山脊上，灿若海底世界，我惊呼所谓"海岸"之名真正的蕴意。

我开始神经质地独步于云卷云舒之间，像个孩子一样兴奋地奔跑、跳跃，20多公斤的负重，早已抛到九霄云外。我不停回眸，像是怕遗落了什么惊天动地的巨变。西海岸层峦叠嶂，浩瀚阔远；阳光东海岸则柱峰成林，异常锦绣。三清山的花岗岩峰有着神乎奇极的形态，雾海开合时，竟有一条巨蟒般的峰柱从蔚蓝的东海之底直立飞升，我好歹是走南闯北的人，还是抑制不住自己，像个初到贵宝地的二傻子般，双瞳圆睁，嘴唇憨张，痴呆不已。

　　太难以自制了！我把头探向栈道外的深渊，大声叫道："谢谢！谢谢！谢谢！"

　　仙山没有任何回音，只是忽得将一线天开之门关闭，我想它是听到了。与往常一样，空灵的栈道上再无旁人，山水奇境只为我一人铺展，不过是须臾后，便再度合上，回归白茫，留下一个大气磅礴不若人间的梦。

　　三清山自山门之后便再无住宿条件，于是身后的帐篷给了我无穷的自信与期待，这一晚的目标，一定是三清绝顶，玉京峰。从东海岸的一处幽暗的森林处穿入，沿着陡峭的步道直取峰顶时，天色已晚，我沐浴在淡紫色的雾中，踏着细碎铺地的落花残瓣，拾级而上。山风偶尔吹散迷蒙，回望身后，已是铺天盖地的瀑布云海。

　　攀至最高处时，路疾速尖窄，峭壁上赫然印着"天下名山"的大字，除此之外，只剩尖锐得仿佛随时陨落的嶙峋巨石。我在峰顶如花苞般合拢的石林中找到一片狭窄的平整地块，勉强地把帐篷支起，挂上营地灯，打开电脑开始工作。夏季的山顶竟冷得冻颊，我不停地揉搓着双手，在瑟缩中温热自己的脉搏。直到电池耗尽，一阵内急，我再度拉开帐门意欲凭崖解决，却被一阵有些刺眼的光线闪得恍惚，继而，是无以复加的震撼。

云海，泛起了瀑布般的起伏，被狂风掀得仓皇滚动。不是瀑布，更像是巨浪，是云海中卷起的海啸，而天国，便隐匿在啸浪之尖那条幽蓝的入口。残阳，用最后的力量散尽光芒，将它的归宿燃成沸腾的血海，绛紫色的云纱拂动，无数山峰在海中露出了缥缈的峰影，云啸如同有生命般地爬过群峰，再一倾而泻，配合着瞬息万变的色彩，令人窒息。九天之上，一棵孤松在风中摇曳，其心自知。

一股嘘嘘的冲动被眼前的幻景吓得缩了回去，冰风呼呼地刮着耳廓，冷得面目全非，却只有眼睛，在如痴如醉地凝望。我永远难以形容那一刻的恍惚，只记得万千风云中，我那么渺小，恨不得纵身飞跃，咫尺便是天涯。

三清山玉京峰顶，帐篷外颤抖中看到幻境

耳廓里仿佛能听到血液结冰的声音，我再无法忍受这样的刺骨，在红霞退却之后狠狠地钻进小窝。绝景当前，身体的感受却是残酷的，这往往才是背着宿屋走天下时最为真实的感受。再没有美味小食相佐音乐相伴的小桥流水，没有酒吧客栈里温馨看雪的木窗大床，一切都很原始，质朴得让自己感受到卑微和顺从，于是相信天地即是神明。

黄昏的美在一天中无与伦比，它给人包容、平和、思念与睡意。那一晚，蜷在睡袋中，不停地左右摇晃，肆虐的山风似乎要把帐篷连根拔走。

梦中，我也迎风破浪了吧。

【三】

电影院刷得一下熄了灯，于是漆黑得看不到其他四位坐得疏离的观众。《庐山恋》的音乐响起，时光迅速倒转了三十年。偌大的影厅里只有区区五人，在有些做作的怀旧演技中，各自缅怀着自己的或者父辈的青春回忆。

我再也想不到一个地方比那里更加适合已经背着帐篷在山野中跋涉了三个月的自己。庐山，是不野的山林，是不噪的城市，更是父母的蜜月地。还记得曾经在爸妈的老相册中看到一张张黑白的小张的庐山照片时，就想着以后一定要去看看。那时候爸妈都很年轻，比我大不了多少吧。恍惚便时隔26年了。

初到庐山小筑的第一件事，便是舒服地洗了个澡。我爬到二楼的阳台上。天未全黑，最后的红云犹在。晚风习习，吹得未干的头发很凉爽。霞云似海，层层叠叠的森林中似有撩动，刹那间，零星的灯火便亮起了。无着无落地想着现在身处哪里，未来的日子该做什么。转身回屋,才发现一弯新月,已挂窗前。

也许再没有什么事比在清晨的庐山散步更为惬意了。晨雾总在太阳升起以后许久都懒懒地不愿散去,于是沿着花径而行时,便像是伴着朝露的芬芳。一晃二三十载了啊,当年盘起花辫的妈妈就曾在仙人洞下如琴湖畔灿烂地笑着。时光转瞬,就已生华发。每每于信步中回味,都会搞得自己唏嘘不已。

五老峰是我在庐山最爱的地方。在庐山修心的日子里,除了工作、摄影、写写博客,就是看书,于是我将大部分的时间都花费在了五老峰上。那里没有等待紫龙的春丽,却也的确美如画境。每天,背着充满电的笔记本,乘着山雾直奔第五峰,觅好石凳坐下,将电脑的电池耗尽,便开始这一天的阅读。从五峰眺望总是在云海间浮浮沉沉的四峰时,我会会心的微笑,就像看着海市蜃楼般曾经走过的缩影。

而对偶然登山的别人来说,我这个总是莫名地出现在五老峰深处的怪人,则成为一道别扭的风景线。第一天,上来了一对小情侣,本欲在无人的五峰卿卿我我,却被我这电灯泡吓回了四峰;第二天,又来了一对小情侣,被我吓了一跳后,却似入无人之境地拥抱痴缠,令我佩服;第三天,一位小哥用一个下午的时间给一位小弟懊恼地哭诉了男人不能结婚的种种原因;第四天,一位兄台瞅了我一眼,便选了一块巨石躺下,扯下帽子盖在脸上,在云海边悠然地打起呼噜;第五天,一群地质专业的学生上来测绘,却拿起相机,对着我一阵狂拍。每个人都有自己的故事,不知道我在他们的眼里,是鹤发童颜的半仙,还是个应该进精神病院的疯子。

庐山是我选择修身养性的最后一处水墨名山。数个月以来,已经逐渐磨灭了自己原本在城市里的属性,工作依然在做,却少了与老板与同事的交互,朋友不断邂逅,却都是擦肩而笑的过客,头发剪得勤快，胡子却已经蓄得像只山羊。睡过的地方不计其数，从仙峰绝顶到乡村客栈，从海滩边到甲板上，从 24 小时麦当劳到午夜咖啡店，有了帐篷与睡袋，天下的每寸土壤都是自己的容身之所。曾梦想仗剑走天涯，看看世界的繁华。可真正四海为家时，又在内心深处隐藏着一种深深的眷恋与不安。它总是在意志最为薄弱的时候袭来，所以我摸不清它的模样。

直到有一夜的梦中，我不停地奔跑，像是在逃避什么，又像是在追逐什么。梦里有无数的场景是那么熟悉，一条曲折的山路，一个水中生长着树的蓝色湖泊，一簇彩虹升起的瀑布，一个抬头到脖子发酸的仰角，我却无力将其整合为任何一个能够记起的地方。我大喊，却听不到自己的声音；我狂奔，却总是差迟一步；我睁大眼睛，却永远缘悭一面。最后，我喘息着透支，一个踉跄，双臂展开地身体后仰倒地，而一座无比宏大的金字塔般的雪山，竟赫然屹立在我目光直视的苍穹，那灿烂的金色，如熔岩般流淌下来，瞬间将我淹没。

我猛地惊醒过来，才想起这个梦，已经做了无穷次。原来我一直在不依不饶地寻找着一个地方。

离开庐山的这一天，我在包中翻出纸条，拨通了一个差点便要忘记的号码。电话那头响起一个熟悉的声音，用蹩脚的带着云南藏区风味的普通话："喂，你好，我是丹能啊。"

瀑布云从牯岭街的尽头涌下，迅速地包围了我。

大香格里拉，我就要回来了啊！

庐山，在五老峰顶当仙人

谁画出这天地

【一】

"喂,小波,是我,翔子!"

"哈,咱俩好久没聊了,最近怎么样?"

"就那样,咱不寒暄。有一件好事,看你有没有假期?"

三天后,我已与小波骑行在依拉草原边的泥土路上。阴天的纳帕海,远不如上次冬雪中的那样令我震惊,但是纳帕海和依拉草原水草交界的地方,还是呈现出其一贯的温柔和融洽。湿地的圆形草甸如同朵朵小岛般漂在水上,牧群轻盈地吃着草,草海一头的山峦间,是香火不改、门票飞涨的噶丹松赞林寺。秋天方至,却由于突然的降温和风雨,使狼毒花提早败谢。火红的狼毒花海变得散落在各处,衬在白色的藏房和挂得满满的青稞架边上,编织着秋收的锦缎。

反复无常的梦,加上与丹能的一通电话,让我回到了久违的大香格里拉。我魂牵梦萦地怀念尼汝与梅里,魂牵梦萦地向往着惊世的巴拉格宗与稻城亚丁。遗憾,总是悄悄挠着内心最柔软的部分,只有在梦里才能察觉。重走在尼汝时未能成行的南宝草原北徒步线,这个灵机一触的点子像铃当一样在脑中晃了晃,既而炸开了锅。我兴奋地彻夜难眠,辗转反侧地消化着这个灵感将给自己带来的冲击。

"原来我早就想回去了!"当毅然决定返回大香格里拉时,我竟然有了回家的错觉。

　　最美好的回忆，我需要有人分享，于是将小波拖下了水。上一次的联系中，得知他在感情生活上郁郁寡欢，如果经历大自然一次难忘的洗礼，也许这个娃儿也能悟得个什么道道，然后走出迷惘。没想到小波完全经不起我口若悬河的诱惑，趿溜一下请完了假，然后裹着成套的户外装备出现在我面前。和这个即使许久不联系也仍然不分你我的好兄弟，有着相同的流浪冒险的浪漫风骨的怪家伙一起旅行，定是人生乐事。

　　这次的徒步课题，是从云南的尼汝北线，一直徒步到四川亚丁，沿途扎营，历时约八天，因此将是我走过的最为艰辛的线路。连续高海拔的行程不能怠慢，为了互相照应，节约路费，我第一次尝试在网上召集驴友组队，最后觅得一位同校的师弟，一位来自国家有色金属研究院的大姐，加上一对年纪轻轻的情侣。为保证行程顺利，我与每人再三确认是否曾经有高山徒步的经历，得到的回复，竟是清一色的满满自信，不是穿越过四姑娘山，就是徒步了珠峰大本营，甚至还有在高寒地带跑过马拉松。这年头，原来大家的身体都练得那么得劲啊！

　　于是，"珠峰大姐"、"四姑娘"、"马拉松"、"师弟"，加上小波与我共六人，在独克宗古城前的超市添置了数天的体饮、牦牛肉干、干粮、零食，装成三大纸箱，将其与六个塞满营地装备的登山包，一同塞进了越野车，开始了向尼汝村的征程。一直以来都是孤身奋战于江湖，此备出征，竟是熙熙攘攘的一大队人马，我不由地感到不适应。

　　车沿着颠簸的山路前行，熟悉的风景在眸间穿梭。云如同腰带般系在纳帕海畔的山间，如通天界；彝族的红泥梯田，已经长满了生机盎然的庄稼。太阳透过云层的缝隙在金秋的山川上着笔，天光云影变幻莫测，厚重的云层时隐时现地藏着远方的雪山。

大峡谷中，尼汝河碧绿清亮，一如八个月前初见她的模样。尼汝村已经不远了，可是雨季尾声的土路竟然比冰雪时节更难走，我们的车仿佛坐在海盗船上，酩酊大醉地侧身摇曳在半尺深的泥汤水组成的沼泽地里。司机师傅是丹能的好友，身为尼汝村民，却是汉族人，他兀自兴奋地给我们讲述着自己当年是如何被尼汝村的老婆给背进村里的窘事，一边八卦着丹能的风流韵事，同伴们都在睡眠中与晕车做着抗争，只有我目不转睛地凝望着这曾午夜梦回的乡里。

　　"丹能！我们来啦！"

　　车终于停在了坑坑洼洼的水沼旁，那是熟悉的丹能家的白色藏房，"尼汝藏家第一客栈"的牌匾依然挂得歪歪扭扭，尼汝河畔的草甸依然躺着懒散的羊群，丹能家白凤般的公鸡依然飞在枝头俯瞰来客。时过境迁的，只有开得熙熙攘攘的格桑花和藏房后一整片等待收割的沉甸甸的青稞穗子。

　　"翔子啊！欢迎欢迎！"丹能从黑暗的屋门中冲出，激动地小跑过来，狠狠地拥抱了我一把。他齐背的长发没有束起，迎着风凌乱地飞舞，身上散发着久违的酥油、汗渍与牛粪的综合体香。他的妻子也在门口羞涩地欢迎。

　　"好久不见啊！我想死尼汝了。"我四下张望了一备："小孙农呢？"

　　"哦，孙农升中学啦，初一，现在在中甸县城的。"

　　"小孩都上中学啦？那这次看不到他了，哈哈，但是好得很！"我替不断求学的孙农高兴。

　　"快进来，饭都凉喽！"

　　原来丹能的妻子已经为我们准备了丰盛的午饭，可是足足晾了四个小时，才等来这部历经磨难的车。我们一边与丹能商讨着徒步的要点，一边用腊肥肉汤泡着青稞面饼充饥。敲定行程后，丹能决定将我们带到他住在尼汝上村的姐姐家,那里将是徒步的起点。

高原的油菜花期总是很长。在接近黄昏的时候,我们终于抵达今天的目的地。细雨纷飞,白色的藏房互相簇拥着镶嵌在河边一座馒头形的小山头上,鲜花流畔的尼汝河和云海之外的雪山一近一远地环绕着。我们沿着青稞梯田和石篱缓缓走着,一路无话,心异常宁静。明天,真正的考验将会开始。

尼汝村,雨中漫步

小波一个人在村间的路上走着，雨点模糊了我的镜头。记得曾和一个路遇的旅人聊天时，说到如果有一天能够和最好的哥们一起放弃现有的生活，去环游世界，去不畏艰苦地随波逐流，是否愿意？梦想中的生活过于浪漫，过于充满了年轻人血气方刚的非现实主义假想。如果不能和谁神仙眷侣，那就和好兄弟逍遥四海亦不痛快！

看着小波落寞的背影，我知道我们都在寻找着答案。这就是我们旅行的意义。

【二】

"扎西，客人们交给你了，明天早上我再来！"丹能特意用汉语吩咐着。

丹能的姐姐是一位年迈的藏族阿妈，不会说汉话，于是总是眯着眼睛微笑地看着我们，观察着我们的需求。扎西恩主是她的儿子，19岁，鼻梁很高，瘦削的面容总让人联想到营养不良，他最喜欢歪着脑袋，和他阿妈一样眯着眼睛笑。

阿妈家的藏房有新修葺的一层阁楼，里面散乱地放置着几张小床，从壁纸和木漆鲜艳的颜色上看得出也许是为未来络绎而至的游客准备的客栈雏形。一夜好觉后，清晨的云气已在窗前缭绕。山雾铺成毯子，盖在森林之上，挡着蓝得滴水的天空。石头堆砌篱墙弯曲着将青稞与玉米田分隔开来，一株孔雀开屏般的树泛着枣红色的光,黑色的小藏猪在陇间拱着地,远远望去,分不清那层叠的黄色,是油菜花还是野花。

"扎西,让你妈给我煎个鸡蛋吧。"大家洗漱的间歇,四姑娘美美地说道。

"喔,鸡蛋没有的。"扎西的汉话比丹能好上许多,但也是重重的云南腔。

"不是吧?你们藏人都不吃鸡蛋的吗?"四姑娘无比惊异地问,然后不乐地继续捣弄她自带的方便面。

扎西像是想到了什么,扭头就跑出门去。足足一个小时后,扎西才归来,用一块大布头包着一团沉沉的东西,轻轻地放在了家里的海绵垫上,头上沾着雨珠。一掀开,竟然是数十个鸡蛋,他拿起一个,满脸欢欣地递给四姑娘,像是完成了作业等待表扬的孩子。

鸡蛋一个个地被敲破,滚进锅里煎炸,开成一朵朵荷包,腾起的香气令人垂涎。只是为了一句话啊,这孩子竟真的疾走了五公里的往返山路,只为到亲戚家借些鸡蛋,来伺候我们这群远道而来不明事理的家伙。

"扎西,多少钱?"丹能的马儿摇着驼铃声而来,我们也准备结账走人。

"嗯?"扎西没有反应过来。

"就是房钱、饭钱、鸡蛋钱。你不知道就问问你妈妈。"珠峰大姐和蔼地补充道。

"哦,不用了不用了。你们是客人。"他满不好意思地摆手。

"那不行不行,钱是一定要给的!"珠峰大姐一边忙着帮扎西算着这笔账,一边转头对我弹着嘴。"啧啧啧,他们真是太淳朴了!"

我颇为惊讶。相对于已经有些市侩的丹能而言,这个叫扎西恩主的小伙子实在令人刮目相看。我不知道这是一种别人口中不离的"淳朴"，还是藏人交友迎客的大方习惯。我不愿贸然用汉人交往的方式来掺和，于是只是旁观着这个清晨令我感动的家庭。

丹能的时间观念依旧很糟糕，于是我们比预期出发的时间晚了两个小时。驮行李的马儿再次从头到尾扎上了彩色的幡布，喜气洋洋。扎西将与丹能一起充当我们的向导，老阿妈在堆满六字真言石刻的煨桑炉边为我们燃起艾草。寥寥青烟慢慢飘向森林深处，像曾经那样为我们送行祈福。

第一天的行程是从2700米的海拔，翻越4300米的垭口，最终抵达4100米的南宝草原地区，这一段对体力是较大的考验。在丹能擅长的藏歌中，我们闯入了连山遍野的原始森林。扎西留着金毛狮王的发型，穿着一件破旧的白西装一马当先，红布袄子花头巾的丹能则垫后。尼汝繁茂的树林、河流、溪瀑、湿地，化着秋的彩妆，接踵而至。发达的苔原，在似乎已经静卧了千年的古树与巨石上生长，无数蟒蛇般粗的藤蔓垂绦搭在参差的树枝上，藤蔓上垂着半米长的苔藓，苔藓间又绕满银绿色的松萝，层层叠叠地遮掩着这片谜一般的秘境。

山溪流成群结队地网织着，水的声音总是若噪若静地弥漫耳际。我们借助着树干、圆木、巨石堆，或跳马、或平衡木般地相互帮助着跨过若干河流，就差学小孙农那样荡着藤蔓而过了。秋季的尼汝盛产各种蕨类与菌类，小波于是开始关注地上树上各种可爱的蘑菇，有黄色的成簇生长的"大号金针菇"，有巴掌大带着绿色斑点的"雨伞"，有像藏在苔藓后不易察觉的枝梢丛生的"蓝色珊瑚"。丹能给我们采来辣椒形状的红色水果，一撕开后竟像毛虫的尸体般流淌，恶心得大家急忙扔掉，却见丹能美不滋滋地吸吮。还是扎西的品位更高，采来的浆果，像是袖珍的红色樱桃，酸甜可口。小波说，只为这个果子，拼老命走这趟也值了。于是在后来的每一天，他一直瞪大眼睛寻觅这不知名的山林珍馐。

大雨滂沱而下，我们披上雨衣竭力地攀爬着垭口，扎西却如履平地般地撑着一把小花伞在荆棘间等待。终于来到一马平川的高地，眼前的景色陡变。成片的高山草甸上，湖泊星罗棋布。即使在黯淡的天光下，仍然可以觅到心中初见桃源仙境时的那种驿动。草甸的尽头有一座连绵的山峦，一片虹光穿透云层，抹在山峦顶端的南宝大草原，如同彩虹降临在大地。我兴奋不已，携着大伙儿加大步伐向前迈去。保佑我们吧，让我们走到终点时，仍然有云海和阳光的陪衬！

起伏的草原上，是妆得细密的林带，挂着松萝的云杉与冷杉，或成群或孤独地立在原野，高原红柳和沙棘林，像是纹在草甸中的彩色刺绣。不知是下雨积攒的新潭，还是原本便滋润四方的湖泊，像心脏一样连着无数的河曲。在这样一个广袤的空间，竟然可以移步换景，也许只有横断山脉的深处才可以做到。

我们踏着冒出水面的圆石，穿越了尼汝的丁汝湖与色列湖。湿滑的石苔，使同伴们纷纷落水，小波拐着两根细长的竹枝，算是逃过大劫。蜿蜒的溪流冒着薄薄一层水汽，秋色牧场蒸起山雾，偶尔现出云海中露尖的雪山。南宝牧场，我们终于快到了。

新寨河，当我终于第一眼看到它时，我几乎兴奋地叫了出来。还记得许久之前一个尼汝的先行探路者口记，"从尼汝回来后，我的心一直随新寨河在南宝牧场中蜿蜒流淌，永无止境"。我第一眼看到新寨河的照片时，便再难忘记她。她那蝴蝶形的水系，在无尽的草原上振翅，那是大香格里拉的神韵。

我抄起相机，不顾一切地冲向草坡之下的新寨河。在四千多米的海拔奔跑，我的心脏剧烈跳动，却不愿停下来喘息。我是一阵风，一夜之间吹回了新寨河畔；我是一匹马，奔腾在这梦中的草原。我一边大喊，一边反复地擦拭镜头，然后反复地拧干擦镜布，却无法阻止瓢泼大雨逐渐淋湿了相机。没有什么能够阻挡，我能拥有的就只剩这么点记忆了，除此之外，什么都没有。

南宝草原，她远比我想象得更加博大和宽广，也更加美艳和慈祥。即使这样的天气，广阔地面的颜色依然斑斓。金色的宽叶成堆绽放，无边无际的血红色和紫红色的高山龙胆，越过了落叶松、栎树与白桦，一直铺展到云和山的彼端。披上雨衣，收起急促的呼吸，我慢慢地走在草原之上，仿佛也升腾出不屈不挠不惊不俗的与世隔绝的张力。

几位同伴似乎从未在野外宿营，带着对老熊、雨水和跳蚤的畏惧，督促着丹能和扎西顶着豪雨，把牛棚从里到外从上到下地清理和修补了一番。我难以理解，为什么背负着极地睡袋和雪帐却还害怕降雨，非要和丹能扎西去挤那原本便狭小的棚屋。让身娇体贵的人们去自我怜惜吧，我和小波毅然选择在南宝圣湖边风景最美的龙胆花丛中扎下营帐。冰凉刺骨的雨水浇灌在头顶，我们将两个帐门相对，再披上防雨布，小波的帐篷作为客厅，放置背包与鞋袜，我的防风帐作为卧室，两人铺开睡袋，等待着这场夜雨的喜怒哀乐。感谢他，这个和我相互支撑的无所畏惧的男子汉，永远是我一辈子的好兄弟。

"翔子，看，有星星，你说明天天气怎么样？"
"不知道啊，高原的天气，忽晴忽雨。云那么厚，雨只是暂时停了。"
"南宝湖真美。"
"嗯，是啊。"

夜还未深垂，稀疏的星星已在雨云间隐现。天边最后的一丝蓝光，照耀着南宝湖，湖水泛着青波，荡漾出若即若离的愁绪。我和小波已戴着头灯，面对着天堂水色，相隔十米，在各自选定的龙胆花丛中一起上着七星级的大自然公厕。这是人在自然中最赤身露体的本能，也是我们一天疲惫后最得瑟的时候。

"我完事了,先走啦!"

"不行!你在那儿亮灯等着,免得我一会儿踩上地雷!"

"滚,烂人!"

夜幕老去,微雨倾诉,如画的天地间,是一红一绿的两顶帐篷。层峦后的色拉雪山是明天将徒步的内容。这一晚,就让我们安歇在南宝湖傍邻的天堂牧场吧。

尼汝南宝牧场,我和小波的两顶帐篷

南宝的传说

【一】

　　奇怪的梦总是在睁眼的瞬间被忘得一干二净，微醒时拉开湿湿的外帐拉链，映入眼帘的是迷雾中的南宝圣湖。天地都在蓝紫色的基调中绘着素描，微风在湖面勾起银白的涟漪，如同巨大的花瓣旋转着飘散，火焰般的龙胆花丛像是将要熄灭似的泛着蓝色的火苗，湖岸的丛林都没有醒来，躲在轻薄的浮水晨雾中打着盹，与帐篷隔湖相对的，是两座兄弟般的雪峰，在雨季的末尾只残留了不多的雪。

　　我与小波披上羽绒服，轻轻地抖落帐篷上结的冰，然后坐在一块光滑的巨石上眺望湖水。晨霭中的南宝湖静谧得令人不敢说话。"有朝一日醒来时，发现自己在世间最美的地方"，这样的梦想正在以如此的方式实现。我开始感动昨晚两人大男子主义地在山丘上的风口扎营，正因为这样的豪迈，让我回忆起自己尚未完全泯灭的年少轻狂，凌云壮志。

　　回望山丘下狭小的牛棚，那是丹能他们的宿地，大家似乎都不愿起床。草原上的无数湖沼像是从天而降的破碎明镜，白面牦牛臭美地在水岸欣赏着自己的倒影，经幡在晨光中舞动，云雾从杉林后的新寨河谷腾腾升起，然后爬着色拉雪山的裙摆扶摇而上，最终注入无边无尽的白茫。扎西倒是起得很早，四处捡了些干柴后，一路小跑着来到我们的帐篷。

"睡得好吗？有没有头疼？"扎西怕我们有高厚反应。

"挺好的，就是不太沉，这家伙的惊天雷动鼾声震得我抓狂，差点没抓起手套塞进他的嘴里。"

"你是被你自己的鼾声震醒的吧。"小波反击。

"不过，昨晚忽醒忽梦间，依稀听到窗外有乌鸦叫着飞过。"

"那是有僧人过世了。"扎西转头看着湖水。"他们都不想起床，早上空气最好，我带你们去湖边转转。"

我们漫步在这片神奇的净土。弥漫的云雾虽然遮住了绚烂的晨光，但也让山林秋色更显旖旎。遇到放晨牧的藏家阿姐，友善地上前闲聊着，方知道原来方才看到的南宝湖是黄海。穿过一片滩涂后，可以看到更美的黑海。如果不是扎西，我和小波定会缱绻在一面湖水，而错过更美的风景。

圆石像是千百年前陨落的繁星，嵌在黑海湖口平静的水面上，一枚枚害羞地露着头，盖满了因为太厚而不再湿滑的青苔。扎西双手插着裤袋蹬蹬地在石阵上跳着，我和小波则双臂平摊，像是踩钢丝似的保持着平衡。

我该如何形容第一眼看到南宝黑海的感受呢？那是一种最为真挚的动容，像是有生之年第一次闯进一处迷失之地。细细想来，像是闯入未知的世界的感受，其实已经掰着指头也数不清了，第一次看见泸沽湖，第一次看见三条彩虹乱舞的尼汝神瀑，第一次看见水晶般的卡瓦格博蓝色冰塔林，然而曾经的痴醉，或多或少都是因为癫狂的感情左右了双眼，回头再探时，兴许便索然没有了初见时的心跳。然而，此时此刻的黑海圣湖，定是枯竭了千百个夜晚的梦中的妄想，才能够勾勒出的地方。

我在一片细水画成的泽国里行走，脚下是一朵朵馒头般的长满绒绒苔原的草甸，它们似沉似浮地漂在水中，每每踏上，都会载着我富有弹性地上下起伏。玩心起时，在浮岛上大步地跳跃，便会惊叹水上的轻功原来如此简单。

　　四下里都是溪流，它们相互绕成密密的水系，汇聚成池沼，纠缠成漩涡，叠落成瀑布，可水花无论怎样动荡，都寂静地不发出一丝声响。龙胆与杜鹃花丛，自水底星星点点地升起，开得绚烂。落叶松像是附着精灵，婀娜地伸展出各种拟人的姿态，把迷阵中唯一的通道，引向迷雾缭绕的圣湖。

　　仿佛白梅的树，白色烟云般的缀在湖岸，无法腾空，却分明不是冬季。秋天浓墨重彩的着笔，被初歇的雨水淡化了色泽，像是每种颜色都开始融化，彼此混合，变得模糊。湖面满满地飘零着白色花瓣，沾着拂水的树梢，舍不得离去。肥硕的小松鼠用掌心挠着花瓣，在水里激起弦状的波纹。湖心有一座浑圆的小岛，生长着密密的冷杉森林，除了墨绿针叶上银发般的松萝，便再无法窥视其中的端倪。

　　"扎西，那座小岛你去过吗？"

　　"去过。"扎西一路尾随着我们，是怕我们失足掉进冰冷的湖水。

　　"那里面有什么？"

　　"不记得了。"他停在一根圆木上，凝望起湖心岛。"好多年没有去过了。"

　　"游过去的？"

　　"我们自己扎小木筏过去的。后来木筏散了，就在岛上待了一天一夜。"

　　"好看吗？"

　　"好看。"

扎西依旧是那件不太合身的白西装,头发比昨天更蓬乱了。他的一只眼睛,盖着薄膜般的白障。而另一只望着湖水的本来清澈的眼睛,却泛起哀愁,像是突然沧桑了十岁。

"和你的卓玛一起去的?"我问。

"她叫拉姆。"扎西淡淡地回答。

这个消瘦的小伙子,是家里的老二。哥哥出去上学了,既而开始在花花绿绿的县城里打拼,家里需要男丁,于是扎西留了下来,守护尼汝未被惊扰过的净土。拉姆也离开了,留给扎西的,也许只有圣湖之岛的回忆。

"来到这里,就不想走了啊!"我伸了伸懒腰,逃离了这个美丽得让人哭泣的地方。

尼汝南宝牧场,扎西带我们前往黑海的路上

【二】

我们沿着色拉雪山玛瑙般的山体一路攀升，赤脚趟过新寨河的刺骨冰冷还没有暖热起来，急促的心跳与呼吸已经主宰了身体的韵律。

这些天来，对几位同伴层出不穷的经典语录，我已经从起初的无言以对，变得习以为常。

"翔子，这里海拔有没有6000米？我已经快窒息了！"

"翔子，快走啊，我们大家都在等你，这里有什么好看的！"

"翔子，你怎么走得那么快？不顾我们老老小小了？"

"翔子，前面路上有牦牛，你不是会赶牛吗，快帮我把它们赶开！"

"翔子，你怎么可以在这么神圣的地方随地大小便，简直玷污了神灵不是？"

"翔子，你把我们骗到这里，你怎么不早说清楚有那么辛苦！"

"扎西，你们这里怎么不设置垃圾筒？搞得我们把垃圾都拿着，多不方便！"

"扎西，我女朋友的包背不动了，你帮着背一下吧！"

"扎西，我女朋友走不动了，让马驮着走吧，马上的锅具换你背背？"

"小波，还是你好，不像某人。"

"翔子，好多泥巴，快扶我！"

"扎西，好多泥巴，快扶我！"

"小波，好多泥巴，快扶我！"

"丹能啊，你在哪里？"

丹能早已经一马当先地跑到了色拉雪山另一侧的大峡谷深处，估计正吹着口哨等着这拖拖拉拉的大部队的龟速临近。如果我有丹能的体力，应当也早已腾云驾雾远走高飞，逃离这份聒噪。我的珠峰大姐、四姑娘小姐、马拉松大哥啊，究竟是哪位神仙把你们送来我的身边，陪伴我回到这朝思暮想的绝美世界的？我又是哪根神经抽搐了，竟然相信你们真的曾在高寒地带如履平地？

  这种时候，我往往地厌恶自己有些阴暗的内心，不够光明和宽容，即使在这样广博的自然怀抱中，仍然会分明地排斥着一些自己看不过去的言语和行径。从第一天的手足相扶，到第四天的置若罔闻，我像观影者一样目睹着自己对几位同伴的渐渐疏远。我不喜欢这样的自己，却无法一直忍受他们像仆人一样使唤扎西的口吻，无法忍受他们为了自己能够骑马而逼着扎西和丹能倒掉大部分的淡水，又背行李又背人，无法忍受他们问与世隔绝的藏家老人要来一家老小的户口本，佯装关怀地慰问着一个月赚多少钱、吃不吃得起饭、政府给不给补贴的话题，无法忍受他们一路上大声地表彰着自己是如何坚强英勇地挺进了这个鸟不生蛋的险恶之地……人哪有那么容易死，我沉默不语地埋着头一冲在前，扎进苦苦追寻的清静，小波则东拉西扯地拽着路边的野草，不放过任何一串美味的浆果。

  色拉雪山的白色雪盖已经化得差不多，新一年的积雪姗姗来迟了。垭口下的草原上，像有无数袖珍的盘子盈满了湖水，纷纷地倒映着四周山野的颜色，绿得像是和草原融为了一体。如果不是走到水边，发现起伏的绿野中赫然出现了白云和自己的倒影，便根本无法察觉。

  再往前行时，竟忽然出现一片悬在空中的草原，一面是七彩的新寨河谷，三面被刀削的深渊割断，渊不见底，只有飘浮的云气。峡渊对面，是陡峭的山峦上连绵的林海。小巧的草原仿佛被一团巨人口中吹出的烟圈包围着，摇摇晃晃地腾在空中，努力地不打翻草原上的湖泊。云气流转的源头，是深渊对岸两座参天的万仞绝壁，兄弟般地彼此面对着，只开合出窄小的缝隙，守护着幽深的峡谷入口，让我想起了"指环王"中的"诸王之门"。

我努力地保持镇静，掩饰一次又一次地踏入超乎想象的风景中时不能言语的感动。扎西的白色西装已被锅具沉重的背带勒得汗湿而发黑，他指着峡谷的入口，春风满面地说："那里是王子牧场，过去以后，就是木里了。"

木里王子牧场，清晨拔营挺进大峡谷

神山一直守护我们

【一】

我们终于正式离开了尼汝,步入了洛克博士曾经迷恋过的木里地界。丹能和我们依依不舍地作别后,把我们交接给了不通汉语的木里藏民继续带路。

雨水每日不改地浇灌着这片峡谷纵生的土地,我们也逐渐习惯了每走一步脚踝都会没入泥巴中的叽嘎叽嘎的声音。大峡谷中的老婆婆,有了我们的感冒药,咳嗽会不会好一些?那两位笑盈盈的背着书包的小女孩,究竟又是在哪里上学?最痛苦的回忆,莫过于在悬崖边三十度角倾斜的草甸上扎营,整宿一边往下滑一边往上爬,清晨醒来还发现跳蚤沿着内裤的边工整地咬了一圈包。然而,当雨后天晴的刹那,躺在草地上仰望此生见过的最大的彩虹飞越天堑时,对前路的憧憬,又蓬勃到了顶点。人生起落,在数日间演绎得淋漓尽致。

从东义乡前往卡斯村,是徒步期间唯一会经过的公路。辛苦搭上的小卡车在幽暗和狰狞的峡谷中穿行,四位同伴争先恐后地抢夺了车厢里仅有的四个位子,我和小波于是"被自愿"和所有的行李包一起,横七竖八地蜷缩在露天的后拖厢里,有一句没一句地聊着只有意气相投的好兄弟间才能说的话。小波又说起了他出家当道士的打算,地点选在了青城山。我说耳根清净不一定要死守一地,我可以云游四海,一年一度地去青城山问候他。就这样，两个白痴天方夜谭地开始把自己想象成云游的大侠和忘尘的道人，时间飞逝而过。

云翻滚着包裹起逼仄山谷间余留不多的天空，寒风吹得人脸上生疼，小波已昏昏睡去，身上紧紧盖着防风的雨衣，不自觉地打着寒战，时而剧烈地咳嗽，这几天的行程让他也染上了风寒。我套上耳机，沉浸在自己深爱的旋律中，琢磨起永远在探索的问题。

我的梦想，真的只为看遍天地大美而已么？曾经那场雪崩的轰天巨响下，我明白世间最纯粹的美丽，真的可以涤荡掉心中羁绊的许多执念。可是执念，会有尽头么？

在卡斯村简陋的藏房借宿一晚后，曙光摇动着厚重的云幡，像是提前到来。我早早地爬上屋顶，向着神山的方向默许祷告。神山也许听不懂我的语言，却一定能看穿我的心。

卡斯地狱谷，是通往圣地亚丁的最后一道天然屏障，这座位于贡嘎格令日雪山和仙乃日希格让古冰斗间的大峡谷，是佛教典籍中提到的世界八大尸寒林之一的地狱谷，是人类肉身由凡界进入天堂的必经之路。这也许是全程最为艰辛的一天，也许是黎明之前最后的黯淡。我们火速拔起行囊，在触摸不到的细雨中开始最后的冲刺。

一入山谷，便是陡然袭来的一阵寒冷。阴森之感，不只是瓜葛在皮肤，而是如同直刺脏腑，然后如墨水般弥散入了骨髓。四下里都是断木，一条阴河自山涧喘急地流淌而下，河面浮着一层乳白的水雾。朦胧中，一条发黑的瀑布，从远处的悬崖上滑落。我抬头仰望谷顶，雄奇险幻的峭壁仿佛随时都会坍塌，岩石上如同天然雕刻着巨大的梵文图案，硫磺般的色泽浸染着大片的山体，再风化成侧刀和倒剑的形状，直指着我的眼睛。只是抬头少顷，脸面便沾满不知从何而来的水珠，迷蒙得看不清方向。我不禁打了一个寒战，鸡皮疙瘩从脖子后根一路爬到了手肘，大喝一声，"波，等我！"便急不可待地小跑跟进，再也不贪恋蹊跷的风景。

　　海拔从 2800 米向 4000 米陡增，每个人都在沉默不语中前行，直到山林的豁然开朗，一片马蹄形的峡谷乍现，三五头牦牛在齐腰高的杂草甸里觅食，我才终于感受到生命的存在，一直端着的心也稍微放下了一些。层叠的针叶林浓密地横亘在河流的后方，视线尽头的山壁都看不清高度，影戏般地在云里扑朔，像是还没有晒干的墨画，多凝望两眼眼泪便会流淌下来，变幻着形态，覆盖住我。

　　"美不美啊？"

　　一个声音突然从无人的路边窜出，淡淡地掠过耳垂。我冷不防地颤了一下，扭头寻声，在草丛中竟然有一位极为矮小的老人，头戴垂着大绣球的毛线帽子，身穿大红色棉袄，灰布裤子和我们的一样溅满泥水，手腕上缠着一圈佛珠。如果不是刻意观察，根本无法发现这又高又乱的草丛中，竟有一位霍比特人般的人物，他牵着一匹同样矮小

木里，大峡谷中的老婆婆

的黝黑油亮的马，围满脸颊的花白胡子随着友好的笑容而上下抖动。

"美，美！扎西德勒！"峡谷精灵般的老人家啊，你又怎会知道我内心的忐忑不安。走在这终年阴冷的寒林，人的心里盛满的是对自然的敬畏。如果真如传说所言，我究竟是在迈向地狱，还是在洗着罪孽攀向天堂？

我们加快了脚步，在白茫中顺着急坡冲向垭口前的营地。4400米处，森林消失殆尽，草甸被因为温差太大而崩裂的流沙覆盖，云偶尔吹起的间隙，能望见剑立的巨大山岩上积着残雪，黑沙之后仍是一片空无。

我和小波最终选在了一片从峭壁上展翼而出、不过十几平方米的一片草甸扎营。从未有过的大风狂舞，只见小波刚撑起还未稳固的帐篷，只是一个转身的工夫，帐篷便被狂风抛到了十米高的天上，再远远地甩到了草坡下方的灌木丛里。我在营地周围的草甸中寻找着生火用的干柴枝，等着小波像大力金刚一样扛着肥硕帐篷一路攀爬归来。最后，两顶帐篷再次帐门相对，而这一次却绑上了若干条防风绳，又用巨石压住所有帐角，任它芭蕉扇怕是也吹不开了。天色渐晚，我和小波煮起牛肉泡面，漫天云雾随风卷而飞舞，两人都肃穆在这难以形容的幻境之中。

帐篷正对的方向，是卡斯地狱谷的尽头。一侧是无数菱形的尖锐高耸的峰林，另一侧是滑满褐色流沙的参天排岩，似乎都不遗余力地阻挡着一切有形之物的通过。两大天堑在峡谷尽头接合的地方，竟像被从天而降的巨斧斩断一般，突然截下一面近一公里宽的平滑垂直的绝壁，裂向深不见底的谷底。一条清亮的河流从天堑拱合的缺口中流出，像是携带着神秘世界的信息，在断壁上化为落瀑，最终泻向暗无天日的深渊。狂风不息，不停上冲的蒸气，从谷底冒起，吹响着鬼哭狼嚎般的叫声，震撼着我们瑟缩的身躯。

"你觉得这地狱谷口，像不像魔鬼的咽喉？"小波问时，我四下地观察了一下营地身处的环境，仿佛一步踏错，便将坠入万劫不复之地。

"你看，断壁之上的那个缺口，就称为地狱门。"

"地狱谷之门？"

"不，我觉得是离开地狱之门。这魔鬼的咽喉，才是地狱。我们不是爬了一整天了么？罪孽是不是也被这雨洗得差不多了？"

"哈哈，你罪孽深，我可像莲花般纯洁！"小波不改在我面前的贫嘴。

"烂人！你说这条神奇的瀑布，究竟是从何而来？"

"难道，天堂？"

"呵呵，你会不会觉得我们有些神怪了？"

"不，我觉得大自然是有灵的。"小波突然变得认真，笃定地看着远方。"你去了那么多藏地，有宗教信仰吗？"

"没有。但是在这些宏伟的大自然面前，人心自然会变得渺小。这并不是指一种纯粹的谦卑，而更多是对自我杂念的反思和自省。有没有信仰，没区别。"

"你放下了吗？"

"放下很多了，但还有很多。"

"我也要放下。"

"你是说小怡？"

"嗯，我都忘了她是谁了，哈哈！你呢，你的那位好吗？"

"我的哪位？"

"哈哈……"

"波，你见过雪山吗？真正的神山？"

"就像你口中的梅里那样的神山？"

"是啊。如果幸运的话，明天我们就会看到了。"我们都不由地抬头望向山门，无尽虚空已在夜幕中变成靛蓝，那断崖神瀑之后，应当便是亚丁。我无比期望着小波能如愿以偿地看到三祜主雪山，他带着累累的伤痕来到这里接受洗礼，也要靠自己来愈合。

"波，谢了。我一个人旅行快一年了，这次终于有好哥们为伴，感觉不一样。"

"一个人行走是什么感受？"

"极致的孤独，无尽的思考。悲伤时无人相佐，感动时无人分享。可是越这样，情绪反而上演得越为激烈。"

"为什么路上不与人结伴？"

"我不合群啊。浪迹天涯对我来说是一件很私人的事，我害怕因为别人而影响心情，改变初衷，甚至忘掉自己的执著。"

"你只是个太过理想主义、爱憎分明的人。"

"其实我并不喜欢这样的自己。但既然在城市里已经必须伪装着与人交际，那么本就任性的旅程中，且让我纵容地再自我一把好了。"

"一年了。还想继续？"

"不知道，确实有些累了。"

"还想一个人么？"

"不知道。"

"看来未来怎样，完全没有数啊。"

"我们不都在摸索吗？"

风吹着我们的头发冲向云霄，但是夜色中的笑脸却都是那么坚定。生活犹如眼前，有太多迷障，我们永远猜不透地狱门之后会是什么。然而，我们背后的那一片云海，已悠然躺在皎洁的月色之中，若雪般的慈爱。

【二】

期待越多，晚上越是无法安睡，尽管已经扎得严严实实，冰点以下的寒风仍然钻着空子刮进了帐篷，只是一个寒战，便猛得惊醒了。才是凌晨四点，一闭上眼，便像是有无数声音在脑中翻飞，杂乱无章，一缕也抓不住。我穿上外衣，钻出帐篷。

伸手不见五指的黑，笼罩在四野。月亮已经退去，抬头可以瞻仰壮丽的星河，却都仅仅将光芒局促在天穹，不愿洒向这黑暗的人间。风已经小了很多，不再撕心裂肺地哭嚎，反而像是有人始终在耳际轻轻吹着冷气。两座天堑之墙还能依稀看见狰狞的轮廓，地狱门却似乎多了一个剪影，融在这黯淡的夜幕中，难以分辨。

我像往常一样，架起三脚支架，牵起外门线，准备开始拍摄那惹人的星空。即使是地狱的星空，也会让旁观者勾起童话般的遐想。

快门咔嚓切下，便似屏住呼吸，只留黄色的指示灯在夜色中闪烁。

十秒、三十秒、一分钟、两分钟、三分钟……

我如同浸在冰水里却不敢移动。快门咔嚓弹起，我揉搓着双手，满怀期待地阅览成像，这应当是一张宝蓝色天空，繁星划出圆弧轨迹的迷人照片。

然而，当亲眼看见相机屏幕里的照片时，我惊呆了。我的双手开始颤抖，胸肺无法呼吸，近5000米的海拔，分明听到了自己的心脏在万籁俱寂中的雷动。我揉着双眼，重新望向那浓墨中的地狱门，然后不自觉地伸开双臂，下意识地想抓住什么东西，几番挣扎后，咽喉终于喊出了一个声音："波！快出来！"

"怎么了？"小波被吓坏了，急忙套上衣裤抓起头灯冲出营帐，却只见黑暗中独自站立的我。

我捏熄他的头灯，然后摊出手掌示向地狱门的方向，用整理好的情绪和声线，轻轻地说："央迈勇。"

地狱之门夹缝后的那个若隐若现的剪影，竟然就是亚丁三怙主神山之一的央迈勇雪山。如果不是相机的长时间曝光，竟根本不会发现，前夜的云瀑之后，此刻的星河之下，神明早已注视着我们。

小波不言一语，只是静静地望着雪山。我也不言一语，并肩坐在帐篷前方，静静地守望着雪山。星光消退，启明独亮，传说中最为隽秀的山棱和直冲云霄的雪峰，逐渐从夜色中剥离，变成黛蓝，变成银白。直到黎明的第一缕曙光洒下，神峰上燃起七彩云霞，地狱谷荡漾起无边的粉红色云海，我才意识到，温暖早已在寒冷中降临。

原来，神山一直守护着我们。

原来，地狱之上真是天堂。

亚丁，我迈向天堂之境

流浪终究会有始有终

【一】

太阳还未升起，天色已经渐欲明亮起来，高原的天空，整个夜晚都带着光泽。我手捧着一条光滑淡雅的白色哈达，塞在一条长长的人流中，等待着进入大昭寺。

隆冬寒冷的清晨，连时间也不想动弹，在这个几乎没有挪动的队伍里，每个人都把手揣在宽大的氆氇袖口里，一边揉着佛珠，一边不急不躁地打量着队列边兜售哈达、酥油和暖壶的移动小贩，我则有些百无聊赖地比较着下一口呼出的水汽能不能比上一口更白更飘逸。

寺院倾斜的白墙细看起来像是黏稠的牛奶，庙顶的檐角也能倒映在被人走得光滑的青石板地上，八廓街上远处的建筑隐在桑烟后浸成瓦蓝色，这被晨光染成微红的地面上，唯一以较快节奏运动的，只有几百个不停原地磕着长头的身影，他们都把厚重的藏袍脱在一边，铺开一尺多宽的长垫，穿着五颜六色的棉袜子，反复地向寺庙院墙的方向参拜。离我最近的一位老婆婆，扎起的白发因大幅的动作而散开，在晨风中飘逸，布满沟壑的苍老脸庞上刻着岁月洗炼后的情感，她的双眸从未离开寺门前的金色法轮。

如果不是决心亲自来到大昭寺，抛弃一个游客的身份，而与藏民的队列一起内转寺庙，我便仍然难以相信自己已然身处西藏的事实。

来到拉萨，听到的第一首歌是《北京欢迎你》，第一眼看到布达拉宫发现并没有想象中的高大，北京路上遇上的第一个小摊是维吾尔族人在卖干果，生意稍微好些的饭馆全都挂着四川的招牌……种种迹象，都和想象中的拉萨截然不同。城市周围盖满新雪的山峦，和中甸相似的红色藏式建筑，取着藏名的温馨的酒吧和书吧，这不是我期望的西藏内涵的全部。而这个早上，当自己身处弥漫着的近乎凝结的酥油味中，怀揣着刚刚酝酿出的虔诚，手挽着献给佛像的哈达，一步一停地和四方而来的藏民一起走在这座藏地最为神圣的寺庙中时，我终于确信自己来到了西藏。

从近一年前，在尼汝的星空下，第一次听老何说起西藏往事的那个夜晚起，我的心里便种下了要在珠峰大本营看星空的念头。小毅总说30岁前他一定要去西藏净化心灵，小波在亚丁许过去西藏朝圣的心愿，皮皮的心中总把西藏放在一个抬头才能望见的位置，就像某一天长了翅膀以后，才终于可以到达的世界。每个热爱旅行，热爱生命的旅者都想去西藏，有人将其定为宿命的终点，半生的漂泊历险只为有朝一日能躺在拉萨的艳阳下，有人将其描绘成理想主义的范本，在那里享受着对现实主义极致的否定，有人则是为了仓央嘉措的一首情诗。在一年旅行的路上，我邂逅了无数路

拉萨，信徒在大昭寺前祈祷

人,他们或骑行,或徒着步搭着车,历经村村寨寨,殊途同归地朝着同一个目的地进发。"去西藏!"一句简单明了的话,一抹汗水,一个微笑,表达的是相同的矢志不渝的快乐。

我一直没能为自己定义一个进藏的确切理由。藏地已经毫不陌生了,横断山脉那些美到超乎想象的日子,都已经刻进记忆最为深贵的卷轴。但西藏的特殊之处在哪里?在于世界屋脊的伟岸?在于无数神山圣湖的视觉冲击?在于它不为人间贪婪所侵犯的纯净的信仰?都不止于斯。一年的旅行,身心俱疲,而这种疲累,不止在于肌肉与大脑,更在于精神层面的匮乏,就像陀螺不停旋转,最终忘了自己旋转的原因,却也找不到停下来的理由。冬季又来临了,一如一年前的模样,出发时埋下的伏笔,答案已经不再重要,给"离开"一个终点也好。

"在西藏的土地上,你会有一种想要下跪的冲动。"有人如是说。

于是这一天,我已然躺在了拉萨的艳阳下,任凭经幡在深蓝的天空中招展。

【二】

"老板,来一碗钟水饺,一碗肥肠粉!"我窝在小昭寺附近的一家网吧里,一边慵懒地摁着鼠标,一边呼唤着四川老板便宜又好吃的外卖。在拉萨已经不知多少天了,这种地方没有必要数着日子过活,我仍然没有开始见识西藏的精彩纷呈的生活,却沦落到了要靠网吧才能消磨时间。

"你好!请问有去珠峰的班车吗?"我曾跑到客运站,怀春般地殷勤问道。

"没有,去日喀则的车两天一班,你到了日喀则再找车,要不要?"

"哦,这样,谢谢,我再想想。"

"你好!请问你们有组织去林芝和珠峰地区的活动吗?"我曾转投大街小巷剩得为数不多的旅行社,看看有没有拼车的可能。

"没有人啊,没有人!"旅行社的河南阿姨似乎因为看到了久违的游客而激动不已,变着声线倾诉:"你看旅行社全都关门了,今年冬天哪里有人啊!"

"哦,这样,谢谢,生意会好起来的。"

"你好,纳木错该可以去了吗?那么近!"我没想通,又找将回去,旅行社坐班的,换成了阿姨的老公。

"那根拉山口封了一个多月了哦,不知道什么时候能解开。"

"哦,这样,谢谢!不就是等呗!"我不禁想象自己去到纳木错,然后被困在湖边一两个月的生活场景。

"老板!捷安特自行车多少钱一部!"我好不容易找到一家卖山地自行车的商店,有些气急败坏地问道。

"价格不一样,你要哪一款?想骑行去哪里啊?"

"哦,哪儿也不去,谢谢!我就是问问!再见!"我查过这些日子西藏的天气预报,从云南徒步走到四川的辛酸还没有消退,心理斗争后,我决定自己充满盼头的人生不该骑死在路上。

北京路街头的餐厅和卖场都拉着积灰的卷帘门,像是几个月都没有开启,大昭寺的艳遇墙下只剩下褴褛的乞丐,没有游客观瞻的色拉寺僧人也懒得辩经。县际班车停开,私人小车不再运营,没有生意的旅行社与客栈关门大吉,连公路都懒得解冻,反正没人经过。

我在北京路上所有能够找到的客栈留言板上,都写上了"阿里拼车"的寻人信息。空空的留言板,有时会多一两张纸贴,不是路线不

拉萨，玛吉阿米总有许多人的回忆

同，就是已经过期。偶尔有个短信铃响，我都激动不已，然后渐渐被折磨得麻木。玛吉阿米的留言本上满是旅者对西藏的不舍，冈拉梅朵书吧里关于后藏的书，像毒药一样不停地勾引着我，而我能做的，只是在网吧吃着肥肠粉，等待不知何时会出现的出发机会。

拉萨的黄昏总有火烧云的陪伴。我在拉萨河畔散步，倾斜的阳光将河水染成美酒般香醇的紫红色泽。夕阳在布满乱石的水塘里摸着自己的倒影，那是阿里的方向。我一定要去，我不想留下遗憾。

【三】

终于踏上了前往西藏各处大美之地的路途。一定是神仙姐姐见我可怜，派给了我两位来自新疆的天使大叔，三个人找到了一位汉族司机，然后在这个荒诞的淡季，踩动油门，离开拉萨。

清晨的拉萨河，原来静得可以倒映出寸草不生的荒芜远山，米拉山口的彤阳雪上，也能有野兔与狐狸在奔跑，尼洋河谷从山间逆向射往天空的那缕晨光，更是令我仿佛看到了童话。这个冬季，西藏的一切风光，都比想象中来得更为震撼，那是在横断山区不曾见到的大气。天空近得触手可及，光线神奇的演绎，标榜了这片土地与世界任何一方都不会相同。

我终于来到了雅鲁藏布江大峡谷，大雪在日落时分戛然而止，我站在直白村口的江岸，大口地吹着仙气。南迦巴瓦神山，在瞬息万变中露出真容，宏伟的雪墙，像天界的神殿，伫立在我努力抬头才能企及的高度。这个脖子后仰到酸疼的感觉，忘了是在什么地方曾经有过，模糊难辨，却十分怀念。南迦巴瓦，这种向往已久的大雪山，竟然就这样在夕阳中上演着日照金山，我应该感动，应该头皮发麻，应该热泪盈眶，我努力地挤逼着自己的情感，可为什么摸索到的，只有面无表情的淡定。

我终于来到了羊卓雍错圣湖，亲临湖岸的一刹，就像时光飞转回若干年前初见一张羊湖照片时刻，画面重叠，心里才明白自己来这里竟是冥冥中早有注定。那张照片里，是一对男女并肩相倚的背影，蓝色湖水在逆光中泛起淡雅的光泽，两人的发被风吹起，每一缕发丝都被镶成金黄。于我来说，那是神话中才会存在的画面。而今，我静静地站在照片中的位置，凝望着同一个角度，冬雪已经白了山头，冰川不忍滑下，圣湖如绽放的枝梢飞舞的珊瑚，比记忆中更加湛蓝。我走到水岸，湿了鞋底，轻轻地放上一块玛尼石。细沙与卵石向里铺去，湖水温柔得不起涟漪，可究竟为何，心里总仿佛缺少了什么。

我像是囫囵吞枣般地实现着自己的一个个愿望。车飞速驶在辽阔无边的路上，我不住地回望，可惜着一个个想要停留的地方。车突然停下，大家像蝗虫般冲下，举起相机一阵狂拍，十分钟后，车继续飞速。西藏博大，路途遥远，但这难道就是在西藏旅行应有的方式吗？人的眼睛，只为一个个孤立的绝美景色而存在，除此之外，什么故事也没有？

矛盾的心情，开始纠缠在心里。西藏究竟应该有着怎样的真实模样？

这里不像雨崩，不像尼汝，不像阳朔，不像荔波，虽处处透着举世无双的美景，却没有引人想要住下的温润，虽在空气之中都盈满感化世人的信仰，却荒凉得难以融入细腻琐碎的生平。

我看见江孜城外一路磕头长头的风尘仆仆的信徒，也看见卡若拉冰川下用石头驱赶不愿给钱的游客的妇女，看见了帐房外抱着小羊羔的姑娘的挥手微笑，也看见了村民拦住过路的车辆，以喇叭惊吓了怀孕的母羊为由进行讹诈。在嘉措拉山的珠峰自然保护区门口，一位形容枯槁的大叔问我们要糖，他头戴满是泥巴的羊皮毡帽，裂掉一角的墨镜像鼓出的金鱼眼一样反射着阳光，他不会说汉语，只是不停地微笑，咧开的嘴角向外暴出几瓣大得出奇的上牙，在黝黑的脸颊上分外耀眼。正是因为这三瓣邦尼兔般的滑稽门牙，让拼车的同伴笑得前仰后合，迫不及待地抠出一粒阿尔卑斯塞给大叔，然后把脸贴过去一横，对我大声喊道："快给我们拍一张，长得那么搞笑的人，这次来西藏值了！"

这不是我要的西藏。我不想像行尸走肉一样扛着长枪大炮一站站拍着风景，不想带着猎奇的心理评论着或笑话着我根本未曾接触了解的人们，更不想连一个丰满的故事都没有地挥霍我积攒了一年的一个个关于西藏的愿望。

车子行进到珠峰大本营时，夜已沦陷，佛塔般的珠穆朗玛在最后的夕阳余晖中残留着玛瑙色的鲜红。同车的两人淡淡地瞅了一眼，竟然就想打道回府，说到此一游的目的已然完成，又何必多呆？我不住地劝说，乃至争论，最后抛出一句："你们要走就走！把身份证给我留下！"

我的倔强与偏执最终为自己赢得了在大本营过夜的机会。在珠峰脚下睡上一晚，是长久以来的心愿，从老何口中听闻的珠峰繁星，会有怎样的壮阔？夜深之后，我独自走在5200米的海拔，忍着轻微的头疼，看着靛色天幕下珠峰蓝色的山体。

　　这便是珠穆朗玛啊！即使一年的旅行已经如此充实和疲惫，我依然带着满腔的热血来朝拜这个屹立于世界顶点的神峰。她是那么恢弘，她枕过的大地是那么洪荒，她披盖的星空和想象中一样明亮！

　　可是，一个声音悄悄地爬满了我的整个身体。

　　到了又能怎样？亲眼见到了又能怎样？

　　原来，什么都没有。没有人，没有我，没有回忆，没有感情。

珠峰大本营，夜幕下最后的光芒

对不起,阿里,我不去了。冈仁波齐,当我有朝一日来到你身边时,我要在你的脚下,谱写故事。

【四】

2008年的最后一个晚上,我和朋友们相聚在北京,什刹海已经结冰,映不出岸上迷离的夜色。酒吧里的歌手轻轻地唱着怀旧的老歌,伴着酒杯里彩色的液体,荡成一点点破碎的星斑。

一年的漂泊后,回到了熟悉的地方,就像一场一年的梦刚刚苏醒。梦里的许多情节已经淡忘,依旧清晰的都是最为快乐和感怀的片段。

朋友们许久未见,每个人的一年都放映着自己的剧本。小毅找到了终于可以降服他的女孩,视感情为无物的他要转型当个好男人;阿

北京,酒吧的烛台原来也是莲花的模样

良觅得一份终于可以满足他物质需求的高薪工作，也许自此碌于天涯；淼儿不再为践踏他的人而迷惘，天涯何处无芳草；小元毕业了，开始面临人生最重要的转折；小波在电话里说，小怡要结婚了，现实如此；阿诚则即将离开这个生活了25年的国家。我想起了皮皮，她总说人生充满无数种可能，正是因为这样的可能，未来才有盼头。那我的未来会是怎样？皮皮的呢？

灯光打得暧昧，年轻的男歌手挎着吉他，坐在高脚凳上闭着眼睛，忘我地歌唱。

　　如果有一天我不得不离去，
　　我希望人们把我埋在这里，
　　在这儿我能感觉到我的存在，
　　在这有太多让我眷恋的东西。
　　我在这里欢笑，
　　我在这里哭泣，
　　我在这里活着，也在这死去。
　　我在这里祈祷，
　　我在这里迷惘，
　　我在这里寻找，在这里失去。
　　北京……
　　北京……

觥筹轻轻地交错，谈笑间，泪已两行。

怒放的生命

结束还是开始
凤愿
云端的王者
贡嘎的精灵
回家
千华梦地
蓝月谷
我们的神经都大条
御剑江湖
孤独是一杯酒

结束还是开始

【一】

咖啡机叽叽咕咕地做着准备,然后把一股浓香的液体冲进杯里。我的特大号的茶杯竟然还在公司茶水间的消毒柜中,没有被人扔掉。我端起盛得太满的咖啡坐到座位上,像旱獭一样直立起腰板,探头环视着,大厅里一个个的员工隔间还是空空如也,同事们都一如既往在外地做着项目吧。零星的几个人,个个都穿着笔挺的正装,在挂着公司价值观宣传画的白墙下显得格外突兀。低头一看,我又何尝不是一样,周五正王。

话说,公司已经有一段时间没有给我烦琐的工作了,在外走得久了,渐渐就淡化了自己也是企业员工的这样一个属性,连没有活找上门这种奇怪的事,也不再关心。一年的旅行结束了,是不是应该重新振作开始工作?我在心里琢磨着这件事,却怎么想怎么觉得不舒服。

"Erica,你知道 William 在哪里吗?他很久没给我派活了。"我没忍住,打了电话问总部的人事。

"William 上个星期离职了啊,你不知道吗?"

"啊……"

原来我那善解人意的青天大老板已经另谋高就了,然后牵走了一直为他卖命的几个员工。我脑中浮现出一根老人参修成精后蹦蹦跳跳的场面，每根参须上都挂着一个跟着鸡犬升天的小人参。他没带着我一起走，甚至没知会我，惊讶与失望后细想，也属正常。我这样不听话的小兵，任性了一年，虽然自问是保时保质地交付了他布置的一切工作，可这么下去始终不是办法，又怎能寄望老板还像最初时那么器重？我静下来，抿着咖啡反思，摇头一笑。老板是我最该感谢的人，我是应该偷笑了。

可是接下来该怎么办？

我开始设想接下来将会自然发生的事件。公司势必为我重新安排一位新老板，他会和其他所有高层一样，把我往一个个项目上扔，我将会回到2008年之前的状态，发展顺利的话，争着表现等升职；如果不顺利，迟早再次被逼疯。新的老板要么是圣贤转世，要么被门挤过脑袋，否则绝不可能再像以前那样让我出去放纵。可即使出现万分之一的可能性，新老板拍着我的肩慈祥地说："去吧，去火星上吧！"我也实在不好意思再这样不负责任。

这是近期的事件，那么长远看去呢？这个问题，我不知问过自己多少次，皮皮亦然，却总没有答案。在一年的游历中，我的人生观逐渐改变，人生的可能方向于是随之增多，继续在现在的行业里拼搏，只不过是其中之一。如果彻底转行，积攒了几年的经验，以及学校的牌子，就会荒废。围城效应哪里都存在，也许我只是看不到其他活法的难处，想当然地以为自己可以游刃有余。想法百转千回，但至少现在这个阶段，没有唯一答案。

这些都暂时还不重要，在真的走到岔路口前，我自然会有清楚的选择。关键是，我能适应接下来的生活方式吗？我是一个野人啊！我要在北京租房，从背上的"蜗牛壳"中搬出来；我要脱下登山鞋，穿上锃亮的皮鞋；我要从在仙峰云海上独自工作，换成时刻面对着客户

长白山天池,心里总有太多牵挂

和同事;我要用前途勒住自己,结束自由。

我躺在床上,枕着手臂,盯着天花板。墙上重新挂满了相框,还是以前那些,反复地提醒着我一年前离开城市的个中滋味。我已经不像刚刚从梅里雪山回来时那样歇斯底里了,看着这些曾经走过的画面时,是淡淡的欣慰和幸福。这场漫长的旅程,不是以最初我想要的方式开始,却也不是以最后我想要的方式结束。25岁的疯狂,如果25年后再回忆,是不是一个有始有终的故事?

第二天,我向公司递交辞呈。

一星期后,我躺在了回老家的列车上。

【二】

　　妈妈在厨房里炒着菜,香味已经从门缝里飘逸出来。老爸在拌着他买回家的卤菜,似乎没有这个下酒就食不知味。我已经坐在了客厅里,感受着老家的味道。

　　北京炉噼呖啪啦地作响,那是刚刚添进煤块的声音,在没有暖气的寒冷冬季,这个带着烟囱的小炉子能为家里带来温暖。沙发的靠背上已经铺好白色蕾丝边的绢帕,餐巾般的三角向下垂着,为老旧的沙发增添着朴素的美。妈妈总说我们父子俩的屁股是带刺的,坐过的地方一定会把绢帕扯歪,但她每次都很快地重新铺得工整。墙纸上,挂着一米宽的巨大的红色中国结,几乎占掉了半壁江山,我和妈妈从小吃街买回的红灯笼和招财进宝福娃,也都挂在了墙上,不算宽敞的房间里喜气洋洋。我摊开卷起的自制挂历,挂在墙上,翻到一月,是妈妈在漓江漂流的照片。这本挂历的每一页,都是一幅回忆。

　　年夜饭热气腾腾地摆满了北京炉的小桌面,放不下的菜,就用四脚凳帮腔。大多数菜都是妈做的,有还在热气中颤动的爆炒腰花,有我最爱的糟辣椒炒背筋肉,有在家乡才能吃到的泡萝卜和凉拌折耳根,有码放得像吉诺米骨牌的风肉与腊肠片。小桌正中心是老爸做的鱼,他每次就只愿露这么一两

遵义春节,一家三口做了一桌子的年夜饭

手。妈妈的面前总放着一小碗倒扣的半球形的八宝饭，她喜欢甜糯食，更喜欢这圆润米饭的寓意。我也特地贡献了一道新学的尖椒鸡，满足着这个嗜辣家庭的口味。忘了上次为父母做菜是什么时候了，这晚我在厨房里大汗淋漓地忙活时，老妈悄悄跑进来，从锅里调皮地偷吃一块肉，让我感动得唏嘘不已。

两年没回家过春节了，再次回到家里，竟是这么好。"家"有许多的定义，可以是一年一租却还算精心布置的房子，可以是加班到深夜后有床可躺的酒店，可以是背负在背上四海漂泊时的帐篷，也可以是亲人所在的地方。然而，"家"的内涵，也许从来只有一个。

电视机里的春晚刚刚开始，炉桌上的菜被温热得滋滋作响。我夹起一块透明的半肥瘦的风腊肉片放进口里，一股家乡的味道在脑腔里溢散开来，逼得鼻子开始发酸。

一年前的除夕，还是在小毅家吃的饭，胡同里的烟火炮仗仍历历在目，半夜在风中挂着鼻涕走回家的寒冷也清晰如昨，那张中国的版图，瞄准的第一个地方是云南，而如今，已经用双脚走过大半。或许正是因为在那个生平第一次没有与父母同过的除夕夜崩塌了情绪，才直接促成我迈出浪迹天涯的第一步。想到这里，我夹起两块烧得有失水准的尖椒鸡，塞到爸妈的碗里。

关于旅行的事，我并未过多地告诉他们。连我自己都想不出一个冠冕堂皇的理由，又怎么去说服父母，令他们不要为我的任性而神伤？与妈妈的每个电话里，她都会询问工作是否顺利，望子成才的希冀从未因学业到头而变淡。在路上的每一天，我都想念着远方的家人，我不想令父母失望，但更不能令他们担忧。而此刻，2008年终于过去了，往事已成烟云，我决定细水长流地娓娓相告。

我给妈妈讲起了云南的旅程，分明地感受着自己溢于言表的动情。说到泸沽湖畔夜幕中徒步坠崖的片段时，妈妈开始哭泣，她为儿子的辛苦而心酸，我也为自己的稚嫩无知而惭愧。对旅行的理解，只有通过旅行，才能获得。

"妈，我带你出去旅行吧。"

【三】

夕阳在天波府前缓缓落下，映得百千座峰柱如沐神光。寒雾蒸蔚，远方的峰林如同悬浮天际，拔地而生的岩壁上挂着来不及化的残雪，泛出暖人的红泽。张家界的黄昏，美得令人痴醉。我牵着妈妈的手，步下垂径，在入夜的仙境中，向客栈的方向走去。

在张家界的大美世界中，已经停留了三天，这是最后一个晚上。客栈的土家族老板娘端上了一大锅热腾腾的湘西糯米血粑，馋得人口水直淌。连日以来，妈妈在张家界的山林间陪我徒步，常年的锻炼使她能够走到一处处最美的角落，欣赏世间罕有的绝景。张家界的地质造型是地球上的一朵奇葩，有些风景，人的一辈子总应该去看看，尤其是身旁还相陪着最亲最爱的人。

从张家界到凤凰的班车，在烟雨朦胧的夜里行驶。摇晃的车窗外突然晴起一片灯火阑珊。沱江璀璨得如同挂地银河，映着妈妈明晃晃的眼眸。妈握着我的手兴奋地说："儿子，谢谢你带我来这里，太美了！"那一刻，沈从文的笔墨不再重要，迷离古城中怅然若失的寂寞感怀也不再重要，因为老妈是那么快乐。

凤凰，这个和丽江、阳朔、西江、拉萨齐名的浪人集散地，有着催生愁绪的魔力。骚人墨客可以吟诗作赋起笔弄画，都市达人可以灯红酒绿醉饮成歌，小资男女可以凭栏望水顾自垂怜，背包旅人亦可留存山水憩于江湖。无论喜欢或不喜欢，人人都能在凤凰找到属于自己的角色，妈妈与我都不例外。我知道老妈会喜欢这个地方，哪怕只是静静漫步于雨露中的青石古巷，或是倚在吊脚楼栏看沱江水冬去春来。她有着自己写了 50 年的剧本。

妈妈在水边蹲下，小心地将许愿灯推向江心，花了虹桥的倒影。夜色美得人惆怅，只是一个转眼的时间，我再次身处异地他乡。一直以为旅行要结束，所以努力酝酿着结束时应有的心情，却酝酿出更强的出发的渴望。

一年，再给我一年。这一次，让我彻底自由。

结束还是开始，只不过一念之差。我选择开始。

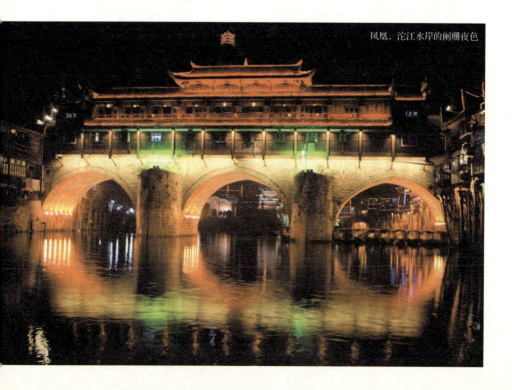

凤凰，沱江水岸的阑珊夜色

夙　愿

【一】

　　我在陡峭的山间奔跑，跑得心脏狂跳，却听不到咚咚的声音。夜幕在顷刻间降临，连日落都来不及插播。我站在崖前，看着万籁俱寂的黑，远处的山峰连成一脉，如一把把利剑直冲天穹，但是却暗得看不清楚山体的颜色，就像那个晚上的央迈勇神山般含蓄。大山很远，与我似乎隔着一道无法跨越的鸿沟，月亮从云雾里透出，洒下一抹银光，滑过脚下纱般的云海。

　　"那是什么山？"我兴奋地说。朝身后望去，才发现自己牵着另一只手，手的主人隐在黑暗中，看不清楚。

　　我不住地向山的那头探望，不知何时已东方既白。一缕瀑布挂在山腰，形如新娘的面纱，无声无息地向深谷飘散。两条彩虹，一高一矮，兄弟般搭着肩，自瀑布帘底，逆着水落的方向闪着虹光慢慢升起。我闭着眼睛，紧紧牵住手中的手，向着瀑布的方向，纵身一跳。

　　睁眼时，已身处一个明净的潭中。潭水如透明的翡翠，被幽深的峡壁包围，湖心生长着一株株细树，开满白梅与桃花，像棉花糖浮在水面。我衣襟未湿，挥桨划动起木船，穿过瀑布帷幔，竟穿越来到一个缤纷至极的天地。潭水变成沁人的蓝，并不是像天空与大海般由于光影散射才呈现的蓝色，而是来自潭水本身。无数大树从湖中生出，树冠相拥着荫住天空，将层次多样的绿倒影进透明的浅水。如果不是沉睡在水底的落叶与树干，这将是一个完全对称的世界，分不清谁是谁非。

我侧身伸出单臂，用手掌捞起湖水，玉液琼浆般地在手心荡漾。看得越来越兴奋时，突然失去平衡，一头栽进水里。

我猛地醒了过来。窗外还黑着，我躺得好好的。原来是场梦。

我抽了自己一耳光。这家伙越来越无可救药了，做得跟春梦似的，怪不得画面转得牛头不对马嘴。梦境太美好，还好没犯什么错误。

可是，那月夜中山峰的剪影，彩虹飞升的瀑布，长满树木的蓝色幽潭，究竟是哪里？梦向来都是模糊的，睁眼即忘，可这一次却清晰得可怕，我甚至记得清小木船弦的纹理。我在过去的经历中一顿乱搜，有山有水的地方不胜枚举，却没有一个地方能够匹配。哦！莫非，这是对未来的预兆？

想到这里，我又抽了自己一耳光。亏这家伙还是理工科出身，越来越天真了！

【二】

闲暇时光的增多，让我开始在网络上分享自己的旅行经历，也了解着更多的引人入胜的地方。我将搜狐博客命名为"翔子的绝色星球"，在天涯论坛里图文并茂地讲述起自己的故事。这是一种奇妙的感觉，当我在西塘的瓦檐下忆写扬州的故事时，时空便会交错，留存在记忆里的只有最为美好的片段。而当不熟识的人看过我的照片与文字而动容时，旅程中又会少一些孤独。

然而，当真正的闲适到来时，原来远没有当初预想得那么理所当然。曾经是"众人皆醉我独醒",如今是"众人赚钱我独闲",当一个真正的无业游民,原来是这一番滋味,挣扎过多时,甚至烦乱。

至于那个繁华的梦,一直萦绕在脑海中没有散去。直到有一日,在网上偶然看到一个帖子:"召集——贡嘎雪山徒步穿越,走向神山天堂!"寥寥数字,却配上了一张前辈拍摄的照片,图中连绵的贡嘎大雪山正沐浴在夕阳的金晖下,云海之上的绝壁山径,是一位男子正持杖行走。竹杖芒鞋轻胜马,一蓑风雨任平生。渺小的背影,却蕴藏着朝拜神山时无比的坚定。顿时,我的心脏像是被抽了一下地弹起。

这张照片,很久以前便见过了,心驰神往,却觉得仿佛遥不可及。不觉间,梅里、央迈勇、南迦巴瓦、珠峰朗玛等已经统统拜会,却仍然觉得贡嘎很遥远。不知是因为得到其他神山太多的眷顾因而

成都,曾经多少次在飞机上看过日落

害怕失望，还是因为朝圣完贡嘎之后心中将顿时空空如也的忧虑，我潜意识间仿佛对这座令人仰止的蜀山之王有种叛逆的抵触。不见贡嘎，就永远不会完整，这辈子的旅行就还有盼头。

活动的发起人叫红尘，这趟贡嘎雪山西南线的徒步穿越将历时一周，从四川甘孜泸定的上木居村，经上下子梅村，前往巴王海外的草科乡，最终还能在海螺沟大冰川前泡泡中国最销魂的温泉。

我报了名。出发总是在瞬间决定的，不由得辗转反侧的心理抗争，否则总会足不出户。我将许久未睡的高山帐篷与睡袋塞进大包，不起波澜地平淡出发，就像早已预知即使面对神山最大的眷顾，自己也已经拾不回最开始哭出过的血性。

【三】

一天之后的午夜，我抵达了成都。在旅店门前还在营业的担担面馆裹了腹，便正式见了将要一起徒步穿越的几位伙伴。召集人红尘的个头不高，说话谦和有礼，由于被纳木错震撼过，于是对藏区总有难以填满的向往；大黑是一个高大英俊的山东汉子，经常运动而保持了良好的身材，有两个最大特点，一是爱说笑，二是果然很黑；八爪是一位来自福建的职业记者，精明的头脑里总在盘算着别人猜不透的点子；南海小飞侠来自广东，最初的时候，我基本分不清福建普通话和广东普通话的区别。

次日一早，队伍搭上前往康定的班车，离开成都平原，向川西的横断山脉进发。一过二郎山隧道，便赶上了震后重建的单向限行，青衣江不急不慢地在脚边淌过，彝族的老婆婆坐着小竹凳上打量着车水马龙，几个小时的拥堵，倒是给我们更多的时间来欣赏二郎山绿色环

241

怒放的生命 Chapter 4

折多山，令人窒息的美

绕、云蒸雾绕的世界。

沿着大渡河攀行,来到康定时已是暮薄时分。城郊的山壁上刻着六字真言,与风马旗一样的色彩格外耀眼。一走出新的客车站,便看到一位身材不高的藏族男子前来接待,那便是准备载我们前往上木居村的司机,多吉。娇小的身材,使多吉灵活得如同黑叶猴,轻松地攀上小面包车的车顶,然后保持着高难度的直膝下腰姿势把我们的大包都绑了个严实。我低头看了看自己的腿,唉,我已经多久没有做过直膝双手触地了……

在康定最重要的一件事,便是出发前的大规模采购。康定的农贸市场样样齐全,尤其是有着许多在北京买不到,只有黔川才有的心心念念的各种辣椒和佐料。腊肉能保持不坏,咸鸭蛋能补充蛋白质,蔬菜水果得赶紧吃,最重要的则是高压锅,此行的最高海拔将至4800米,必须靠它才能煮熟米饭啊。

多吉的车十分狭小,前排坐上一位搭乘的喇嘛,半路又蹭进一对九龙乡的藏族母女,于是我们五人便像过年的腊肠一样被塞得严严实实,也正好取暖。车一直在云雾中拥堵着穿行,爬过云海的那一刹那,折多山美得令人窒息,绵延地屹立在云层之上,保留着太阳的最后一丝光芒,宛若煜煜的天堂。

从康定前往上木居原本只需四个小时的路程,却因为糟糕的交通而延长。已经过了午夜两点,多吉仍不停不休地驶在前往上木居村的山路上。眼看着他的眼皮不停地合上,又强行睁开,想必是和我们一样饥寒交迫,困倦不堪了。

"多吉,你还行吗?"大黑热切地问。

"哦,眼睛睁不开,我已经20多个小时没睡喽,昨天也是开车接人。"

"哇！那你赶紧停下来，先睡半个小时也成啊！我们不急！不急！"大黑瞟了一眼窗外疑似临渊而建的窄小山路，决定保命要紧。

多吉停下车，两分钟内已打起呼噜。我走出车外，高原的夜风寒得刺骨，伸手不见五指的路边，唯有头顶的那条银河，比以往任何时候都更加闪亮地悬挂在天穹。

【四】

到达上木居村的时候已近凌晨五点，人困马乏到极致时，几乎是倒头便睡，一睁眼时，已是十点过，不知窗外已日上三竿。

地铺打在多吉家的大厅里，枕边便是支撑房顶的梁柱，房里贴满和丹能家如出一辙的佛像。这是典型的四川藏区的民居，与云南迪庆白墙斜顶的风格不同，总带着碉楼的味道。屋里只透进一点点光线，散开成温暖的黄色，照在堆得七零八落的垫子或睡袋上，越看越让人困意滋生。咬咬牙，还是决定起程。

多吉的小儿子与女儿站在厅门槛处，露出半个脑袋打量着我们，好奇着这群衣着诡异的人为什么这么懒。小女孩才五岁，总挂着一条鼻涕，口里含着哥哥让给她的棒棒糖，小男孩上了小学二年级，小平头下是微微有了高原红或仍然细嫩的脸，他手里拿着一张自己的照片，羞涩地想与我们分享。阳光从窗棂射入，正好照亮了窗台上翻开的一个本子，那是小男孩歪歪扭扭的记事作文。他牵着妹妹走到了窗台边，轻轻慢慢地向后翻页，像是等着老师的评价般不做声地看着我，半张脸蛋在阳光中变作鹅黄，我想我也许从未见过这么不沾尘埃的眼眸。

昨夜星光满天，便知道这一定是个晴朗的天气。高原特有的蓝，已经映在多吉家的房檐上。喝过多吉冲的酥油茶后，我们便踏上征途。

大黑逗着多吉家刚刚出生的小黑狗，多吉的阿妈背着尚在襁褓中的小孙子，微笑着为我们送行。

上木居村前只有一条湍急的小河，两边的山体都较为贫瘠，没有大片的森林和庄稼，即使连牧草也因为季节不适而长得不算茂盛。河岸的石头上爬满鲜红的藻类，河水向远方的山谷蜿蜒而去，那便是著名的贡嘎穿越登山道了。我来到一片写满六字真言的彩色玛尼堆前，稍稍为这趟旅途祈了下福。

高原的山，怎么看都是那么巨大。大黑的精气神最好，一路上兴高采烈嘶声力竭地唱着"跑马溜溜的山上……"。抬头，两岸的高山草甸还没有绿起来，但散落在山间的云影已经令人陶醉。山峦连连，一只雄鹰在蓝天上飞过，不知要翻过多少座山的脊背，才能触及贡嘎的衣脚。

"喂，你们好！"走至半途，大家的双眼都被山垭间时隐时现的雪山所吸引时，突然闻得一阵人声。寻声望去，竟在河谷间的草甸坐着几位藏民，他们隐在齐腰高的草丛中，不易察觉。奇怪的是，他们大力地挥舞着手，就像当年初进尼汝时见到的那么夸张。

"你们好！"初上雪域的大黑对什么事都兴奋地不得了，也挥舞着手就向草甸里跑去，如果这个地球上有专吃人的妖怪，大黑一定是最容易上手的猎物。

"你们在做什么啊？"我也跟上前，问道。

"挖虫草呢！看！"原来这是上山采虫草的一家三口，男人包着块头巾，啃着包小浣熊方便面，应当是正在午餐，妇人的盘发外包了一层网罩，耳上垂着梅花型坠子，姑娘则戴着一顶白色带花边的毛线帽，像极了藏版的"小妇人"。她用手指着草丛，领我们看。

五月，正是虫草大收之季，这个时节进藏区，通常会遇到大家都出门采药，无人租马引路的现象，更有甚者，许多藏区的不同村落会因为抢虫草的地盘而斗得头破血流。如今竟赶上别人招呼我们一起采虫草（当然采出来的都归人家），这等好玩的事如何能错过？能真正体验当地人生活方式的机会是难得的，我捞起袖口就准备开干，而大黑早已趴在地上寻找虫草，连脸也要贴到了土上。

我并不认识原生态的虫草，经过藏家女孩的指点，终于在乱草之中找到了一株，形似没有长伞的蘑菇，赶紧借来小铲子，小心翼翼地将其铲出，拿在手上轻轻地将泥土捏碎吹开，露出完整的虫体根部，那简直是如获至宝般乐呵！

骄阳下挖着虫草，时间转瞬即逝，留给徒步的空余更少了。大黑健步如飞，多出来的时间便钻进杂草丛中，翘着屁股找虫草，上了狠瘾；精明的八爪把方才一家三口几天的作战成果全部买了下来，平均只要13元公母虫草各一对，快比市场价低了几十倍；红尘不怎么说话，埋着头蹒跚地走在队尾；南海小飞侠则早已大喊体力透支，早早地租了匹马先行一步。上子梅垭口的路只有一条，不自觉间，大家拉开了距离。

一个人在山间独步时，与自然相处的快乐又回到身边。随着海拔渐增，已经濒临雪线。两边稀疏的草甸和乱石上已经是不化的积雪，雪山融水淌成的河流与海子，在这里也是寒冷不融，变成山峰下冰河般的轨迹。身后，上木居村的方向已是山水千重。

突然，一朵白色狮头状的云，张着大口獠牙从身前正在翻越的大山顶端窜出，既而涌出愈加猛烈的云瀑，如同决堤的海啸一般沿着血色山坡向下席卷，瞬间将我湮没。水汽寒冰般冷得异常，汲取着身体里每一分残存的热量。绝大部分时间，我无法看到五米之外的任何东西，只有脚下的路依稀可辨。每当云开雾散，我便赶紧擦拭已湿得结冰的镜头，记录下这漫漫云中路，然后转瞬间再次被寒云笼罩。

兴许是前夜未睡便猛然上这高寒之地的原因，疲惫与饥寒外，头开始轻微地疼痛。我应当是最快的一个吧，身后的每一个人之间都已经拉开得互不见踪影。我不禁开始想念去年秋天在大香格里拉穿行时有小波为伴的那种快乐，再苦再累，有兄弟挚友或红颜知己陪伴，便觉得一切都很有动力不倦不怠。

而此时此刻，心里却只有一个声音：为何要来这样的地方，为何要不顾一切自己一个人来这样一个地方？生活已经很美好，为何还要如此偏执，到底是想要追逐什么？

答案，我其实很清楚。过程总是纠结，结果却总能涤荡一切。

贡嘎雪山，在子梅垭口做晚餐

像是度过了数个日夜，在穿出云霄的那一瞬，我已被眼前的美景感动得幸福满溢。一座连绵的秀丽雪山，抱着宽阔的河谷屹立在正前方，积雪在圆圆的草甸间形成百千细碎海子，而之前的寒云此刻望去，却像是雪山轻轻拉在身上的绒被。这并不是贡嘎，而是贡嘎给我的见面礼吧，鼓励我在苍茫雪雾中攀行不息。

　　当众人集聚在雾霭中的子梅垭口时，已经又过了数个小时，夜色因为雾的笼罩而呈现出忧郁的蓝，风偶尔将云吹薄，头顶已是星辰。

　　冰点以下的寒夜，我们忍住疲劳顶着头灯在垭口做饭，火迅速升起，高压锅的气筏已开始转动，大黑还仍在咬着牙，切那已被冻硬了的香肠。选择在子梅垭口扎营，是此行最艰辛的一晚，但我们清楚，它也是最大的诱惑。兴许在这里，我们将有幸亲见贡嘎神圣的真容。

　　几顶帐篷五颜六色地相互靠在一起取暖，像是一朵花的花瓣。钻进帐篷之前，云雾似乎开了须臾之瞬，在深蓝色的夜幕中，我隐约瞥见了带着银色光泽的齐天轮廓，大美无言。

　　那是贡嘎吗？

　　我不知。我只知道，亲眼一见那云端的王者，是我此行唯一的夙愿。

云端的王者

【一】

悬着的心整宿也未能放下,已经行至此处,成败决定于天公的心情。4700米的海拔,一晚上的头疼,睡得不很瓷实,迷糊间像是听到有人不停地发出呻吟的声音,应当也是经历着对高原的不适。

清晨五点,我躺在帐篷里,眼睛已经睁得浑圆。伸起手轻轻摸了摸帐壁,一阵带湿的冰凉。索性也不再恋床,戴着头灯掀开门帘爬出帐篷,拍打掉结得沉实的冰粒。天在不知不觉间已微微亮起,我熄了头灯,朝着山的方向望去。

眼前的一幕,令我感动得无以复加。一切都和前辈传说中的照片一样,贡嘎神山那恢宏的山墙,携着广袤温存的云海,像是魔幻电影般上演,明明是不带丝毫遮掩地虚假,却又有冲击发肤的真实。云海边际,静止着一个黑色的剪影。红尘已经坐在了山坡上,和我一样守望神山的黎明。一路上,他只有只言片语,但兴许这样的旅者,才真正懂得贡嘎。我悄悄地拍摄下他的剪影,仿佛也看到了自己的写照,然后走过去坐在他身旁,默默不语。

贡嘎雪山,实在美得令人心悸啊⋯⋯第一缕曙光尚未从雪山背后射出,但天边已经羞红了脸颊。虹霞之下的贡嘎,和梅里一样辽阔,如果说梅里雪山峰峰绝艳,那么贡嘎雪山更像是无数谦逊的卫峰并肩而立，只为烘托那位于中心的高耸云天的主峰。

太阳升起前的那一刹，万丈光芒被山棱割破刺向幽暗的天空，就像去年秋天卡斯地狱门的央迈勇。春末的这一个早晨，时间是那么悠长，即使连日出也仿佛是在慢动作中播放，我于是有了时间想想以往的林林总总。这一次的守候，没有羁绊的情感的背负，不同于梅里；没有落寞的自嘲的感怀，不同于珠峰；没有温存的笑语的陪伴，不同于亚丁。贡嘎于我而言，是唯一一次单纯的神山拜会，只是凭着向往，凭着一个做了几日的相同的梦，就扎起背包奔去了。这样的激情，不知还能持续到何年。

脚下的云海静如湖泊，蜿蜒在群山的棱角中，铺满了珊瑚般狭长的山谷。我想起了羊卓雍错，只是湛蓝的湖水变作了此时蒸蔚的紫云，晨风吹拂起细碎的云涛，像是就要吻到脚下。这样的画面，已在脑中期望过千千万万遍，或许也曾经经历过。我总很完美主义地想着天地中观望风月的应当是并肩两人吧，却无数次选择独行，好像生命中已经注定了孤独的基调，害怕如果不再形单影只，多的是一双臂膀，却会失去已经上瘾的忧伤。

"一直想找个最美的云海，纵身跳下去，不知道会是什么感受。"这是这个早上红尘的第一句话。

"不就是雾吗，一跳便撞到山岩上香消玉殒了。"我呵呵地笑，脑海中却猛然闪出那个梦里的场景，竟就是这样纵身的一跳。

我何尝不好奇，跳在那样绝美的云海之上，会是何种感受？小时候看哆啦A梦时，有一种粉末可以撒在云朵上使其变成和棉花糖一样软的质地，然后在里面建造云之国。想到这里，自己都偷着乐，童心未泯啊！

"你们真早啊！"身后传来一个耳语般的声音，回头竟是刚起床的大黑，他蹑手蹑脚地来到我们背后，这个一向声如洪钟的山东汉子在巍峨神山面前也自觉地收敛起来。大黑扑通一下在结着冰的草甸上跪下，朝着贡嘎主峰腾腾地磕起长头来，五体投地地趴着时，嘴里还不忘念念有词。

"翔子，帮我拍张照吧。"趴在地上的大黑转头对我说，他应当是许完愿了，于是想起怎么也要留下自己在神山前虔诚又英伟的俊美形象。

"好！别动啊！"我擦拭掉镜头前的冰雾，一番咔嚓。"你看看，如何？"

"啊！我的头好像太低了，再来一张。"大黑刚拍掉裤子上的冰喳，又扑通一下跪了下去。我举手又拍。

"怎么都驼背了？再来！"

"屁股翘得太高了！再来！"

贡嘎雪山，云海上守候神山日出

"怎么跟熊猫烧香似的！再来！"

"别就你当模特啊！我也来！"

就这样，大黑为了完成一张满意的照片，少说也向贡嘎磕了一百个响头，而我在诱惑之下，也磕了不下五十来个。呵呵，我们这群二傻子，连许愿也能许得那么闹腾。其实，心愿早在第一次膜拜时便已经诚挚地告禀，后来的欢乐，是敞开胸怀的明证。

帐篷后的雪脉不知何时已经日照金山。我闭上眼睛，枕着手臂仰躺在倾斜的草甸上，身边开满了冻在寸寸寒冰中的鲜花。当阳光终于翻越贡嘎，洒在自己身上时，温暖从肚皮漫过了脚尖。耳边的花儿开始解冻，发出轻轻脆响，像是天籁。

好一场神话啊。

【二】

"八爪啊，看不出你做饭做得那么好！昨晚上来子梅垭口后就看你钻进帐篷没有动弹了。"

"昨晚上来时我头痛欲裂啊，根本没法帮忙。"

不过是腊肉、土豆、菜叶、面条的混合物，再加点佐料，八爪却能做出细腻的味道，也实在叫人佩服。我盛上一小碗，倒入许多辣椒拌匀，对着神山道谢一二，便狼吞虎咽起来。这一顿早餐，比在尼汝时美味太多了。

"南海呢？跑哪儿去了？"大黑好奇地问，大家早饭吃罢，他仍然没有出现。

"可能是跑到山坡上去拍照片了吧。"众人收拾好炊具，准备执拾行囊。暖暖的太阳照在子梅垭口，我们的帐篷与睡袋也已经被晒得干热了。

又过了一个小时，雪白云海由于升温而开始泛起波澜，卷起一条条云柳，最初还像是少女的纤纤细手在抚摸贡嘎，渐渐已变成龙的样子，大有闹海之势。再不出发不行了，可是南海小飞侠仍然没有回来，他的帐篷还完好无损地立着。

"太晚了，咱们先帮他把帐篷收起来吧。"大黑说罢就开干。突然，听见他无比惊恐地大喊一声。我们跑至跟前，才发现帐里竟一直躺着一人！

南海竟然一直睡在帐篷里没有出来。我们大声喊叫，却不见反应。伸手一摸额头，已经烫手。这广东仔是高反了！

大家赶紧将他抬出。南海浑身已滚烫如灼，面色赤红，双唇黑紫，脸颊肥硕，严重的高反缺氧与发烧，极有可能引发肺水肿或更致命的脑水肿，这在荒无人烟的雪山垭口，该如何是好！

众人炸开了锅，立刻施展急救。南海已经完全没有任何意识，反复拍打叫喊之下，他微弱地翻起白色眼皮，瞳孔无法聚焦地游离，呼吸也开始变得微弱。

"南海，醒醒，不要睡着！听见了没！千万不能睡着！"大黑不住地拍着南海的脸，强制他保持意识，如果一旦休克，危险系数便会更大。

"他脱水了！我去拿水！"

"快给他降温！他衣服穿得太厚，要解开一些！"

"掐太阳穴！可以护住神志！"

"给他按摩！抖抖双臂双腿！血已经不活了！"

大黑当过游泳救生员，知道一些基本的急救知识，指导着我们通过各种方法保为南海续命。与此同时，我们必须为他寻找藏民与马匹上来相载。高反严重之人，回到海拔较低的地方后可明显减轻，问题是，是否来得及？每年在四五千米海拔因高反出事的人多之又多，想到这里，我和另几名同伴都撒开腿往上木居的来路下山而去。

广袤的大山，在天光幻影中美得令人窒息，矿物质产生的各种色彩在云影之下变化万千，此刻的我们却没有太多时间去惊叹和欣赏。高反的患者与我们都不熟，他从一开始便体力不支独自租马，逃逸大部队的徒步行程。但想到会有可能在自己的旅行中目睹死亡，我不寒而栗。生命大于一切，无论如何也要想方法救人！

老天不忍。三个小时以后，南海已回到了海拔较低的上木居村，症状迅速得到了缓和。若不是半山腰遇上了好心且不怕惹事上身的晨牧村民，这贡嘎之行恐怕便会变成一场悲剧。躺在床上恢复了意识后，南海已经失去了近两个星期的所有记忆，不住地询问这里哪里，为什么会来到贡嘎。更令人惊讶的是，原来他早已知道自己的体质在高海拔地区的极不可适性。他坦言，在亚丁时就曾经发生过这样的事情，也是幸得同伴极为狼狈地抢救，并把奄奄一息的他从山上抬了下来！可是经年此地，居然胆敢再犯！

我无法形容心中的愤慨。他是从一开始便存心欺瞒自己的身体情况，以窝身于这个穿越的队伍中。试问每个来朝拜贡嘎的人，有谁不珍惜这次机会，有谁不希望能顺利走完全程？却因一个不负责任的人而赌上中止行程的遗憾！真正的团队一定具有互相扶持的宽容，但前提是队员彼此的尊重。但是，比这一点更让人叹惋的，是他对自己生命的不尊重！生命，怎可以是儿戏！

一翻消耗，这个晚上直至深夜，众人才聚集在贡嘎山下的上子梅村。忘了灰色的插曲吧，每个人来到这片土地时，都带着自己的羁绊，抹掉汗泪灰尘，看到的还是最开始心中的那个方向。

贡嘎雪山,躺在七星级帐篷里晒太阳

　　一觉醒来时,推开木窗,竟是一片白皙。"下雪啦!"八爪倒抽一口冷气,兴奋地穿上雪套,就向屋外跑去。一分钟前,他还在埋怨我的呼噜声打扰了他整宿的美梦,这一分钟就已经享受着他在南方老家不曾见过的新雪。

　　森林谷地的上子梅村只有三户人家,静止在林海雪原上,被清晨的云雾绕成诡异的蓝调,仿佛一个没有出口的虚空幻境。大黑在木篱上堆起长相寒碜的雪人,红尘又是望着大山缄默不语,只有八爪一改本色,疯子般地在雪地里乱跑。

　　我仰望着雾海之上的贡嘎,蓝色钻石般闪耀。前方的大山上,有贡嘎寺的神圣传说,而原始森林的另一个尽头,还有真正的世外桃源。

贡嘎的精灵

【一】

雨缥缈而落,润得脸上丝丝地痒。贡嘎的转山道上有许多石碑,记载着自古以来发生的神话故事,奇怪的是,这些故事的主角都有着奇怪的名字,像是制伏乾达婆者半面马头,制伏地神者半面猪头,或是玖日行者奶牛脚影等,我于是不住地想象一位骑着奶牛的英雄降妖伏魔的场面。

春天的横断山脉,正是百花齐放的时节,雨水遮挡住了阳光的灿烂,却给了山间绽放的花朵水彩画般的意境。红尘每看到不认识的花都会询问,大黑则无论长在树上地下红黄白蓝都清一色回答是杜鹃花,四个男人皆花痴,一路撩着松萝数着花色前行,不知不觉间到达了新的村庄,下子梅。

一尺来宽的路弯曲起伏着为我们引路,路过花阵,跨过河流,转过白塔,走进了青稞田间。藏房疏离地沐浴在细雨里,围拱的篱笆下长满了青葱的野草,我们在一间藏房前停下脚步,这里该是今晚的住宿地吧。众人依次跨过门槛走进昏暗的内堂,我是最后一个,抬头看去,外探的屋檐上悬垂着一个易拉罐做的风铃,檐顶汇集的雨一滴滴落下,砸在风铃上破成细碎水珠分散飘下,顿时湿了我的脸。

每当一天的行走到达终点时,徒步客心中的感受是难以名状的,像是到了家，又像是在朝圣的路上走得更远。红尘沉默地坐在炉边，往炉头里添着木柴，这些许火光闪烁着照亮着整个屋子；八爪躺下了，兴许是雪中太过兴奋耗尽了精力；大黑和藏房的主人家侃侃而谈，还在向人请教着挖虫草的经验。屋外的雨已经微停，我搁下包走出门口，独步徜徉于村郊的柔软山坡。

下子梅村的另一侧，草甸铺至谷地，一条河流蜿蜒至远，两岸的各色山棱鳞次栉比地相夹，绘制着灌木森林、针叶林与高山草甸共谱的画面。无论是河谷还是山坡，都开满了各式的野花，大都呈蓝紫色，我叫不出名字，却瞥见每朵花上都带着晶莹的水珠。雨后的阳光照在远远的山峦上，晒起一卷卷愁云，却没有晒出彩虹。看不见的云气之外也许就是贡嘎的雪峰吧。我坐在一处围成日晷状的圆木塔旁，望得有些出神，恍惚间仿若身处小说里不为人知的遗世天堂。

不知何时起，在山坡上最近的藏房的小门里，探出了一个小女孩的身影，有些羞涩，表情冰冷地打量着我。我愣了一下，感到一阵惊悚，既而，像是下意识地对她微微一笑，除此以外，也想不到该有何种反应。

这便是我第一次见到她。

这一次的贡嘎穿越虽是几人同行，大家却都仍如独往。花一点时间自己去体味和思考，得到的收获远比与众人嬉哈为乐来得要多。于是，我没有花太多心思在她身上，转头又自个儿闷骚起来。

云气蒸腾的山坡上满是乱石，我在漫步间陶醉地看着远方那片河谷。而这个小女孩，竟然一直尾随着我走在身后，突然叫唤。我回过头去，才看清了她的模样。小女孩大约十岁吧，和尼汝的拉宗卓玛相仿。她扎着两个比麻雀辫稍长的发束，穿着一件淡天蓝色的毛线衣，脖子上挂着一串串红色与黄色的绸绳。她一改之前的冰冷，忽而热情地招着手，露出手腕上一串黑白两色的石头，两束辫子像柳条般摆动。

"小妹妹，是要我过去吗？"我向十来米开外的她大声问道。

她不说话，但是乐开了花，手招得更勤了。于是我向她走去，可是她却哈哈一声，拔腿就跑，快得像条小兔。我无奈地笑，转身又走向之前的河谷。

"你做什么？"小女孩已经躲在了石头阵后，开始说话。我一扭头，她又继续跑开，装作不理，她便蹭蹭地尾随，保持着一定的距离，不停挑逗。哈！这小朋友真是能闹腾啊。

"小妹妹！我不过去了，我自个儿去玩啦！"我大声回应，便自顾自地大步流星开去。可小女孩一见我真不理她了，遂急急跑上来，在我跟前不停地蹦蹦跳跳。我开始饶有兴趣地打量她。

这是一双怎样乌黑亮丽的眼睛啊！小女孩的头发蓬蓬乱乱，但也很是干净柔顺，那圆嘟嘟的小脸上有微微的高原红，却并不是伤硬的紫色，而是樱桃红，嘴唇上有轻微的干裂，却不停地弯成新月，露出一小排白白的牙齿，咯咯地快乐地笑着。那笑声，像是春风拂动风信子草的清新，又像是泉水拍动鹅卵石的灵动，有着无穷的魔力。我不禁恍惚，像是已经很久没有见到这么漂亮又可爱的小女孩了。

我们开始同行，在山谷间肆意乱步。我有一句没一句地和她问着话，她也有一句没一句地回着我。

"你的家在哪里啊？"

"咯呵呵！"

"你想去哪儿啊？"

"咯呵呵！"

"那我们去河谷？"

"不知道！咯呵呵！"

在无数唇枪舌剑的回合后，我终于确定她不懂汉语，只是不知从哪儿学来了"不知道""你做什么"这两句她并不明其义的短语。

"你,叫什么名字?嗯,名字。"我指着自己,比划着动作问。

"嗯,喔,珍珍!"她想了半天,灵光一现地答道,好像终于回答出第一个问题的小学生般兴奋,黑亮的眼睛忽闪忽闪。珍珍,很好听的一个名字,却不像藏名。事实上,我根本不确定她明白了我的意思,说出了自己的名字。不过,就叫她珍珍吧,又有何妨呢。

不知从何处,珍珍找到两根一模一样的狗尾巴草,递给我一株,便开始摆出功夫造型。我象征性地比划几下招式,她会大笑不止,兴奋地不得了地"猛攻",待我招架不住后落荒而逃,她便得意地像阵风一样呼溜溜地在我身边飘来飘去。

珍珍拉起我的手,去看着各式各样的小花,每一种花都有不同的颜色,都有不同的名字,我向珍珍学着这些藏语名字。她总像是小松鼠般拨动着花茎,然后从各种花草上摘下细小的果实,自己吃一颗,请我吃一颗。我从未吃过这样不起眼的"果实",含于口中,唇齿溢满自然的清香。

这个孩子,奔跑在这漫山乱石的草坡上,像是自家的后花园般,带着那银铃般的笑声,采摘着这样那样的花草果实,将其送给来自远方的客人。我开始忘乎所以地陪她一起趴在野山坡上,看她嘟起嘴吹

贡嘎下子梅,珍珍在草地里摸爬滚打

起蒲公英，看她摆弄着奄奄一息的小花。阳光偶尔温暖地洒下来，勾勒出一种近乎昏晕的暖色调，在这雪山环绕，原始质朴，却不通公路不为人知的小山村里，珍珍的笑容深深地令我动容。

那株命运多舛的小花，终于在珍珍的九牛二虎之力下，被拉成两组。她手巧地将其编串起来，一串顺理成章地佩戴在自己头上，美不滋滋，一串送给了我。我问自己，珍珍为何那么高兴，是因为来了远方的客人，是因为有我这样的疯子陪她玩，还是她本是这样一个天真无邪乐观向上的女孩儿？这一片山谷中的一草一木，何尝不是和这自小生长在雪山中的精灵相融相合了？而当这样的故事出现在贡嘎秘境中时，一切都被赋予了一种近乎神性光泽的纯洁与宁静。

不觉间，天色已晚。雨后云散的雪山露出了晶莹的光泽。珍珍的许多照片都被我定格。我不觉间已经忘了之前在冥想的那些东西，原来快乐，就如同这个眼前的小女孩一般，简单归真即可。

夜深，这孩子还在我们住的藏房里玩着。在珍珍带给我无比的快乐的同时，也令我更加好奇。她究竟是怎样的一个女孩？她家人是怎样？她上学了吗？

据藏房主人说，珍珍是他们的邻居，家里只有奶奶一人带着她。珍珍胸前一直戴着的那枚佛像，是她早逝的母亲送给她的，从不离身。再多的，我便没有追问。

那个晚上，映着炉中的火光，珍珍的脸蛋显得通红。和她坐在炉子边的小板凳上聊着天，虽然听不懂，但大致都能猜到对方的意思。珍珍不懂数学，还不会计算简单的一至十的加减法，她一直没有上学。大家轻轻地和她说话，用手指教着她简单的数字与加减法，用我们的故事会等小杂志给她讲着不知她能听懂多少的故事。

熄灯睡后，几人淡淡地聊着，无不表达着对这令人动容的小女孩的喜爱。有人说，她很聪明，那些基本的数学一学就会，对书本和文字的兴趣也很强，应该想尽办法让她上学；有人说，这样的小女孩在大山里多么可惜，如果可以的话，情愿收为自己的养女，供她有更好的未来……

我想说的有很多。但也深知，以我，或者我们这般的普通匆匆游客，无论说什么想什么，又能够真正做到什么。梦中，仿佛看到类似尼汝那样的泥水公路慢慢铺到贡嘎山中的这里，看到小珍珍背上小书包，就像尼汝的小孙农那样上着小学、中学，在更广阔的天地中实现自己人生……而梦中，亦仿佛看到了自己在钢筋水泥的森林中里已经逝去的快乐，看到了生活在这熙攘忙碌的物质世界里的人们，眼神中早已失去了精灵般的光泽。

【二】

次日清晨，我早早起了身，踩过小径，来到村口的野山坡上，等待在徒步旅行中从未错过的日出。

这一个早晨，云雾彻底散去，我才终于看清这个贡嘎雪山环绕的村子究竟有着怎样的美。三百六十度的雪山围绕，一缕缕的冰川挂在雪脉上，在初升的阳光下璀璨如金。撞击心灵的感觉，如同天堂神启，难以言喻。

我索性坐在高高的山坡上，凝望着这一切，耳中播放着挚爱的音乐。年华荡去，在这个遗世的不为人知的地方，依稀感受到了曾经那段莽莽岁月踏遍千山时难以名状的心情。

阳光终于温暖地洒在了雪线以下的山林上，只有村中的白塔依旧沉睡在阴影之中。令我惊讶的是，居然飞起一群鸽子，就像儿时从家里的窗户中看到的那样，旋舞于天际。斜射的晨光，使藏房后的森林都发出奇异的光泽，森林间的草甸上，已经有了藏民阿妈晨牧的身影。我们也到出发的时间了。

太阳把路照得耀眼，在小径暧昧的星芒中，我看到了珍珍的背影。小家伙弯着腰在捡着什么东西，手中还握着昨晚送她的书。晨光漫射，映红了珍珍风中飞舞的发梢。红扑扑的小脸蛋上，还残留着牛奶的渍迹。

大家一一和这个女孩话别。我们把能送的带图的小书都送给了她，再三嘱咐说，"上学、上学"，直到她最后也懂得了这两字的意思。我们希望，小珍珍能够把自己这样的意愿，带给家人。

我是最后一个离开村子的。队伍已经走远，我却还恋恋不舍这里的许多东西。

珍珍，扒在马棚的木门上，灿烂地笑着，对我挥着小手，就像初见时那样的挥舞。只是这一次，说的是再见。

这个雪山中的小女孩，是贡嘎的精灵，她带给我的快乐与感动，远远超出了贡嘎本身。

贡嘎雪山，在巴王海的草原休息

回　家

【一】

再见到皮皮时已是春末夏初。她站在国际贸易中心立交桥下的马路边,想必又早早地到了。槐树已经生得茂盛,夏天的槐花纷纷扬扬地洒落一地,细碎地铺开,皮皮双手相牵在身前,拎着她一贯的卡通的包,她的头发长了。

皮皮已经在上海出了整整两年的差。两年前,约莫也是这个季节吧,就在她第一次告诉我旅行梦想的那晚之后不久,皮皮便去了上海的项目;也约莫是这样一个地点,华灯初上的长安街尾,槐树花纷扬洒下,她拉着行李箱在路边,早早地到了。她说了一个梦想,却由我在实现。

细想起来,关于皮皮的很多回忆都重叠了。如果掐着指头数数,会发现其实从初见算起,我们一共也没见过多少面。皮皮仿佛在任何地方都出现过,经声萦绕的潭柘寺,开满荷花的什刹海,杯盘狼藉的麻辣香锅店,旭日慢慢升起的永和豆浆,梅雨湿襟的浦西滨江大道,长空落雁的华山绝顶崖前;或是一袭黑色风衣,或是肥大的卡通短T,或是波希米亚风格的乱裹一气,或是在踝边轻舞的白色长裙……她究竟是怎样的一个人,我从来没想明白,虽然每见一次都时隔春秋,但故事却似乎能够谱写成书。

"咱们去地安门吧。"我草草地说了开场白,掩饰着难以名状的心情。

北京是一个很适合压马路的地方,不经意间经过古韵的城楼,能给人踏在时空之河上的错觉。曾经的我也喜欢没日没夜地与朋友在路上散步,同行的人,可以滔滔不绝,也可以心照不宣。皮皮两者皆有,大部分时间是尽显小疯子本色,叽里咕噜说个不停,什么鸡毛蒜皮的事以她的世界观叙述出来,都充满了趣味。偶尔,她会突然沉默,埋头看着脚尖,就像坐着秋千从高点回落般的哑然。

自华山一别后已有大半年了,我们虽然有着相同的人生观,却过着截然不同的生活。内心里,我甚至有一种皮皮在代替我继续工作的愧疚感,也不知这再会时会不会陌生。皮皮说,她一直担心我们因生活路数相距甚远而话题渐少,可是现在看来,时空并未成为理解的阻挠,和皮皮的交流就像以往一样行云流水。仿佛从未远离过般,华山是睡前,此刻是初醒,大半年的旅程只不过是一场梦,梦里有五老山,有长白山,有亚丁,有凤凰,有贡嘎的小精灵。我滔滔不绝地讲着旅行的见闻,一起走过地安门外老胡同的一个个弯。

不知不觉间,已走到皇城根下,静静的护城河,把故宫围在了对岸。我仰头看了看身旁的景山,对皮皮问道:"你有多久没有看见北京城的全貌了?"

景山不高,却在风水上与故宫形成了完美的格局。我们沿着窄窄的石阶步上景山,沿途人迹寥寥,除了老北京城的人会到山上散步纳凉外,游客们怕是已经快要遗忘了这个地方了吧。

景山位于北京城的中轴线上,天安门之北,地安门之南,是古代皇族的御苑。山间的林木茂盛,鸟鸣不绝。童年时第一次来北京时,我曾跟随父母登上景山,别的印象已经没有了,只记得老爸反复强调这是明朝崇祯皇帝上吊的地方,于是便瞪大了眼睛四下寻找哪一棵树才是自缢之树。那时的景山于我来说,是阴风阵阵的。

  我和皮皮在山顶的万春亭歇下,放眼望去,下面是气势恢宏的紫禁城。不知从何时起,这个原本象征着究极的封建礼教的阴森压抑的宫殿,于我来说已经变成古老厚重的历史积淀的代名词。坐在这里俯瞰紫禁之巅,就像俯瞰着沧海桑田的转移中,这座我居住了八年的城市的历史,俯瞰着斗转星移中仍然存在的永恒,俯瞰着游子对故地的眷恋。

  "皮皮,你还准备出发么?"我终于问出了压抑了好久的问题。

  对这一点,我始终踌躇着。两年前的初夏,是她第一次告诉我旅行的梦想,那时候我们都即将前往各自的陌生城市工作;一年前的初夏,我背着帐篷开始了蜗牛般的生活,皮皮仍在上海的写字楼里加班;现在又是如何?

  我清楚地明白,一年多的旅程,已经彻底地改变了我的人生观,这样的财富也许在写字楼里干再久也无法得到;同时,失去的林林总总,更是难以用一言以蔽之。那么对于皮皮来说,究竟是会选择哪一条路?我希望她能够体会我曾经经历的释放,体会她自己的梦想。但是,越是走在了路上,就越明白其中的代价何如,越从心底里犹豫皮皮应该怎么选择。人心会变,华山博台之约,终究不过是一枚硬币而已。

  "会啊。"她隔了好久才回答。

  "我已经决定了,就在这个夏末。等最美的秋天来临时,我就出发!"

  我就知道的!我在心里默默地乐开了花,乐得拳头跟着紧握了一下。没想到,得知皮皮终究会选择最初的梦想时,我竟然那么高兴。是高兴什么呢?高兴自己终于不是唯一一个吃螃蟹的人?高兴皮皮终于有勇气去偿愿?高兴梦想终究不会输给时间?还是高兴什么其它?

"翔子小盆友,不用工作的感觉如何啊?"换皮皮坏坏地问。

"一个字!穷啊!"我放声大笑。

"我是认真的。"

"我也是认真的穷。除此之外,主宰这个社会的价值观,将我的行为划入了离经叛道,一百个人中会有九十九人认为我逃避现实,不思进取,是用梦想两字遮掩了懦弱的本性。"

"我好羡慕你去过这么多地方。"

"你也会的,以后就可以叫你皮皮行者了。"

北京,颐和园的夕阳

"我想要一场一辈子的旅行。"

"人生本就是一场旅行吧！只不过有的人一辈子停留在一个地方；有的人刚刚发觉可以重新上路，比如我们；有的人已经在路上好久了。"

皮皮扭过头去，望向远方。夕阳映红了紫禁城的金色殿顶，也映红了她的发梢。

"我们以后能做什么？"

"我不知道。有人成了作家，让人铭记的却只有三毛；有人成了摄影师，却连一张照片也卖不出去；有人成了旅游达人，会有一家家旅行社邀请着到处住星级酒店，却远离了最初想要旅行的初衷；还有的人，成了小店的老板，比如我在尼汝认识的小杨姐……但是，这些都是别人的人生，我们只要记着自己想要什么样的生活，然后在自己的人生里努力去实现，就够了。"

"一年后，你会在哪里？"

"可能会回来吧，也可能……谁知道呢。人生的美好之处，在于无数的可能。这不是你的名言吗？"

"可是，有多少种人生能够过自己想过的日子？也许，一个也没有。"

"也许，一个就够了。"

夜不知何时已经降了，景山西南侧，北海公园的白塔在宝蓝的夜幕中灿若白玉，而紫禁城已经熄灭成一片朦胧。一直希望在下雪的时候，去城内走走，这个愿望，却怎么还没有实现呢。

护城河畔，故宫角楼冷艳地倒影在水里。皮皮默默地走在前面，踩着路灯下树叶的影子。光晕中，有槐树飘落的花瓣。

秋天，还有多远呢？

【二】

在长鸣的汽笛声中,列车隆隆地驶进了车站。沿途上,看着窗外窝窝头似的山丘,便知道家乡近了。我背起包迈出车厢,抬头,站牌上写着"遵义"。

我喜欢坐火车的感觉,尤其是坐火车回家的滋味。在某个深夜,车会悄悄地趟过黄河,又在某个黄昏,车会悠悠地趟过长江。开始还是华北平原至江汉平原的一马平川,忽而馒头般的山堆出现了,列车淘气地在山谷间蜿蜒,一个又一个地钻起隧道,油绿的梯田从铁轨旁铺到河滩,翠竹像羽毛般缀在青砖黛瓦的屋舍旁,我便知道,离家乡是一座山一座山地近了。

"妈!这里!"

妈妈还是站在车站前的老位置接我。我朝她一个劲儿地挥手,她望过来,满心欢喜地笑了。我跑至跟前,千言万语堆砌着,说不上来,只顾着傻笑。其实离春节的旅行还不久,却已思念备至。妈妈头发长了,于是又换了个发型,扎成一束盘了起来,兴许是被公交车上的风吹散了,额头上搭着几根发丝,似乎又白了几许。

为什么要旅行?这是旅行得太久的人总会遭遇的一个问题。

当新鲜与惊喜都成为家常便饭后,接踵而来的渐渐只有疲惫、伤痛、忧虑、惶惑。旅行的意义是为了给自己的人生注满色彩,可是当演变成为"为旅行而旅行"时,最大的恐惧便会侵占脑海。我曾经终日思索为什么自己还要继续上路。美丽的大自然比比皆是,多见一处又有何不同?匪夷所思的民风与文化比比皆是,少见一处又怎能遗憾得过来?

每当滋生出这种疑虑时,我便会停下脚步,选择一个简单的地方，小住下来。因此，才有了宏村、庐山、拉萨。而这一次，我选择回家。

妈妈在厨房里为我炒着拿手的好菜，在她看来，我总是处于饥饿和馋嘴的状态。客厅墙上的挂历已翻到六月，那是妈妈与我在2008年骑行遇龙河的照片。我走进自己的小卧室，大书柜在这狭小的空间里仍然占据着很大一个位置，柜中摆置着小时候看过的各种书籍，有童年时偷瞒着抄袭的作文书，有没来得及看完的鲁迅全集，有曾经让我发自毛孔地兴奋的大自然百科全书，还有老爸硬搁在里面的金庸小说，错错落落却格外整齐，就像十几年来从未移动。我从包中抽出这次随身携带的书，躺上小床，翻阅起来。

说起来，书是旅程中一直陪伴我的最好的朋友，总是随身不离地带着，可以在仙峰云海中看，也可以在黄沙尘土中等待搭车时看。每到一个地方，便可以更新手上的书籍，或是购买，或是与店老板交换，把自己的感受传达给别人。我曾共鸣于《美食祈祷恋爱》中与神明交会的彻悟，也闭上眼睛感受着《在漫长的旅途中》星野道夫与极光对话时的纯净的幸福，当《大象的眼泪》里老朽的雅各最终跳上火车重新开始他羁绊一生的流浪时，我感动得无以复加，而三毛的《万水千山走遍》，则永远溶解在心里最柔软的角落，成为能够随时翻阅的深刻理解。

每次回家，最重要的活动中，总缺不了上街饕餮。遵义是一个环山绕河而建的城市，苍翠的凤凰山与蜿蜒的湘江河养育了一代又一代的遵义人。对大多数人来说，遵义只不过是历史课本上一个红红的章节，但对我来说，这里还有着极其美丽的自然风光，有着神州最香醇的美酒，有着遍地开花的令人垂涎的小吃。

于是，3路公交车，成了我必乘的美食专列。从香港路的豆花面，到北京路口的雷家牛肉粉，到苟家井的洋芋粑粑与豆腐丸子，到丁字口的烤肉，到红花岗的恋爱豆腐与丝娃娃，到会址老城区的怪卤与刘二妈米皮，每次回家，没有一处舍得落下，却没有一次能扫荡完全。除此之外，巷道里星星点点的各类小店铺，如果每顿换着品尝，即使是一两个月也绝不会重样。妈妈总爱看我津津有味的模样，我也总陪着她出门觅食，久而久之，这已经不再是一种对遵义美食的向往，而成为一种回归故里的默契。

格外特别的，当然便是遵义的羊肉粉！如果说，遵义所有的美食均可以消失，唯留一样，那必定是羊肉粉！儿时的每个冬至，全城的百姓都会摸在天黑之前便早早起床，去排队抢喝那清晨的第一碗汤。在遵义人的传说中，冬至吃了羊肉粉，整个冬天都不会寒冷。自上大学后的每一次回家，老爸带我做的第一件事，一定是去他最中意的羊肉粉馆，看我海量它三四碗。当把遵义特有的劲道粗粉从油亮汤底中捞出，裹着思南矮脚黑山羊特有的浓郁香味，带着颤抖地，送入口中的一刹那，幸福感便像爆炸般轰向全身。这种味道，和茅台一样无法复制与传播，却像上瘾的毒药般，已经成为了一种符号。所有的遵义人，或者在遵义长期生活过的人，可以忘记这座小城市的林林总总，但舌底儿勾着魂魄的，

遵义，这一辈子就栽在了羊肉粉的手上

永远是那一瓷碗烫烫的滋味。

走亲串戚个两三天,饕餮个两三天,再休息个两三天,整个人便从骨子里开始作痒。某一个傍晚,我和妈妈走在凤凰山的小径上,吸纳着阵阵的凉风,俯瞰着山脚那缀在绿色森林里的小城。湘江河如银色缎带,暮沉的天空如宝石流霞,层层叠叠的山川背后,还是层层叠叠的山川。我突然意识到,这藏在闺中的家乡美景,我还不曾遍赏啊。

"妈,准备收拾行李吧,咱们出发去旅行。"

"又要出发了?你才刚刚带妈出去玩过,总带着妈多负担啊。"

"怎么会!我想过了,今年要多陪陪你们,所以要至少带你出去旅行三次。"

"呵呵,好好,这次去哪里?"

"就咱家乡,大美的贵州,还没好好看过呢。"

"嗯,好啊!可是,你爸怎么办?"

"他要上班啊,他可舍不得他的工作和朋友圈子。"

"他可不会自己做饭。"

"老爸做饭多好吃啊!妈,你要锻炼他。"

"可是你老带妈出去玩,你爸会吃醋的。"

"多吃几次就习惯啦!"

两天后的早晨,我和妈妈踏上了新的旅程。班车向着遵义城郊开去,一出北边的隘口,便是一派峻岭河泽。突然,手机里响起一阵短信铃音,打开一看,是老爸曰:

"儿子,你妈平时太辛苦,你多带她出去走走,好好照顾。"

我合上手机,眉头一笑。

"妈,你还没出门呢,爸已经开始想你了。"

千华梦地

【一】

　　窄小的小巴士，我和妈妈找了座位坐下，车上全是背着竹制篓筐的村民。窗外一片晨雾，什么也看不清楚，妈妈扶紧了座位旁的手把，把窗子拉开一个小缝，透进清晨甜美的凉风，我开始担忧她是否会因为颠簸而晕车。小巴士在盘山公路间绕行，偶尔从雾中穿出时，能看见白色云被下毛绒绒的竹林，一条赤红色的河绕在其间，再无声无息地消失。

　　到终点站时，大篓小筐的村民们已经陆续下车了。踏出车门的一刹，仿佛肌肤浸入了一种前所未有的体验中，润泽而不湿漉，细腻而不忧闷，清凉而不寒冷。路只有四米来宽，两旁是绿油油的水稻田，雾蒙蒙的远方，像是有一片村庄。

　　"这是哪里啊？"妈妈问。

　　"嘿嘿，妈，这里应该叫宝源。不知道有没有下错站。我们朝前走走吧。"

　　我们踏着蛇道盘的马路前行，晨雾越来越淡，像蒸汽般在指尖飘过，继而消散，这才发现两旁的全是幽翠的竹子，姿态挺拔，却偶有几株歪着脑袋斜下来，垂下竹冠，竹叶上盈满圆滚滚的露珠，在微妙的平衡中保持静止，不至于滑落。竹林的枝干上，全是霜一般的水汽，用指一拭，冰冰凉凉，竹竿上于是多了一道绿得滴水的指痕。

我总是在还没搞清楚状况的时候便决定出发了。什么地方有秘境，什么地方有美食，什么地方有独特的风俗，无论是不是景点，我都喜欢前往，误打误撞中总有更多的惊喜。妈妈已经习惯了她儿子这图新鲜的毛病，于是也惬意地享受起这绿色雾气中仙境般的翠竹幽林。

举步间，突然一条竹子横着从我脑边慢悠悠地飘过，我大惊失色：莫非这地方真有日月灵气，竹子都成精了？回头细看，才发现是一位身材矮小的白发老婆婆，穿着蓝色的布依族服装，她竟然一人肩扛着一条茶杯口粗的十几米长的竹竿，信步地走过了我们。打小看人挑扁担，可没见过老人家扛大竹，这比例，就像小蚂蚁扛着根筷子！老婆婆一步一扭，肩上的长竹末梢便在我脸前一步一抖弹，世外高人是不是也能用这玩意儿当武器？

"老人家！"我打着招呼，大步追上前去。老人家停下脚步，回头时不忘扭肩，一个长竹横扫，幸好我低头躲避，要不真得昏睡过去。

"老人家，您是宝源村的村民吗？我们想去看村里的梯田。"

"哦，是勒。前面就是宝源村。我领你们过去。"老婆婆人很好，近看才发现，老人家的肩已经有些缩了，可是皮肤却好得没什么皱纹。

"太谢谢了！这个竹子那么长，重不重啊？"

"不重，不重，扛了一辈子，扛惯喽。我们赤水，最不缺的就是竹子。"说罢，又一个翔龙摆尾的横扫，准备继续上路。还好妈妈也跟了上来。

"我帮您扛会儿吧？"其实，我也想试试究竟有多沉。

一番推托之后，老婆婆还是把竹子放了下来，教我选好支点。我二话不说,搭在肩上:"这就走嘞!"

竹子虽是空心,但这长度与维度,却也着实压得肩膀酸疼。一步一趋时,长竹末梢抖得厉害,我才明白原来扛竹和骑马相似,都要懂得节奏感的协调。不一会儿,我的腰就撑不住了。看来,我离"人竹合一"的境界还差得远。

老婆婆招呼我们上她家座客。她的家位于山坡侧脊,是一个孤零零的农家瓦房。屋舍的后面,是幽静的竹林,相互交织着,披在房子的上空。沿着竹林里湿滑的小道一路攀升,会看见一个湖泊,翠色的水倒影出层叠的青山。

赤水梯田

妈妈不停地感叹说："老人家的身体真好，如果我到七八十岁时也这身子骨，我睡觉也会笑醒。"

"会的，妈，你看你不是跟着我披荆斩棘么，多硬朗啊，而且越动弹越硬朗！"

同时，妈妈看到老婆婆大把年纪却孤身一人在家，无儿女相伴，又心生同情，于是和她坐在门槛的小板凳上聊了起来。我也坐在屋前，眼睛却无法离开山坡下的谷地那美到令人窒息的画面。

广阔无垠的水稻田，沿着山坡的弧度，碎成万千枚贝壳形的池塘，彼此累叠着铺满了整个山谷。山雾或像腰带一样飘在峰峦之下，或像流瀑一般从山垭缓缓淌下，覆住梯田。每一片稻田都注满了水，明镜般倒映着雾中幽蓝的天空，争相闪着银光，田中又新插着稻苗，在蓝色世界里点缀出青葱。环绕着万千水镜的，是漫山遍野的竹海，像凤尾之羽一样守护着梯田，偶尔几株淘气的竹子探身而出，垂下长长的竹穗，也要在池中看看自己的倒影。

这也许是家乡最经典的风景之一了吧。回想小学回家时为了贪快，便避过市区公路而走乡野的小路，置身的也是这般的梯田水境。时隔近 20 年，记忆中的风景，却要在别的地方寻觅了。

我们与老婆婆告别，赤水这个大美之地，还有太多地方等着我们遍寻。下山路上回看瓦房，老婆婆依然坐在门槛下，凝望着山谷的梯田，那里有她正在忙碌的老头子。

【二】

狭窄的木栈道沿着山涧盘旋而上，我和妈妈一前一后地爬着。妈每隔几分钟就要说一次："快把你的包给我背背，你的背上都湿了！"

她心疼我。

我哪能把大包扔给她呢,可是胳膊和大腿一起上也拗不过慈母之心,唯有把我用于摄影的三脚支架交付给妈妈,请她帮忙拿着。然后妈妈就喜不滋滋地握住长架,穿梭在林木崖径之间,仿佛手上握的其实是一枚宝剑。我回头看她时,她正走出一片密林,身边是绿如毛毯的苔原,头顶上,一株美丽的桫椤打开了伞冠。

这和以往所经历过的森林完全不同,一种难以形容的神秘感像精灵一样飘在水汽之中。身旁,厚厚的苔原滴着水帘,像是千百年来从未有人踏足;瀑布,从四面八方以不同的姿态出现,从栈道边林木根系中丝辫般窜出,从崖岸化为宽厚的帘幔泻下,从山涧尽头的赤红绝壁分五层地跌落,层层碎散,既而聚拢,再似新娘面纱滑落谷底,融入血色一般的河流;苍茫的雾气中,满是如淡墨勾兑的竹海,雅致而朦胧,似真似幻,抬头环顾,竹海间总有若隐若现的瀑布,眨眼间便无踪影;最特别的,是无处不在的蕨类植物,有的像满天星,密密地拼成网状,每一颗星芒上都挂着水珠,有的像巨大化的含羞草,从树林间伸展出几米长的对生叶脉,汲取着峡谷的水汽,有的像钓鱼竿一样笔直地横生,却在枝梢末端蜷曲成漩涡状,仿佛每一株都挂着一只小小的鹦鹉螺。最壮观的,莫过于形态各异的桫椤树,像是巨大的雨伞,撑开六七瓣的叶子,生长在谷底、崖边、水畔,这种中生代的活化石般的植物,竟然在这里能够延续并生长得这么旺盛,这片山水究竟有什么秘密?

我不禁伸出舌头,尝了一下这异境的空气,莫非就和这一带出名的微生物环境一样,这里同样孕育着奇妙的生态平衡,能够让在世界绝大多数地方都灭绝已久的上古侏罗纪植物,在此生生不息?如果这时候突然有只恐龙跳出来,我想我也不会惊讶,需要做的只是拉着老妈逃命罢了。

这里是赤水，尽管同属于遵义地区，可是由于贵州偏远地区尚不发达的交通系统，山路十八弯跟着九连环，却要花上10个小时才能从遵义抵达。一条河流从那里经过，被血般的丹霞印成红色，叫做赤水河。除了红红的革命历史，除了享誉中外的"美酒河"之名，这里更有着举世无双的绝妙风光。几千条瀑布缠绕在恐龙时代的原始森林中，桫椤竹海，丹霞绝壁，贵州的绝美之境，未被世人了解的还有多少？

由于不用扎营，包里没有帐篷睡袋，轻便了许多，于是我大步流星地攀着栈道，不时驻足恻然于周遭的碧绿世界。妈妈的体力依旧好，扛着"宝剑"紧跟其后，丝毫不见气喘。转过几道弯后，来到一处百米宽的平台，一幕约50米宽的瀑布像薄珠帘般垂落，柔软地化为流水浅滩，盈满了这红色的平台，如此形容，颇让我回想起白水台的模样，不同是的，玉白换作朱赤。

"那是谁？"妈妈指着平台尽头的瀑布，问道。我循着方向看去，才发现似有一人。

我们踏上平台，薄薄的流水层顿时在脚前岔成两股，淌得湍急，却浅得湿不了鞋子。穿过几株凭空长在丹红石台上的桫椤，我们越发靠近瀑布，才发现确有一人，白了头发，应该是位老人家。瀑帘在雾霭中滑如紫纱，流水因为反光的原因，在丹红背景中略添亮蓝。老人家背对着我们，蹲在瀑底的流水处，像是在盛水欲饮。

"你好！这水……"我主动打着招呼，事实上，我也不知道这里的水能不能喝。贵州多高山泉瀑，实为甘甜，可是若是石灰质地带，水质过重，饮多了也不好。

老人家回过头，一脸迷茫的微笑。我才发现，这独自在深山老林里玩水的人，竟然是位外国老太太。

像是突然袭击般，我立刻切换了语言，重新打了遍招呼。

更像是突然袭击般，这外国老太听我这罢，顿时一改迷茫，兴奋不已地朝我跑来，一边跑还一边抖着沾满水的手。

"你好啊！你会说英文？"老太太仿佛拣到宝，两眼放光。

"是，是啊。你一个人？"我这才仔细打量起这位老太太，年纪丝毫不比宝源梯田的那位老婆婆小，她把头发盘到脑后梳成髻，一身干练的背包客行头。怎么看也应该有70了吧，我暗自琢磨。

"是的，是的，你呢？从哪个国家来？"外国老太定然以为我也不是中国人。

"我就是中国人啊。这位是我妈，我们一起出来旅行。"

"啊，你英语说得真好。"

"可是你为什么一个人呢？"

"我已经一个人在中国旅行了五个月啦。"

我刚想张嘴，老太抢先说："你知道吗？我已经很久没有遇到能够说上话的人了，当哑巴的滋味真不好受啊！我太幸运了！"

"顺便说一句，我叫安妮。"说完还扑朔着依然明亮的大眼睛，眼角的鱼尾纹跳着舞，像是帮着忙宣布了一件重大的新闻。

"你可以叫我翔。"

英文里没有"翔"的音，于是老太太开始努力挤舌头。

"不是象，翔。"

"伤？"

"翔！"

"香？"

"好吧，香。"我决定接受这个昵称。

"安妮，你刚才在做什么呢？喝水吗？"

"哦，不是的，孩子。我想用手掌捧一盏水，看看水是不是红色的。这色彩太令我着迷了。"

接下来的时间里，我们自然地同行，一起继续往上攀登。莫非上了年纪的女人都是人来疯，我妈也在身旁用手指尖戳着我痒骨，让我帮她翻译，她对这位外国老太也是兴趣浓厚得很。

"安妮，我妈想问问你，为什么一个人来中国旅行？"

"哦，我热爱旅行，太爱了！"安妮说："我已经旅行了一辈子，这也是我第五次来中国了，也是最长的一次。我已经去了黄山、嵩山、张家界、丽江……很多地方。但是这里，实在太神奇了！"她并不准备停止，一边踩着栈道，一边继续："你知道吗，我曾经在澳大利亚的一个森林中看到过和这里相似的古代植物，但是却没有这里那么多的瀑布和竹子，还有这山雾，还有这红色的岩石。"

"安妮，中国非常美，很多地方都藏在深闺不为人见。就比如这个地方，就在我的家乡附近，我却从来不知道。"我颇感自豪地说："我妈又托我代问了，她想知道您多大了，介意吗？"

"不介意不介意！我81了。"

我大跌眼镜地盯着眼前的这位美国老太。她的头发几乎全白了，如果不是这张轮廓分明的脸，完全可以冒充一位姜子牙范儿的神仙。安妮总是在笑，总是诚恳地看着人的眼睛，鱼尾纹总是在跳舞。

妈妈也大跌眼镜了，不停地身旁挠我，悄悄说："哇，我要是80岁了也有她这样的精神就好了！"

是啊！这年头是怎么了，连续遇到的都是精神矍铄得成了精的老奶奶。

不久，我们终于接近了这个峡谷的最高点，竟是一处几百米高，约一公里长的环形丹霞绝壁,围成一个半圆的弧形,像是一本巨大的天书摊开在雾海之中,壮观得难以想象。宽广的绝壁垂直而光滑,即使是被天神用巨斧劈开,也不可能弯曲得如此精致。丹红绝壁的正中,一挂瀑布跌落,在千仞空中成丝成缕。阳光照下,一弯彩虹躺在雾海之上。此情此景,竟是那么熟悉,我在哪里见过?

安妮一路上不停地说着话,却在这一幕前戛然而止了。"我不能再说了,我被震撼了。"她眺望着这浑然天成的奇观,默默地独自向前走去。

我牵着妈妈的手,慢慢徜徉在这夸张的风景之中。一路走来,丹

赤水,妈妈在竹林深处

霞若干，瀑布无数，这里却像是将所有的大气万千集结于一身，一齐释放了出来。绝壁上有一条可以通行的小道，我们不觉间，已经走到瀑布的后方，近看方知，瀑布分为了三股，随风飘逸。

"太美了。"妈妈若有所思地看着瀑丝，不自觉地伸出手想要触摸。神瀑彩虹，总有一种令想要亲近的魔力，却无论如何也触摸不到。妈妈是喜欢水的，她会抚摸流水，会饮水思源，我喜欢水，也许是传承自她的性格。

"我太高兴了，香，我难以表达现在自己的情感。"安妮奶奶终于抑制不住抒发的冲动，重新开始了她滔滔不绝的精彩演讲。

"我游历世界，却从未见过这样的风景，尤其的，在中国绝美的大自然中，仿佛还蕴藏着什么特别的元素，那是我表达不出的。"

"这瀑布让我想起了家乡。美国的优胜美地国家公园也有一个美丽的瀑布，和这里一样如同新娘的头纱，一样有着彩虹。不过，山的颜色不一样。"

"话说回来，如果斯皮尔伯格早点来到这里，那侏罗纪公园就不会拍得那么假了。你看这里的森林，才是恐龙时期应该有的模样啊！"

我喜欢听安妮娓娓地讲她的感情，讲她的故事。我们三人坐在丹霞神瀑的水帘后，安妮喃喃地说，我侧耳倾听，也为妈妈做着翻译。

安妮从18岁便开始了背包行天下的生涯，她说她年轻时的梦想，是即便掌握不了人生的长度，也要掌握人生的宽度，却没想到一晃便是63年，人还活着，路也还长。

在安妮履行人生梦想的年代，即便是美国，她的做法也被认为是脱离实际的非现实主义。安妮不顾家人的反对和朋友的不理解，在全球旅行的途中从事了各种职业。她在米兰学过做蛋糕，在那不勒斯学过做匹萨，在印度的医院照看过病人，在古巴的火山口当过向导，在日本教过英语，在泰国当过厨娘，在埃及红海做过商业捕龙虾潜水员，在哥斯达黎加为世界自然基金会保护过雨林里的濒危鸟类。60年的人生，可以编成一千零一夜。

"我和我的丈夫是在刚果金认识的。那时候他和队员们来做科考，他是个很有魅力的男人。"安妮顿了顿："五年前，他去世了，走得很安详。我想他对他的人生也是无所遗憾了。我们没有孩子，有些人生，需要冷漠掉许多东西才能实现。"

"安妮，你孤独吗？"我问了一个自己埋了很久的问题。

"孤独。有些体验，只能在孤独中获得。但是有了陪你一起走天下的人之后，便不再孤独了。"安妮深深地看着我，像是能看进内心。"要看你怎么直面孤独。我去过许多语言丝毫不通的地方，光是靠着比划手势，便能够居住很久，走进去再走出来。少了语言，会发现人的心也是通的。"

"当然，朋友是一个比较复杂的问题了。满世界可以是朋友，但往往萍水相逢，家乡可以有朋友，但少了联系。我出门在外时，不用手机，不用电脑这些现代的电子产品，所以经常隔了两年回到美国时，发现我的某个朋友已经过世，或是我的某个朋友会美不滋滋地告诉我：'哈，告诉你一件事，我的腿在一年前出车祸摔断了，不过现在已经长好了。'我却全然不知啊。"

"安妮，我妈妈说，她对你太为钦佩了。钦佩你的勇气，你的热情，你的人生。"

"我也羡慕你妈妈啊！"安妮大笑道："她有儿子带着到处旅行，对她来说定是件很幸福的事了吧！"然后，突然像想起了什么特别有趣的事，手舞足蹈地说："记得十几年前我爸爸刚刚去世时，我突然意识到，必须带我妈出去旅行，去看看这个世界。我妈已经90岁了,但我依然开始拉扯着她全球狂奔。我对她说:'妈!你千万不能死!我要带你去这辈子我觉得不能不去的地方,否则我会遗憾!'我妈回答说:'好的,乖女儿!'没想到我妈九十岁的年纪,精神比我还好,见到什么都那么欢乐。终于有一天,我带她走完了所有不能不去的地方,我如释重负地对她说:'妈!你现在可以死了!'"说完,安妮哈哈大笑起来,笑得流出了眼泪,不住地用纸巾擦。

这是怎样一位令人惊讶而喜爱的老太太啊。我的一年多的经历,与她相比,只不过山之一草,沧海一粟。她的梦想,又何曾有过什么能够阻挡!

安妮站起身来,抓起岩壁里一根遒劲的藤蔓,便吊了起来,然后大叫:"香!快帮我拍一张照片吧,我想留影!"

我被吓得魂飞魄散,这可是万丈深渊啊。赶紧拿起相机,对好焦,咔嚓一声,上前扶她下来,责备说:"你要小心!这么做太危险了!"

安妮却不慌不忙地说:"不怕,别担心,我是一个搞怪专家。其实,我已经把我人生中所有的事都安排好了,如果现在这一刻,我会从这丹红绝壁上坠下,也是归于世间尘土。我的人生,什么遗憾都没有。"

"接下来,你想去哪里呢?"我强忍着感动,眼睛开始湿润。

"我想去外蒙古高原。我想去看天空之下,大地之上,空无一物的那种感觉。你知道吗?空无一物的那种感觉!"安妮眼神里充满电,80岁的老者,却有着婴儿般的好奇,这也许就是旅行人生的魅力吧。

我起身俯瞰崖底,彩虹不知何时已经换了角度,像是浮起来了一些。我反复咀嚼着安妮的话。有些人生,需要冷漠掉许多东西才能实现么?有了陪伴一起走天涯的人之后,便不再孤独了么?

【三】

贵州是个集喀斯特大成于一体的地方。记得中学时很喜欢上地理课,因为总能听老师讲述他年轻时在贵州探洞的故事。老师总说贵州集中了中国百分之八十的喀斯特精华,也是全球同纬度喀斯特最为成熟和多样的地域,省内处处是锥状峰林、天坑地缝、钙化台地、漏斗森林、地下湖泊,而他最喜欢在闭着眼睛也能撞见的天然溶洞里探险,在闪着幽蓝银光的石钟乳湖泊中洗澡,在生长着神剑般的石英结晶洞里被闪得眼花缭乱,在漆黑一片的世界里不小心摔进地洞,顺着地下暗河一路漂流,捡回一条命的惊险经历。我看着他半真半假地吹着那些故事,就像在看一个传奇。

于是,中学的某一次班级野炊中,我们也体验了这种感受。那时的遵义,出了城区不远便是青山绿水、湖泊草滩的世界,我们在一个清澈的湖边草甸停下,生火做饭,游泳,打水漂,却仍然不够尽兴,于是向山里进发。果然,一条瀑布后面,发现了一个隐藏的溶洞入口,同学们于是壮起胆子,决定探洞。未开发的溶洞里面,阴森而漆黑,我们排成一字长龙,手牵着手,点着蜡烛便进去了,并说好,只要蜡烛熄灭,便说明没有氧气,必须回撤,同时无论发生什么事,也不能放开牵住的手。火光在洞里照不开,偶尔划过剑垂大地的钟乳石时,能看见繁星般的荧光,耳边是稀稀疏疏的滴水声。探险的结果是,差不多往里走了一百米,大家便被自己吓得半死,然后狼狈地撤了出来。现在回想,虽是刺激,但也颇为危险啊。

而现在呢,我和妈妈正置身于宏伟的织金洞里,叹服于造物主惊世的杰作。这是中国最美的旅游溶洞,一座宫殿连着一座宫殿,每个细节都绚烂得超出想象。我总在想,如果是不经意的徒步时,闯进这样的神境，会是怎样一种心跳加速的震撼。经开发后的溶洞，多了喧宾夺主的灯光凿饰，却不见了天然溶洞里那些星辰般的光芒，莫不是一种遗憾。家乡的喀斯特洞穴，还藏着多少秘密？

不知不觉在贵州旅行已超过半月了，我和妈妈在安顺世界最大的白水河瀑布群时接受了水的洗礼，上有青冥之长天，下有渌水之波澜；在兴义有如漓江和菲律宾巧克力山相结合的万峰林纳灰河畔，我们看到了绝美的落日，却被这辈子见过的最壮大的苍蝇军团追得仓皇逃窜；肇兴侗寨的风雨桥上，妈妈携着我的手走过，风雨之桥，一旦走过，不再回头，无论风雨是否依旧，彩虹依然在前方等待，这便是风雨桥的意义所在。肇兴早播的水稻已生稻花，淡香漫过桥头，妈妈双瞳带泪，这一生，她辛苦了。

旅途的最后一站，来到了荔波，这个已有着亚热带风物的小城因为成为新晋世界自然遗产而受人瞩目。水春河畔，我们认识了梅原的水族男孩小新。小新是茂兰喀斯特自然保护区的工作人员，他热情地带我们去了城郊村里的家中作客。他总说："你们为什么不在寒冬腊月时节来荔波呢，梅园的万亩梅花会竞相开放，红的白的黄的，香飘万里，那个时候是最迷人的！"

在小新的引领下，我们在茂兰的喀斯特自然保护区中徒步了两天，保护区里覆盖了茂密的原始森林，湖泊连连，飞瀑不绝，对于我这样喜爱水的人来说，这里就像天堂。

和眼睛一样身处天堂的，还有舌头。我的馋嘴毛病自然也是继承自老妈，从赤水豆花到乌江鱼，从兴义布依八大碗到凯里苗家干锅鸡，舌头一直处于风口浪尖上，得不到休息。荔波的夜市，我大口吃着辣得飙泪的烤鱼，喝着冰凉沁心的荔波酸梅汤，囫囵道："妈，好好休息，明天我们出发去小七孔！"

季节再一次赶得不早不晚，小七孔的景色，美得让我感到久违的难以呼吸和头皮发麻。仿佛是一整个九寨沟，被搬到了阳朔的峰群中，再披上茂兰的森林褥子。瀑布飞泉、水上森林、红枫湿地、洞天水境、卧龙湖泽，每处都创造了极致。当我初入保护区，第一眼看到覆满绿苔的小七孔古桥下孔雀蓝的湖水时，就已经三魂不见了七魄。

　　"儿子，你去哪儿？我们走错了吧？"妈妈跟在后面，依旧挥舞着她的宝剑。在她看来，我像是着了魔，一个劲儿地往没路的地方钻。

　　"没走错，妈，这里的栈道已经不太明显了，但是有路。你小心。"我们闯进了龟背山森林一条已经近乎废弃的山径，草蕨已经盖满步道，藤蔓垂绕相织。小七孔留给常规游客的景色已经无法满足我被吊起的胃口，于是我像是被什么牵引般地闯进陌生境地。

　　我们扶着蟒蛇般的藤蔓，跨过形似蚯蚓的树根，小心地攀在有些湿滑的古老栈道上。忽然，视野在一瞬间打开，我差点没站稳地叫了声："我的妈呀！"

　　绿绒绒的钙化岩石，融化出数十个不同的圆形漏斗，大者直径五米，小者直径半米，仿佛盛宴中的酒杯，圆圆圈圈地拼在一起。嶙峋的山体包围着这里，只留了窄小的隙口，像是不想被人发现。我让妈妈守在安全位置，独自爬下，来到漏斗边，触手一摸，竟是一阵冰凉！原来，每个杯中都盛满了水，但水色竟清澈透明到，稍微远离一点便无法察觉。用指尖一划，激起一阵水纹，就像是透明的空气中突然多了一道水平的弧形光泽，少顷后回归平静，只剩杯盏水面的零星落叶，如若神奇地悬浮在半空中。

　　漏斗群的深处，是一个马蹄形的峡谷绝壁，绿色绝壁上环绕着泻下二十来条泛蓝的瀑布，纷纷散落在谷中的一处幽潭。潭水蓝碧相间，水中生长出数十株桃花枝般的小树，两道彩虹首尾相连地挂在潭上。这种境界的美,我神思早已迷失,可是为何又如此熟悉?

"翔翔,刚才的幽潭真是不像人间啊,妈妈太开心啦!"恍惚间白驹过隙,我们已身处一艘小船,妈妈握着只船桨,和我面对面坐着,低头,我也握着只船桨。

不知何时,我们已来到了鸳鸯湖的水上迷宫。这是片极大的水上森林,若是划船赏景,怕是一整个白天都会熬在里面,而且森林将湖

荔波,迷幻的水上森林。

面割成纷繁错落的水路，不小心便会迷路。我和妈妈前后着力划着船桨，小船悠悠地穿梭在湖曲间。

　　数不尽的参天大树，大多是两两簇拥地，从湖水中心生长而出，仿佛无需土壤。湖水的颜色，是孔雀尾羽上的纯蓝，不是来自天空，而是来自每一滴水珠本身。浅浅的湖底铺满树枝与落叶，与繁华的藻类一起谱成层次不一的绿，就像打翻的绿色颜料，正在逐渐渗透与融入这袭深蓝。喀斯特独有的树木撑开密冠，合荫住天空，树干与叶网一齐倒影在静止的湖水里，分不清哪里是天，哪里是地。我们这一叶小扁舟，就缓缓地漂浮在一个童话世界的对称镜面上，被疯狂的色彩包围，连逃脱的欲望也不复存在。

　　妈妈如往常一样，侧身捧起一掌的湖水，仔细地端详。那一刻，我终于明白了。

　　"妈，你知道吗，我在梦里来过这里。"

蓝月谷

【一】

我三下五除二地铺好了床褥,旁边的被窝里,小元已经睡得打起轻鼾。我戴上头灯,拖上草地上的鞋,撩开门帐,向外走去。

夜已经深了,但高原的夜空从来都不是黯淡的。白云飞渡,半弯的月亮高悬着,圆形的蒙古包于是沐浴在安静的月光下。我踩着湿漉漉的草甸,朝湖岸走去,湖边坐着一个背影,像雕像一样凝视着夜一般深邃的湖水。我想起了子梅垭口的红尘,对大自然的亲昵与肃然起敬并重的感情,许多旅者都有。不去惊扰她了吧,遂选了一片草垛,坐在离爽爽十几米的地方,也径自地欣赏起这没有轮廓的世界。

月光,在广博的湖水上分摊得太少,所以仍然看不清远方,只有脚下的浪花,一阵一阵地拍岸,扑上来,拍过卵石,再轻轻地退却。眼睛,远远没有耳朵好用了,闭上眼,可以听见大自然的呼吸。原来,青海湖和大海是那么像。

一夜涛声,伴随着入梦。次日黎明,没有迎来日出,却是一阵微雨。我们整理好行装,继续向着大美的青海深处进发。七八月是青海最美的季节,我与小元、爽爽三人同行,在西宁请了一位司机大姐,就开始了环行青海的旅程。

小元是我的挚友,同一所大学,同一个专业,同一座城市,更有着同样的对户外的热爱。大学时，他便是科考登山协会的骨干成员，别看骨架精瘦，但户外的经验实为丰富，翻倒一下他的家当，便能发现各种灯瓶锅罐杖帐垫袋鸡蛋盒夹趾袜，无一不有。小元是个爱恨分明到极致的人，帅气的外表与直爽的个性令他人见人爱，让我那叫一个羡慕。

爽爽是为了青海之行特地在网上邀约的朋友。他和我年龄相仿，是一位西安的高中教师，但是圆圆胖胖的外形和软绵绵的声线，真是难以想象他会有怎样一副吹胡子瞪眼的老师模样。记得约伴时爽爽为了表达他极欲参与的愿望，一个劲儿地在短信里发着可爱的表情，没想到这一招，在后来的旅程中也能派上用场。

车沿着环湖的公路飞奔，爽爽绘声绘色地讲着他骑车环行青海湖的经历，小元和司机大姐一起打着哈欠，真不知这两个睡得最多的家伙怎么那么多觉。青海湖畔的油菜花海，漫山遍野地铺展，拼接成织锦，消失在祁连山下，雨雾中，模糊得像一幅水彩画。

青海湖位于青海省东北，如同回民区与藏区的分界线。一过了湖区往西往南，便是青藏高原的领域。随着海拔渐高，熟悉的藏区风光依次呈现，无尽的草原铺到天边，牦牛成群地在湿地里晃悠，天空偶尔费劲地把云扯开，露出湛蓝如洗的小半张脸。

到达玛多时已近傍晚时分。这个海拔近4300米的小县城，只有一条几百米长的主干道，两岸盖着一两层楼高的餐厅与民宿，零星的几家旅馆几分钟内便被走了个遍。阳光不知何时，已在街道上拉出了我们长长的影子。

正当大家犹豫不决在哪里落脚之时，只见小元大气地掏出手机，键盘上轻巧地一摁，举到耳边，自信地问："喂，12580吗，您好，我想查询一下在玛多县城有哪些宾馆可以入住？"

我顿时僵硬，然后忍住笑，看小元继续彬彬有礼："玛多，玛莉的玛,王字旁一个马的玛,多少的多。"

又少顷:"啊?没有玛多这个地方?12580怎么可能没听过这个地方呢?玛莉的玛,多少的多呀。"小元一脸无辜的纳闷。

我上前搂住他肩膀,在耳边轻语:"同学,我被你打败了,这种小地方,12580怎么会记录?再说,一条几百米的街道,闭一只眼也能数过来大概有几家客栈了。"唉,这个户外老手,一世英名尽丧于玛多了。

速速选好客栈,撂下背包后,我们便准备前往玛多城郊的星星海。早已听闻玛多是千湖之县,这里的湖泊多到如天上繁星,所以才有了星星海、星宿海等名号的湖泊。歪想着《天龙八部》里的星宿老怪,兴许也是在这里修炼,便提起一股脑的兴奋劲,全然不顾愈来愈严重的头疼,一心想去湖边一探究竟。

没想到冷漠的司机大姐,竟懒洋洋地躺在沙发上,肉手一挥,想也没想便拒绝了载我们前往的请求。小元想出发,却又不愿说话,躲在人后抓耳挠腮侧观其变;我是急性子,好说歹说不乐意,便有些气

星星海、小元的八方六合唯我独尊功

急败坏了，明明是付钱包车来的，怎么可以中途不讲道理？

这时，爽爽发挥作用了，上前，一个侧身，扭坐在司机大姐身边，竟公然卖起萌来："姐姐，求求您了。你看，我们五湖四海千里迢迢地来，就是想多看看青海的美丽的，姐姐那么漂亮，心地一定也好，了我一个心愿，拜托了嘛……"说话时，眸子里还泛起了水汪汪的光。这大姐，不吃小元的美男之术，却中了爽爽的正太之术，牵着爽爽翻身起来，抄起钥匙，便开车带我们来到了城郊。星星海已在眼前，我和小元还瘫在后座上，目瞪口呆，爽爽得意地回头，抛下一个媚眼，吐出一条胖舌头，看来，这家伙用这招已经骗倒不少女人了。

星罗棋布的海子，散落在无垠的湿地上，水到渠成地彼此相连，油油的草原在星星海中形成了一个个面包般的浮岛。玛多的方向仍是浓云密布，西边却晴空万里，夕阳斜射下来，把我的影子映到了三个不同的浮岛上。万千草泽被照得金黄，天空厚重的云彩淌着深沉的紫色，霓裳倒影在水中，我冒着湿鞋的风险，从一个草岛跳到另一个，就像跳跃在天堂之镜。侧躺在浮岛草甸上，被阳光抚摸着脸庞，很温暖。

小元面向太阳垂落的方向，凝望着黄河。黄河水静静地从星星海边流过，清澈得不带一丝杂质。天空着了火，云却着了墨，在湖一样宽阔和静谧的河水中映出令人难以置信的色彩。小元的瞳孔被夕阳镀上一层金边，就像在看着另一个世界的梦，这个纯净的大男孩，也许从未想过黄河也能够如此纯净吧。

【二】

一夜的头疼，就像在贡嘎山上时难以入睡。一定是自己嘴馋吃得太饱，给身体造成负荷。我一边穿上羽绒服，一边叫醒了还睡得流口水的小元，我们要摸着黑前往黄河的源头。藏族师傅说，早起的鸟儿有虫吃，天亮之前出发，才能在圣地看到各种野生动物。

藏族师傅已经在楼下等待，那一身闪闪的红色印花棉袄和绿松石项链，即使在夜色中也是光彩夺目。灿烂的星空下，我撑着打架的眼皮，和队伍一起钻进越野车，作为一只既爱美丽江山又嗜甜美睡梦的鸟，我感到颇为悲催。

夜未央，东边地平线的晨光却已迫不及待地探出头来，在蓝紫色的天幕中亮起了一小片鱼肚白。驶入自然保护区后，竟开始了未曾预料的颠簸，师傅大气地飙着车，我们就像菜锅里的肉片，被抛到了空中，嗞啦啦一阵锅上火，然后又落回锅里，继续翻腾。

窗外是目眩神迷的色彩啊！何止是星星海，这里处处是银河坠地、平滑如镜的湖泊，羽云挂在带雪的山坡，神鹰停在树枝上观察猎物，只听到爽爽不停发出给相机换镜头的叽咔声。终于，在太阳升起前，我们抵达了黄河源头的圣湖，鄂陵湖畔，爽爽兴奋不已地狂奔开去，藏族师傅很有成就感地点起一支烟，侧身看着窗外他熟悉的一切。

可是，我竟然没有心情去享受这绝世的风景！我睁开眼睛，只看了一眼那无边无际的广阔天空，便一阵恶心，冲下车门，还没能跑开五米，便大口呕吐起来。

什么也吐不出来，一阵阵的干呕声，打破了这绝美的圣地的宁静。从未想过，自己会晕车到这步田地，而且是在黄河源头的圣湖，高原反应与前夜不良的睡眠，是这场不适的导火索。

小元赶紧扶住我，不停地拍着我的背。胸腹仿佛都要裂开，一阵阵地冲着脑门，头腔里全是荤腥，晕得我连站立也成了问题。

"快看看远方，不要看近处的东西，可能会好些。"

我擦去呛出的眼泪，勉强地看了眼远方，又是一阵翻涌。从未感到，这种无边无际的大气，竟会让视线失去焦点，给本以晕头转向的人雪上加霜。远处的山头上，几只藏黄羊悻悻地跑开，野驴们倒像是不把我们放在眼里，自顾自地吃着草。

"哈哈，我真没想到，好不容易来到野生动物的天堂，却吐得这么挫败，太给咱人类丢脸了！"我咳着说。

"你还不忘开玩笑，看来是吐出来好受点了。休息一会儿，太阳还没出来。"

小元扶我到鄂陵湖边坐下，带冰霜的草甸，坐得屁股冰冰的。天水一色，已被霞光浸成绛蓝，旭日的方向，红云如萤火初燃。

鄂陵湖，让我想起了纳木错，蔓延到云和山的彼端，甚至连远山的轮廓也淡得如同海市蜃楼。不同的是，这般的温婉，不掀起一丝浪花，像位母亲一样，养育着一草一木，养育着黄河。

"这是第一次在这么宽大的圣湖面前，我有朋友相伴。"我像个感怀身世的老头，喃喃地说起心事。

再没有哪里，比鄂陵湖更适合描绘太阳冉冉升起的画面了。冉冉地，天地都变了模样，旭日的光芒在水面拉成一条长龙，把圣湖染成金色。云雾加速舞动，草甸的冰棱融解成水珠，一队队水鸟优雅地飞过，草甸上的鼠兔和旱獭从无处不在的洞穴中探出头来东张西望，远处的水岸，一头独狼饮着水，突然间便无影无踪。我搓着手哈着气，心中盈满了感动。

说起来，也已经好久没有在高原的湖边看过日出了，难怪这么想念。

【三】

呼吸不知何时已变得湿润，我睁开眼，起身拉开带水的帐帘，外面是一片蓝色的雾，笼罩着一橙一银两顶小小的帐篷，能见度不过十米。小元仍然像没长大的哈士奇一样地趴在他的睡袋里，咋就那么懒呢？我裹上羽绒服，独自钻出帐篷，琢磨着是应该先到处走走，还是洗漱做饭呢？

　　应该是下了一整晚的雨，前夜听见爽爽在帐外大声地叫"好大的彩虹"的时候，冲出去看时已经消失。从村里请来的藏民向导索朗，竟只是披了一块羊皮毡子，便躺在草丛中淋着雨过了一夜，如果不是马儿在他身边啃着草，并不容易发现。我感慨着索朗强悍的体魄与一晚的艰辛，在溪边漱起口来。雪山融水灌进嘴里的刹那，牙都要冻掉了。

　　这是一片繁花似锦的草甸子。八月的年保玉则，美得不可方物，万千野花开遍，乱得迷人眼眸。有的花开得如腰高，有的花则躺在地上，我走得一路小心，生怕践踏了这些只在这个时节绽放的精灵。

　　爽爽比小元勤快，已经拿着他的宝贝相机在湖边的草甸上到处漫步。

　　"胸前挂这么大一个白色的长焦大炮，你不累吗？"

　　每当我问，爽爽总是恨恨地答："本来不准备带大镜头的，都是因为你！谁让你眉飞色舞地形容月光下的云海湖泊，搞得我两天没睡好觉，这不就带来了！要是遇不上月云海，你就和妖女湖同眠吧！"

　　哈哈，又是一个被我忽悠到的人。不过，迷惑的何止是别人，我自己也深处其中。月云海，自从卡斯地狱门和波波看过后，便再没有出现过。想象得多了，发现自己竟也分不清楚究竟是现实还是梦境。

　　我在湖边找到一处卵石地，将气罐、炉头、煎锅、煮锅依次放好，用勺盛起圣湖的水，开火煮起来，那是冲奶茶和煮面用的；又取出小半瓶的花生油，拨开裹得层层严密的塑料袋，拧开瓶盖，倒入煎锅，将切成片状的梅林午餐肉用筷子一片片夹在烧热的油上，顿时嗞啦啦一阵诱人的声响，午餐肉的香气弥漫到鼻腔，口水开始猛地分泌。我一面翻着肉，一面抬头看着妖女湖希姆措，云雾、山雾、湖面的水雾揉在一起，仿佛蓝色的空间里，盛着一池灵动的水晶。

年保玉则，是青海与四川交界处，果洛文化发祥的神山。壮观的冰川、3600座鬼斧神工般削出的峰群中，点缀着180个湖泊，湖边开满鲜花。传说中，年保玉则山神与恶魔在此决战，山神的女儿化为亭亭玉立的仙峰与仙女湖，恶魔的獠牙与魂灵化为如利剑破空的峰林与妖女湖。

此刻的我，正在妖女湖畔做早餐，云与山的倒影在渐散的迷雾中不停变幻，阿弥陀佛，无论是仙界还是魔界，请忽视我这个卑微的小生灵吧。

"饭做好了吗？我饿啦！"小元突然探出帐篷，蹦蹦跳跳地跑过来，就像觅食的大松鼠。这家伙，一闻到香味，就彻底醒了。

"差不多了，记着，明天就是你做饭了！"

"没问题，没问题！"小元一边应承着，一边抓起一块肉就往嘴里塞去。不过说到底，煎午餐肉是我的挚爱，小元的面条还在另一个锅里扑腾。

一瞬间，眼睛像是被湖面的光闪了一下，我定睛一看，才发现云不知何时已红了一片，快要烧透这蓝色的迷梦。继而，万束阳光在雾中乱窜，就像仙魔混战，狼牙般陡峭的黑色群峰在左右两边的天空中若隐若现，妖女湖的上空越来越透明，湖面只剩莲蕊般的朵朵晨雾，浮而不动，圣湖对岸，神龙般卷绕的云上，一座佛塔般巨大的雪山赫然呈现，像是天国般庄严。

"啊啊啊！天堂！天堂！天堂！"我语无伦次地呐喊起来，头皮一阵酥麻，一股滚烫的感觉从发梢冲到了脖子根。

天地对影成完全的镜面，神山威严地高耸在天穹，两岸原本如同魔鬼的黑色獠牙，此刻也变成了黄山般隽秀的仙峰，无一例外地披着白云霓裳，他们是年保玉则的神兵，还是被降服的魔界战士？

这个早晨，难以置信的风云突变，把我和小元都怔在了画中。我们的帐篷，就像是嵌在镜子上，努力证明着这不是一个梦。不知道爽爽去了哪里，凭他那股兴奋劲，要是也见着这一幕，在某个山头就激动得昏厥过去的话，可怎么办？

接下来的几天，我们像是充了电般地在年保玉则山麓里徒步，不停地被各种美景所震撼。传说中，在年保刚日石峰的云台上，盛开着一种叫"然都拉瓦尕柔"的野花，花开九瓣，两尺来高，枝繁叶茂，姿态华贵，妖艳妩媚，但它的毒性也叫人不寒而栗，飞鸟走兽从两三米外经过，也会中毒而亡，据说这种花是上天派来专门守护神山神湖的士兵，但若心诚，则可一睹芳容，并获得神明的佑泽。我和小元，一路瞪大了眼睛，就为了寻找这传说中的仙草。

我们踏过草甸，跃过湿地，翻过山口，攀过冰川。每一道山梁，都走得胸肺岔气，但每条山梁后，都一定有一汪碧蓝的湖水等待着我们；每一片草甸，都遍布着潺潺的河流，五色菊、绿绒蒿、风铃草、杜鹃、龙胆、金莲花、兰花、毛茛、紫堇，开成五彩斑斓的片片花海，我们不停地趴在花丛中，大叫着"不愿离开"；最辛苦是那年保玉则主峰的冰川之路，爽爽早早败下阵来，小元像只蹬羚一般灵活地爬到上面休息，只有我还在执著而艰辛地攀登，瀑布乱石，峥嵘岁月，站在5000米的冰川垭口俯瞰阔谷，剑指峰林下，日干措与文措湖蓝若宝石，神瀑飞溅处，几羽雄鹰高飞，蛮荒中，一株蓝色罂粟戴着五枚花苞迎风绽放，刚强得令人想要落泪。

"找不到九叶神花，但这株蓝罂粟也是很美啊。"小元乐天地说。传说只是传说，明知道不存在，为何苦苦追寻，自己竟说不上来。

某日的黄昏，我们抵达了最高垭口下的营地。这是一片被锯齿状雪峰环绕的空中草原，牦牛成群地漫步。小元像坨糌粑一样瘫软在草上，脱了袜子便开始晒脚，我脚上的泡也更大了，希望在走出大山前不会破。

起伏的草原上只有一户游牧人家，搭着黑色的帐房，远远地在夕阳中升起炊烟。我们选好平坦的七星级营地，就像在布置新家般地搭起帐篷。

"喏，好吃！"索朗捧着一碗黏糊糊的乳白色东西，跑到帐前，递给我们。碗里是一个像香草冰淇淋一样的球，洒着白糖，我定睛一看，吓得赶紧后撤一步。我的妈呀，是酸奶！而且，是最粘最浓的老酸奶！

"啊，我要！我要！"小元又像个大松鼠一样地跳了过来，然后像见到人间极品般，接过来便一勺勺地往嘴里送，感激涕零地说："呜，好好七（吃），舍舍（谢谢）！"

酸奶是我的天敌，每当看见或闻到那果冻状的乳白色玩意儿，我便跟黄河源头的反应差不多，小元总是握着我的这个把柄，让我胆颤心惊。为了答谢，我们将行囊中的许多食物都和帐房里的一家人一起分享。索朗汉语不好，游牧人家更是不谙，但抛除了语言这种外在的工具后，人心更近了。

我和爽爽去溪涧提水，小元已挂上营地灯，把食材都准备齐全，准备下厨。这一晚，火烧云在神魔异界的雪峰上燃烧殆尽，我拉上帐帘，把白色的蒲公英海洋关在门外。

梦里，生如夏花般灿烂。莫名间，我突然醒了，即使闭上眼，也太过晃眼。仰卧着睁眼，发现帐篷一片亮堂。怎么回事？太阳不会那么早出来。披上羽绒，套上鞋，踏出帐门的一刹，我惊呆了。

是月亮！竟然是月亮！从未见过那么耀眼的月亮！仿佛极夜中升起的雪白色太阳，用冷艳的光芒照耀着大地，仿佛这空中草原的一切都拥有了生命。

我失了魂般，一步步踩在草原上，能听到万籁俱寂中，双脚在草芥上摩擦的声响，刷刷，刷刷，带着寒冰般的冷，带着精灵般的光。曾经走过的山谷，静止着湖般的云海，那是只在午夜才存在的幻景。

我此生从未见过这么明亮的月光。原来，世界上真的存在这样一个地方，月亮能将大地照得如同白昼，照得谷间的云海皎洁如月，令草原上的每一朵结晶的花瓣都泛出蓝色的光泽，令我的影子拉长在蓝色的草原上，即使醒着，也以为还在梦里。

我摊开双手，仰卧在草原上，指尖触摸着冰冷的草地。月光晒得人眼难睁，但渐渐的凝视后，却发现是那么温柔，那么博大，就像母亲。

两年来，在不断的寻觅中，我经历了一处处奇幻的境地。卑微的梦想，不灭的自由，就如同此时此刻的月光，冷漠在脸，却温暖在心。世间安得双全法，不负如来不负卿。

我手指一拨，蒲公英絮絮翻飞。眨眼间，无数蓝色的仙子，已飘荡在夜空。

年保玉则，翻越魔界神峰

我们的神经都大条

【一】

"来买一点吧葡萄干吧,一点就好!"

"我家的葡萄干才晒出来,最新鲜啦!过来看看吧!"

两侧的吆喝声此起彼伏,葡萄干小摊排成平行的两条长龙,晒着花花绿绿的葡萄干。长长的街道上只有我一个游人,左一个小姑娘挥着手,右一个小姑娘挥着手帕,招呼着我,气氛就像古装剧里的扬州城。几位摊主大妈见此景象,还能够自信满满地和小姑娘一阵比拼,大老爷们儿,早就鸦雀无声地闷在椅子上,很有自知之明地退出战争。

我像明星走红地毯似的踱着步,缓缓地走到了一个摊前。虽然不想承认我是个外貌协会的动物,但这个摊主女孩真是漂亮啊。水汪汪的大眼睛扑闪扑闪,整齐的长睫毛一刷一刷,长发编成几绺细麻花辫,印着彩色花纹的小坎肩,眉心还点了一点红,像是童年曾幻想过的会跳舞的楼兰姑娘。

"那么多种葡萄干?哪种最好吃啊?"其实我不爱吃葡萄干。

"这个好吃,叫男人香,甜甜的,带酒味!还有这个,叫女人香,甜中带着酸!我最喜欢吃这两种,嘻嘻。"小女孩有些激动地推荐,一颗一颗往我手里塞。

我看了一下价牌，上书"原价128元／公斤，现价10元／公斤"，遂喜不滋滋地买了几包。男人香入口，才发现从没吃过那么大颗、那么香醇似酒的葡萄干。

"谢谢啊，谢谢啊！你是今天我的第一笔生意！可能也是最后一笔了吧……谢谢！谢谢！"小女孩不住地说着感激的话，令我受宠若惊，这天已经快黑了，难道今年吐鲁番的游人真的寥寥无几？想到这里，我又光顾了好几家不同的葡萄干小摊，与人为善是积福，再说这便宜十倍的美味也不是年年都有啊！

一个人在吐鲁番的旅程，就像这里荒芜的沟壑般，神秘却又百无聊赖。独自走在交河故城、高昌故城的废墟中，就像迷失进了千百年来的一个传说，只有风席卷沙砾吹在皮肤上时，才想起自己还有触觉；嚼着葡萄干经过夕阳下鲜红的火焰山时，儿时西游记的画面掠过脑海，想乐呵地说些什么，身旁却无人，不觉间葡萄干也没了味道。

沿着哈密、鄯善、吐鲁蕃一路来到了乌鲁木齐，全城的戒备让我警觉到，自己仿佛选择了一个错误的时机来到新疆。二道桥已经见不到一个游客，大巴扎里琳琅满目的手工艺品店也关了大半，进出肯德基用个餐也要细致入微地查验背包，被弄得紧张兮兮的气氛下，也许只有神经大条的人才能玩转江湖。

皮皮终于辞了职，依照在景山上曾经说过的话，选择了这个秋天。我们互通有无地谈起在这千呼万唤始出来的间隔年中，会有着怎样的遭遇，她说，她也来到了新疆。我替她开心，开心到仿佛看到了前往梅里时的自己。皮皮也来新疆了啊！心里有一点按捺不住的激动，却最终没有约见。也许，是出于各自旅程的所图，也许，我对冥冥中的安排仍有一些不可名状的信念。

"喂？翔子吗？我是璐璐啊！我到乌鲁木齐了。"准备离开乌市的那个早上，我坐在前往布尔津的长途班车上，等待发车，突然接到一个摸不着头脑的电话。

"璐璐？呃，请问你是哪位？"

"啊？你忘啦？就是之前和你一直沟通说也要一个人来新疆的那位啊！璐璐是也！"电话那头嗓门很大，是个中气很足又略显稚气的女声。

我才突然意识到：原来这"路路"是位女孩。来新疆前，一位网友曾通过博客与我联系，天天抒发着也要独行新疆的宏愿，却又三番五次不停询问"去新疆危险吗"之类的问题。一个大爷们儿，决定了要出去旅行，能不能不要这么磨叽？我一直以为是个怕东怕西的男生，现在才知道原来是个女孩。

"哈！原来璐璐你是个美眉啊！我一直以为是男的！"我在车里哈哈大笑。

"怪不得！我说你怎么爱理不理的，哈哈。"

"不至于，不至于。你刚到新疆吗？一个人？"

"是啊，我在乌市，不准备逗留了。你在哪儿呢？"

"我正在前往布尔津的班车上，车马上就要开了。"

"啊！我也是，我也是！我也是这个点的车去布尔津，刚进站呢！啊啊！我看到你了！看到你了！"

我几乎是被这突如其来的最后一句话给呛住了。只见一个女孩，娇小的身材，穿着始祖鸟的绿色冲锋衣，戴一顶阔边咖啡色遮阳帽，蹭地跳上了车，然后咧着嘴角瞪着眼睛，边朝我挥手边跑了过来："太有缘了！太有缘了！我跟定你了！嘻嘻！"然后，又像是噎着无穷无尽的话，不情愿地坐回了她的座位。车要开了。

我的老天，怎么半路杀出个程咬金？几次独自旅行时遇人不淑的心理阴影开始翻腾，我这种执拗又冷漠的个性，不是和什么人都能够相处得好的。这个女孩，会是那种又想体验"浪迹天涯"的感觉，又想找个人随行照顾嘘寒问暖型的娇娇小姐吗？

担忧，就像一根鱼刺，卡着不舒服。于是，我暗暗做了一个决定：我只要耍一点冷漠，这位璐璐定会觉得没趣了吧。

嗯！不带她玩，不带她玩，就是不带她玩！

吐鲁番，火焰山真的像火焰

【二】

"璐璐,我给咱烤了两条狗鱼!据说是这里最好吃的鱼哦!"

"啊?好啊好啊!为什么叫狗鱼呢,是因为长得像狗吗?"璐璐屁颠屁颠地跑到烧烤摊前,锁紧眉目仔细端详着这两条牙尖嘴厉,长相狰狞的鱼。还以为她是在寻找鱼和狗的亲戚关系,她却抬头一笑,"好像很好吃的样子!好饿啊!"我晕倒。

我们到达布尔津时已过黄昏,天空中残留着最后一丝光芒,层层叠叠的深蓝,就像喀纳斯在天空的倒影。我们住在一对俄罗斯族爷爷与奶奶相守的小白鹿客栈里,家里挂着麋鹿的角,漫着浓浓的奶香,两位老人热情地招呼着我们,璐璐兴奋不已地要了一幢独幢双层小别墅,不知道是不是准备在每张床上都躺个过瘾。

清晨,屋子里的壁炉燃着火光,柴火被烧得吱吱作响,老奶奶做了一桌的早餐,碎碎的盘子摆满了铺着格子花布的小木桌。窗外是北国寒冷而明媚的秋色,突然觉得这一切就像小时候看的小人书中所描绘般的那种温馨。我甚至开始想象未来的某一天,就在这样的壁炉边上,摇着一把躺椅,戴着老花眼镜,吃着刚打猎回来的野兔,看着窗外飘飞的雪花,慢慢老去。

布尔津是一个童话般的小镇,静静的县城,零星地点缀着一幢幢尖形的小洋房,房顶涂成红色、黄色、蓝色,各自倚着一棵金色的白桦或红色的枫树,深秋的云朵,懒在天空中,被晨光一照,便像棉花糖一样慢慢融化。这还没进入阿尔泰山深处的销魂秋色呢,双脚就已经一百个不舍了。

从布尔津,翻过一个达坂,便是贾登峪。从贾登峪到喀纳斯的徒步穿越,将历时四天,先顺着喀纳斯河向上,既而是禾木河,在美丽的禾木小憩之后，便将翻越最为艰辛的黑湖高地，最终抵达喀纳斯湖区。未来的十天内，我和璐璐都将置身在阿尔泰山的怀抱。

"翔子啊！你知道吗？据说这条线路有一条黄金大道，就是当金色的白桦叶落满了林间，铺成长长的梦幻之路。你要找到了一定得叫我，我做梦也想在上面走上一走！"刚刚从贾登峪出发，拉开登山杖，背起户外包，璐璐便埋头向山头上冲去。

不可否认，在短短的两天之内，我已经彻底败给了这个女孩。从乌市出发时，本还信誓旦旦地告诫自己，装冷漠装冷漠，却在环绕着准格尔盆地的一路上，被璐璐各种无厘头的言行给呛住，有一次吃着过油肉拌面时还差点噎着。璐璐格外喜欢笑，而且总笑得毫无遮掩，笑得五雷轰顶般嘹亮，除此之外，她更是一个独立自强的女孩，没有要人庇护，没有要人迁就，没有人要帮扶，她是那么简单而真实，只是纯粹地冲着对自由的热爱，便只身打马到了西域。

很久没负重徒步了，和所有徒步穿越的起始一样，身心都充满了好奇与猎艳的力量。这漫漫的新疆之旅，不知道这满包的帐篷和睡袋能为我带来怎样特殊的感观体验。璐璐没有露营装备，背包却大得离谱，墨绿色的防水布披在正正方方的大包上，就像背着个冰箱。

"喂！璐璐，别走那么快啊！你从冰箱里拿瓶可乐给我吧！"我打着趣，大步流星地追了上去，只听见冰箱后她娇小的身躯里，飘过来一阵格格巫般的笑声。

翻过第一个小山包后，我们便深入林区，落叶松和白桦林将我们包围。仍是早晨，斜射的阳光晒得林间星斑点点。林间铺满落叶，树干与枝丫的影子在金色的地表演绎着抽象的画作。璐璐这一秒被阳光温暖着，下一秒便步入阴影的幽蓝。我小心翼翼地走向似乎会有所乾坤的光亮所在。脚下的落叶被我踩着咿呀作响，像是呢喃着秋天的私语。

从林间穿出的一刹那,壮阔的喀纳斯河谷,携着漫山遍野的金色向我袭来,璐璐表情呆滞了十秒,然后不停地对着山谷大喊。喀纳斯河对岸的山坡上,彩林铺天盖地。阳光巧妙地晒出一道射线,拉亮了彩林的一条弧道,于是和阴影一起造就出更多奇异的色彩。那一刻,我觉得自己已经快疯了,这辈子,还从未见过如此壮观绚烂的秋色!

接下来的徒步之旅中,满是璐璐与我放开尺度的呐喊声,时而是我扛着相机四处流窜,时而是她背着大冰箱一路狂奔。我们走过喀纳斯河的大拐弯,走过了两河交汇口,走到了美丽峰下,我开始听不到璐璐叽里咕噜的声音,不省人事地陶醉在这种浓浓的俄罗斯民歌的画面中,雪山、河流、白桦、落叶、卵石、木屋、篱笆,浓得如同柔软的油画。

在翻越一个达坂后,强大的璐璐终于用完了一天的力气,瘫倒在地,不停地呼唤着美食和床褥。天色渐晚,美丽峰下的一个河谷

阿尔泰山,璐璐背着像冰箱一样的包

台地，突然出现了一个哈萨克的小木屋，黑黑的剪影燃着炊烟。璐璐含笑一瞅，我明白这便是今晚的宿地了。

"嗷嗷嗷！好冰！好冰！"

"我也来！嗷嗷嗷！嗷嗷！"

于是，某一个晚上，美丽峰下的一个圆木小屋外，传出了两个此起彼伏的嚎叫声，响彻了安静的喀纳斯河谷。那是我和璐璐在院子里，借着月光，强忍着冻骨的痛，蹦蹦跳跳地用河里抽上来的冰水冲脚的悲惨故事。

"你知道么，以前每次徒步，我心里最念的，都只有两样东西。"

"什么东西啊？"璐璐一边香喷喷地吞咽着哈萨克族大妈为我们做的叫做"瓢瓢"的面片汤，一边使劲往两只脚往柴火里伸。

"白天总走得冒汗，那时候最想西瓜；晚上总冷得发抖，像现在这样，最想的是火锅。"

璐璐听罢，忽地陷入沉思，仿佛卖火柴的小女孩，已经看到了西瓜和火锅的光芒。我低头一瞟，她火堆的一双蹄儿，已经要烤焦了。

【三】

木屋外的世界带着北极的寒冷，我们却在通着炉气的炕头上，枕了一夜的温暖。我早早地爬起来，走在木屋外刺骨的寒风中，日出从来是不能错过的。

经过一夜变幻，美丽峰下的河谷中已弥漫起晨雾，禾木河若隐若现地发出皎洁如月的银色光泽。渐渐，雾海像是被煮沸的粥，不停旋转、翻腾、下沉、铺展。阳光的射线穿过山棱，河谷畔的山坡如同燃起微火，羊群也终于开始动弹。白桦与云冷杉林间的草甸子上，我们的小木屋还在酣睡。这一切,仿佛是纳尼亚传奇中才存在的仙境。

"小懒虫,白女巫来了,快起床。"我回到坑头上,准备揪起这位和小元一样嗜睡的仙女。坑头后面的墙上,挂着主人家儿子的结婚照片,和璐璐虫蛹般的睡袋造型真不太搭。

"哪里?哪里?"璐璐揉着惺忪的睡眼,真的窜了起来直朝窗外望。

"你又错过了大美的日出。赶紧出发吧,我们离禾木就一步之遥了。"

我们坐在木门前吃着早餐,从木篱围成的院子里,便可以望见美丽峰的莹白雪冠,像一位温柔的公主,纯洁而羞涩。晨光中,才发现木门上,画着一只飞翔的天鹅。

离离原上草,隐匿着弯曲弧形的路径。当风吹起,金色的草徐徐摇曳,无形的风便在草尖化为成形的波浪,向远方铺展。草原的尽头,环绕的雪山脚下,我们终于抵达了禾木。童话传说般的图瓦人村寨,就在谷间积木般地摆放着,令人慨叹不已。

"到啦!到啦!"我还驻在原地,欣赏着这即号称"神的自留地"的美丽村庄,璐璐竟突然像阵风一样,被妖怪追杀似的向山下跑去,一溜烟的工夫,已经身处油画般的禾木河畔。

等我追上时,璐璐正躺在村里的一家木屋客栈的草坪上,晒着袜子,打起了盹。我也换上拖鞋,翻出已经看了若干回的《万水千山走遍》,享受起这午后的阳光,任臭臭的脚在风中轻轻摇晃。

睡饱晒足后,我们开始在僻静的禾木村里晃悠。最美的季节,禾木村里只有屈指可数的游人,一改曾经熙熙攘攘的景象。到处都是斜顶、圆木、铺着草地的"客栈"。村口有一顶中国邮政的小木屋,我们分别选了张明信片寄给了家人,一直浪迹在外的游子,总有个家萦绕心头。

我们朝着村子郊外的一个方向不断走，身后一只小黄狗安静地跟着。眼前是一片宽广的草甸，两岸簇拥的白桦森林像羽毛一样灿烂而柔软，一轮新月已然挂在天的尽头。

我极其喜爱郊外铺满落叶的森林。迎着夕阳走在其中，光影斑驳，脚底沙沙微响，自己也如同成了童话中的人物。时间在这里一瞬接着一瞬，却又流淌得缓慢，像是慢动作，一页翻过的书，一眨眼的年华，一片凋零的叶子，一朵卵石撞出的水花。

"璐璐，你说，这里会不会就是黄金大道？"

"不知道，可是太美了。其实，哪儿哪儿都是像黄金大道。"璐璐沿着溪流而上，白桦林倒影如诗。

"璐璐！别动！对，站那儿，快，摆一个忧郁的POSE吧！这儿太有感觉了！"看到美景，我的创作欲又来了。

"好，这样？"璐璐突然僵住，定着摇到一半的双臂。

"呃，你中了葵花点穴手吗？"我无奈道："好，你再来一个抬头观叶，慢慢走路的样子，林黛玉那种味道。"

"喔，这样？"只见一棵白桦树下，璐璐走起了同边手。

"呃，很好，很好，很林黛玉……"

"我知道自己不会照相，又非要我当模特。"璐璐一边嘟哝着，一边一个劲儿想看相机里她的靓照，然后又笑得前仰后合。

和璐璐间的共同语言不少。从初见起才一共三天，但一直徒步前进的过程使得相处的每一刻都变得十分深刻。我喜欢璐璐的活泼、自然、乱七八糟的问题，尤其，喜欢她超低的笑点，让整个旅程不停地回响着笑声。于是，在不觉间，已经可以敞开心扉地互相倾诉与探讨一些更加私人的话题。

禾木的金色黄昏，仿佛是一个与自己无关的时空，不经意间，往事纷飞。漫步间，我给璐璐讲了很多自己曾经走过路过的故事。《天堂电影院》般的意韵流转不尽，从尼汝到梅里、从徽州到长白、从亚丁到贡嘎、从荔波到年保，就像重播了一遍某人的某年某天。璐璐说，我就像一本书，回肠荡气，道来娓娓。

禾木村的入口处，是标志性的禾木桥。经历了百多年喀纳斯冰川溶水的冲击，桥身依然古旧而敦实。凛冽冰凉的河水和禾木村一样简单而纯洁，满岸的绿色植被被水汽滋润，叠落出厚厚而浓郁的葱茏。每当暮垂，桥便关上了门，牲口才不会大半夜地跑到山上。我喜欢坐在禾木桥的栏墩上，静静地看河水流过，看牧者赶羊、学童暮归，看炊烟在玫瑰红色的天空升起。

"西瓜！西瓜！"回程途中，璐璐指着远处的一个小木屋，尖叫起来，她鹰一般的眼睛竟然发现了小卖部前堆得满满的西瓜。

"老板，来两块！"店主是个胖嘟嘟的妹子，单手捧起一西瓜，掏出一把古惑仔般的长刀，三下五除二就切了起来。

"两块怎么够，来一个！"我笑得比蜜还甜，对着那红瓤，一口咬了下去。

这个晚上的禾木没有电，我们千辛万苦找到了一家烤肉店，点着蜡烛在主人家的屋内边吃着烤串边聊天。烤肉店的主人抱着自己刚满月的孩子，在黑暗中给我们讲着这里的故事，11月后大雪封山，他们也将回到布尔津度过漫漫冬天。

让我璐璐都百思不得其解的是，我们这两个大胃妖怪，在吃了无数西瓜、若干肉串与零食后，在客栈的床上躺到三更半夜，突然间两眼对视。

"我饿了，你饿吗？"

"我也饿了，怎么办？"

"我们出去找吃的吧。"

"嗯！！！"

就这样，月黑风高的夜晚，整个禾木村已经没有烛火，只有两个模糊的影子打着头灯在黑暗中摸索前行。璐璐一边小心着四面八方她想象出来的狗与妖怪，一边觅着夜宵。可是遍寻无果，却是落着越走越饿，越饿越冷的下场。

突然间，路的尽头，一家房舍亮着微光。我侧头一看璐璐，她可谓胃急如焚，眼睛放着凶光，丢魂似的径直朝那间小屋走去。不知道哪根神经抽了，我俩就这样鼓着胆子上前敲门。邦！邦！邦！门吱呀而开。璐璐探进一个头，我听到她有气无力的声音："你好，请问，有吃的么……"

只见屋内共有五人，围坐在一张圆桌旁，对于我们的到来以及奇迹般的问话表示震惊与困惑，于是纷纷投来僵硬的表情，就像在掀开盖头来才突然发现娶错了新娘，就像山无棱，天地合，时间停止转动。与此同时，我和璐璐的眼睛都已经直勾勾地盯上了圆桌中心一个冒着热气沸腾着的钢盆……

火锅？火锅！

咕噜。不知是璐璐还是我，实在没忍住地咽了一下口水，在双方僵持了尴尬的几秒钟后，终于有一位大叔反应了过来："我，我们刚开始吃，你们也，也来一起吃？"

啊，神啊，这是梦吗？

一分钟后，我和璐璐已经坐在桌前，大快朵颐起来。那位四川学厨经历的火锅师傅，那位因为停电而总是离席帮我们发电的大叔，那位不停帮我们添菜夹肉的大姐，给了我和璐璐在这略感辛苦的负重徒步途中莫大的慰藉和惊喜。怎会想到，我们这两个神经大条的人，一路误打误撞,却撞出了一个图瓦村落回民大家庭的温暖,却圆了西瓜和火锅的梦。

星光漫天,引领我们再次打着饱嗝回到客栈。感谢大家的善良与好客,让两个流窜在异乡的小子感到了从身体到心灵的温饱。这一晚,睡得格外香甜,梦中,我就住在这里,不曾离开。

也正是从这一晚开始,揭幕了我们在2009年秋天不可一世的快乐疯癫。

禾木,终于走到了

御剑江湖

【一】

从禾木攀过达坂前往黑湖，是全程徒步中最为艰辛的一天。持续上升的海拔中，厚重的背包勒得肩膀酸疼，双脚像灌了铅一般沉。璐璐已经落在了身后很远的位置，她从来不要人等，从来都是默默地前行，不诉痛苦不加抱怨。回头看她时，天光云影中，只有一个小小的影子，在绝世的秋色里蹒跚。

抵达黑湖时，我像坨泥巴一样瘫在了草甸子上。翻过了这个达坂，森林忽而消失，高山草原一望无际，一座大雪山横荡在草原上，像是主宰了这里的一切。小黑湖泛着墨绿色的光泽，湖畔只有几顶蒙古包模样的毡房，一位图瓦族大姐看到了我，向着达坂一路小跑过来，招揽我们这微薄的生意。璐璐爬上来时，应该日暮了吧，天上的鹰也会归巢。

毡房的主人是一个图瓦人家庭。男人刚刚策马回来，戴着一顶蓝色毛线帽，很是害羞，他的两个老婆却十分大方，一位倒了一桌的奶酪硬面包，另一位正在揉着面团，做今晚的面片汤。璐璐热心地帮忙把面片揪进汤锅，我则抄着锅铲，捣着那油乎乎香喷喷的羊肉手抓饭。我们聊着毡房的搭建方法，聊着黑湖的故事，聊着阿尔泰山绝美但可怕的冬天，夜色很快就深了。

我和璐璐的毡房就在主人屋边上，能够睡上十几人的大通铺上，半圆形地叠着五颜六色的几十床被子。璐璐像过家家似的铺起了床，这深秋的阿尔泰山高寒之夜，没有好几床绒被垫着，还真是会被冷醒。

"喂，你们好。"刚准备入睡，突然门开了，一个影子探进头来问道。那是图瓦家的女主人。"我们在跳舞哦，一起来跳吧！"

这可是多令人喜出望外的好玩事啊！我们赶紧裹上衣服，就一起凑上了热闹。没有电视的晚上，两位大姐把录音机一播，便手舞足蹈起来，图瓦大哥还懒洋洋地躺在床上，心满意足地欣赏着他两位老婆的表演，听着听着，也晃起手来，仿佛两手上都握着只拨浪鼓。

"一起来吧！一起来！"只两人跳哪儿够，于是我、璐璐、图瓦大哥，都被拉进了舞池中，一起随着音乐摆动起来。

在大山深处，和图瓦人一起跳舞，这样的事以前还从未经历过，些许害羞，更多的是快乐。璐璐的笑声回荡在毡房中，不停地说："我太高兴啦！以前的旅行从未有过这种经历，和你一起走真是太多惊喜了！"

终于能欣赏到传说中最能歌善舞的民族的表演了！我兴奋地准备一饱眼福，可是大哥啊，为什么你翻来覆去就只有一招"六指琴魔"的动作……

黑湖之滨的夜晚，歌舞声从毡房里传出，融入无尽的天地。这是阿尔泰山最为深入美丽的地方，而这里的一切欢乐，都来得那么淳朴。

离开小黑湖的早晨，在大哥的带领下，我们去了雪山脚下的大黑湖。接下来的行程，便是从黑湖徒步到终点的喀纳斯湖。这里的风景实为奇特，不同于之前禾木一带油画般的浓烈色泽，不同于西藏的苍凉，也不同于横断山的峡谷纵横。这里辽阔，却不显贫瘠，没有惊鸿一瞥的奇观，却有着无声无息的张力，蕴藏了一种伟岸。

我想起了"勇敢的心"中，华莱士手中的小花，才发现，这一片地带竟与苏格兰高地如此相似。

哪里知道，从黑湖前往喀纳斯的这最后一程，竟是数日徒步中最为艰辛的一天。没有急陡的上坡，却换来像是永远也走不完的路。乌云压得很低，似乎就要盖到我们的身上，滂沱大雨丝毫不带怜悯地砸下来，即使披上雨衣，我也已经湿透，水珠从头发上汇成一股股地落下，分不清是雨还是汗。宽谷中的金色草甸里，藏匿着星罗棋布的美丽湖泊，却也因为辛苦而没有力量和心情去靠近。喀纳斯，原来用自己的双脚一步步走到你身边，是那么辛苦。

当西伯利亚针叶林再次出现的时候，我知道是下山路了。浓雾中的森林如仙境，又有些阴森。雨水打湿了山路，泥泞不堪，每一步的泥沼都没过脚踝，斜坡处，湿滑得寸步难行。在疲惫中，我一次次跌倒，摔在岩石上，撞伤了膝盖，扶住树干时，又划破了手掌，未到终点，已负伤累累。

喀纳斯、纳尼亚真的存在

"璐璐，我透支了，好久没有这样透支了，上一次是梅里，上上一次是在尼汝。"我坐在溪流前洗着带血的伤口，大喘着气对璐璐说。

这样的下坡路是我的克星，却不知这个女孩哪来的力量，一路撑着小伞，走得干净从容。雨水瓢泼又算什么，最好来得再大一些吧，把我这全身的泥泞给冲洗干净！

永生不忘，当忍着伤痛与雨水翻越山峦，第一眼看到喀纳斯湖时的心情。大雨微停，空气中布满紫色的忧愁，雾气在神仙湾间的树林里穿梭，翡翠色的湖水若隐若现，一缕霞光刚刚射破，为银色缎带般的公路映上霓虹。我怔在山顶，凝视着终点。我到了！这个瞬间，我要刻在心里。

活着，真好。

【二】

"喏，到了！快点！"

我们揉着迷糊的双眼，梦游般地从床铺上跳下，穿鞋披衣，抓起背包，便被赶下了长途巴士。

"嘶，好冷啊。"一阵凉意迅速钻进了我的骨头，几乎是本能地，我从包里抽出了能摸到的所有衣服，然后把自己裹了起来。

"这是哪儿呢？"璐璐说话的声音也在发抖，看她抱着身子晕头转向的样子，应该是还没清醒。

我们到了赛里木湖畔，时间却在才凌晨四点。星光已经退却，曙光却还早。湖岸很安静，连昆虫的声音也没有，一个个蒙古包远远地疏离在草坡上，也睡得深沉。我们万万没有想到，夜间的赛里木湖畔可以冷得如此极致，即使在高寒的阿尔泰山雪原，也不曾感到这般浸入骨髓。如果璐璐是个壮汉，我估计自己会忍不住和她熊抱着取暖。

"有办法了！我怎么那么笨呢！"突然，我想到自己可是有帐篷的人，这个在野外，就是有房一族的代表啊！赶紧选了一片平坦的湖边草地，撑起帐篷，嗖地钻了进去。我想起了一年多前刚开始徒步旅行时的感受，在追寻自由的途中，一顶帐篷的温暖，可以让人有活下去的力量。

"不冷了吧？再睡会儿，天快亮了，到时候叫你看日出。"

"不困了。"璐璐穿上了她全部的家当，坐在帐篷门边，迎着寒风。"你知道吗？从很久以前，我就一直想来赛里木湖，想来伊犁，虽然现在公路修得那么方便，可是梦没有变过，就像现在这样，推开房门，便是无边的湖水。"

我灭掉头灯，没有光的世界，刹那间仿佛又安静了几许。帐篷笼罩在深蓝的天幕下，也透进了天的颜色。帐帘拉开了一个口，我和璐璐并排地坐在门前，在湖水的尽头寻找着启明星的影子。

"翔子，继续给我讲你的故事吧。听你讲时，像浑然不觉地进入了宫崎骏的动画里。"

"有一个地方，那是我的风之谷。"我轻轻地给璐璐讲着故事，一幕幕回忆，也把自己催了眠。

在夜晚时分到达一个陌生的地方，总有着一种奇妙的感觉。以前出着长差天天加班时，每每从陌生的机场出来，坐上陌生的出租车，在陌生的高速上狂奔，在灯火阑珊的夜景中住进一个陌生的酒店房间，最后爬上陌生的床，这种生活让我恐惧。然而在旅行中，我却喜欢在深夜时分抵达新的目的地，对日出的向往，对新的小镇、新的风景的想象，对远方的家的淡淡思念，杂糅在一起，便谱出了旅者最浓郁的心声。

赛里木湖,雪山下我们的毡房

时间如白驹过隙,夜空的云散云聚,天边已渐渐亮起白帆。我们默默等待,直到日出东方,湖面变成流金,西面的雪山开始红润。继而,金色的草原上,出现了一群群牧羊人,蒙古包开始升起炊烟,毛色油亮的马儿在阳光下优雅地慢跑,赛里木湖终于展现出最纯粹的蓝。

不冷了。璐璐在湖边拣着长相好看的石头,她要带回家放进鱼缸里观赏。我就像看完了一场交响乐,眼睛再也撑不住,在帐篷里暖暖地睡着。

在赛里木湖畔的日子,就像住进了一种太过纯粹的美丽,它是完美的化身,雪山为发,湖泊为衣,森林为领,草原为袖。整幅画卷,纯粹到只需要用铅笔描几缕线条,再涂上天蓝、湖蓝、金黄、深绿四种颜色，便能表达彻底。也许"风景"二字从发明时，就是为了形容赛里木湖这样的地方而存在。

在赛里木湖，我们认识了来自澳洲的华侨，莫大哥。他一人回到祖国，四处游历，不停地感叹着神州山水的壮丽。短短的时间里，我们三人一起做过羊肉手抓饭，一起畅想六月赛里木湖的花海和七月的赛马节，一起在森林间迷过路，急得哈萨克牧民们四下里寻找，一起攀上下过新雪的山坡，坐在高高的山岗上看夕阳西渐时，赛里木湖中晚霞的倒影。

最后一个早晨，我们起床时，莫大哥已经离开。湖边下起大雪，璐璐大步地跑向公路，看到远方，莫大哥背着硕大的包，在雪中一步一趋，已经化成一个点。璐璐突然开始哭泣，她说，为什么人和人总是要分离，为什么连走也不说一声。我知道，璐璐又何尝不是心中有千结。

"旅途中，有的人擦身而过，大都仅仅在对方的生活中出现一次。"

"而有的人，走在各自的路上，却会在某一点相遇。"

【三】

"翔子，新疆结束后，你会去哪里呢？"璐璐从冰箱般的包里，掏出一个垫子铺开，席地而坐，变戏法儿地摆出一串葡萄，半个哈密瓜，一袋凉了的维吾尔烤包子，还有一块中秋节那天在伊宁搭车时好心大叔送的月饼。

"新疆结束后，隆冬也就到了，这一年就要画上句号。接下来还应该怎样，说实话，我并没有明确的想法。间隔年总是会有个尾巴，生活的柴米油盐还要继续，旅行的经费还需要再挣，可是，我又怕回到两年以前的自己。"

"你这一年的旅程要结束了，是不是有斗转星移的感觉？这一次的旅程，是我这辈子最长的一次独自旅行，我已经觉得无比充实，就像在一个秋天里过了好几年的时间，难以想象，你连续两年的行走，会是什么滋味？"

"是啊，要结束了，兜兜转转实现了好多曾经的愿望。以前从不觉得，一年四季原来是可以那么分明。"我扯下一颗葡萄，往嘴里送。总有些话，不知怎么回答。

"这一年，收获大吗？"

我害怕回答这样的问题，因为已经自问过无数次，却仍然找不到答案。我开始渐渐不理解"收获"二字的意义，仿佛在这一年的旅程中，旅行的意义已经不仅仅是身心的放松，猎奇的心理，对风景的追逐，对自己的感化。旅行不再是为了追逐某个目标，寻找某个答案，这样一来，即使到了结束的一天，也不会因为"什么都没有改变"而感到遗憾。

"嗯，大吧……"

在我们前方一米，大地突然断裂，垂直地下陷出一个宏伟的峡谷。峡谷两侧的绝壁，经历亘古的冰川雕刻与风雨浸蚀，以粉身碎骨的代价冲蚀出了一道道惊心动魄的密纹般的纵深沟壑，就像地球的岁月，被刻上了山的脸庞。

"我还记得，两年前的一天，我站在上海徐家汇的一家书店里，偶然翻起了一本书，那是一位已故的国宝级摄影师遗留的新疆风光画册，非常厚重、精美。我一页页地翻阅，用手指摸着光滑的铜版纸，不停地被美到难以置信的风光给震撼。然后，突然翻到一页，画面上是一条大气万千的峡谷,千沟万壑在月光下泛出银光,就像魔域。那一瞬间,我头皮开始发麻,手指就停在了画上,动不了了。我告诉自己,有一天,我一定要来这里。"

"然后,你真的来了。就像你关于梅里的那个不停奔跑的梦,全都成为现实。"

"嗯。"

"我们找这里,可是找得好辛苦啊!还有其他地方吗,也是你这次一定要完成的?"

"喀纳斯已经徒步过了,然后是这里,接下来,还有帕米尔高原,还有无垠的大沙漠。我记得中学时,曾经问过一个朋友最想去哪里,他说,最想去看真正的沙漠,想体验在绝境中找到绿洲,找到希望的感觉。我一直记得这句话,因为我也想。所以这次,我一定要一个人在荒芜的沙漠里露营。"

风很大,璐璐在一旁不停捋着头发。此情此景,多么像在华山绝顶的皮皮。

"璐璐,对于你之前的问题,我自己也没有答案。原本我以为,旅行的途中,可以找到答案,现在才知道不能。但这已经不重要了。我说不上来我收获了什么,我只知道,我以前是个脾气很大戾气很重的人,可是现在我的朋友说多谢老天拯救了我,我以前是个想升职加薪赚大钱的人,可是现在我发现钱竟然真的不那么重要了,我以前是个患得患失的人,可是现在可以为了一花一草一个人的故事而发自内心地开心和满足,我以前觉得,我要自由,可是现在觉得,真正的自由,在心里。"

"说说皮皮吧,她到哪里了?"

"也许也在阿尔泰山吧,也许已经在天山了。"

"相距天涯,却近在咫尺。她究竟是怎样的一个女孩儿?"

"八卦。"

"给我一些建议吧,翔子,关于我的事。"

离开伊犁之后,璐璐开始给我讲述着她内心的烦恼。这个外表乐天的女孩,又何尝不是被琐碎的感情的羁绊和事业的选择所累。此般种种,这个世上,又有几个人可以逃出生天。

"为什么我们今天的话题要突然变得那么凝重,跟交代后事似的!呵呵,多不像你!"厚厚的云层被夕阳染成五彩,就像大话西游的布景,是时间离开了。

"故事的结束,总要浓墨重彩地渲染一下嘛。话说你也该收山了

车屯大峡谷,璐璐在想什么

吧?你看,登山杖落在喀纳斯了,那是阿尔泰山神让你收收心;你这身仙侠派的小背心也都破得不成样了,修仙之旅是不是该告一段落了?"

"有道理!不过这件背心可说来话长,还是大学时仙剑版版聚的纪念衫呢,上面这'御剑江湖'的四个大字,多契合我这次旅行的风格!在新疆穿烂,也叫寿终正寝,这说明,我已经修成仙身也。"我开怀大笑。

几粒沙砾,被风刮着,从我们脚前滚过,跌进了深谷。也许在落地前,它还有很长的时间在空中飞翔。西南方向,几匹野骆驼安静地吃草,璐璐说,那是七剑下天山的地方。

我看着暮色中的天山,轻轻哼起歌曲。青峰不老,却已白头,此时此刻,皮皮是否就在不远的地方。

　　　　阳光真温暖,一直照进我心里
　　　　如果没有你,怎么会有我今天
　　　　有时我会想起,和你经历的故事
　　　　那些情景在飞扬,甜蜜又伤感
　　　　再次走过熟悉的地方,如今的你不知在何方
　　　　你曾给我的温暖感觉,依然在我心
　　　　如果再见你,又是怎样的情景
　　　　会不会将你,再次拥进我怀里
　　　　风吹起的青色衣衫,夕阳里的温暖容颜
　　　　你比以前更加美丽,像盛开的花
　　　　这是我难忘的一天,在隐忍和冲动之间
　　　　看着你渐渐的远去,消失人海中

孤独是一杯酒

【一】

喀拉库勒湖畔,我兴奋地折腾着帐篷。终于要第一次派上真正的用场了!这场旅行,帐篷仿佛就是一个摆设,大喀纳斯徒步时没有扎成营,额尔齐斯河流域没有扎成营,魔鬼城没有扎成营,大峡谷没有扎成营,就连赛里木湖边也只是挡了挡风,每个晚上都献给了小木屋和毡房,现在来到了帕米尔高原,终于能在喀拉库勒湖边搭帐篷了。

"璐璐,你那大冰箱里,到底都有些啥啊?"我哼着小调,弯起帐骨,背了一个月的一张床,今天要派上用场。

"什么都有!你看,吃的喝的,各种纪念品。"璐璐的冰箱,就像机器猫的口袋,能满足她的一切需要,只见她一包包一袋袋地往外拿,铺在帐篷边的垫子上,像是主妇在往橱柜里放东西,更像是要在这湖边摆起地摊。"呀!包里的葡萄都被挤扁了!"

在我一路的诱惑下,璐璐对露营产生了极大的兴趣,不知道从哪位路友手上骗来了一个睡袋。一处处风景的黄昏都绚烂到醉人,夜幕渐垂的时分,每每恨不得能够庐天席地而睡,却始终没能实现。

这是一个七星级的营地啊。喀纳库勒湖比想象中要小,湖的一侧,是7595米的公格尔九别峰;另一侧,是冰山之父慕士塔格。帕米尔高原的擎天巨人,辉映着倒影在湖里。小小的帐篷,形成了天地间唯一的一个红点。

　　离帐篷两百米开外,有一顶毡房,那是帕米尔的柯尔克孜族人的住处。一位英俊的少年在毡房外骑着马,璐璐瞬间移动似的出现在他面前,传来格格巫的笑声。我仰望着慕士塔格峰,宏伟的锥形山体上,在亿万年间孕育了千百条冰川,从各个方向披下,如同天神的白发。

　　这可是帕米尔高原哪!我的心中洋溢着难以名状的心情。忘了从几岁起,便已经对"帕米尔"这三个字充满憧憬。

　　最少年时,分不清圣斗士里的穆先生究竟是在帕米尔修行,还是在西藏修行,于是决定长大后一定要去雪色圣域看看。

　　从地理课本上,又知道了帕米尔是地球上最大的山结,喜马拉雅山、天山、昆仑山、喀喇昆仑山和兴都库什山五大山脉在此交汇,创造了神秘的丝绸之路,连唐僧也是翻过这里,才南下去了天竺。

　　更后来,从《山海经》中得知帕米尔竟然就是不周山!昆仑神话中,水神共工撞断不周山,星辰涣散,天地倾覆,女娲于是炼石补青天,"西北海之外,大荒之隅,有山而不合,名曰不周负子",那是人界唯一能够到达天界的路径。

　　而今,我真的来到了这个传说交汇的地域!所有的憧憬和眼前的风景慢慢重合,就像我人生的地图上,一个里程碑似的谜得以开解。

　　璐璐的地摊前,不知何时起已经团坐了三个柯尔克孜族的少年和一个女孩,还有两位语言不通的老外,大家都好奇地打量着璐璐随身购买的各种奇怪的折扇、裙子、草帽、葫芦、鹿角、维吾尔手鼓、袖珍的马头琴、戈壁里捡的红色宝石,还有各种压得不成形的零食。两位外国大妞来自德国,磕磕巴巴地表达着对中国大美的神魂颠倒,一个男孩儿是喀什大学的学生,请假回了家里帮忙,一个男孩儿吹牛说着他在公格尔峰上找到的半米宽的巨大雪莲，一个男孩儿说今晚湖边有柯尔克孜族的婚礼，大眼睛的女孩儿叫玛玛依，她说一会儿会有暴雪，还是到她的毡房里躲躲吧。

"不了，不了，我们有帐篷，非常感谢！"这一刻，我和璐璐多么自信，多么坚定不移。

日落前，天果然急变，云重重地压下来，把雪山盖得严严实实，既而，豆大的冰雹噼里啪啦地猛砸下来。我和璐璐蜷在帐篷里，猜想着头顶的帐布什么时候会被击穿。窥探帐外时，整个天已经变成血红色，像是沙尘暴即将到来的恐怖情景。

"不妙。撤么？"憋了好久后，我和璐璐不约而同地两眼对视。

"撤！撤！"璐璐机关枪般脱口而出，然后如释重负地舒了口气。

"玛玛依，救命啊！我们来啦！"两个人，抱着头，狂奔两百米，冲进了玛玛依的毡房。两个德国大妞也在屋里，美丽的玛玛依正在撕扯着面条，她的祖母弯腰煮着奶茶。

吃过了玛玛依亲手做的粗细不一、长短不一、软硬不一的惊世骇

帕米尔高原，慕士塔格峰的宏伟山体

俗的拌面后,冰雹已经停了,一颗颗堆满了大地,像是天神赐下的白色宝石。天地弥漫着粉红色的雾,雾里飘着雪花,我的帐篷还坚强地立在那里,保护着璐璐还来不及收拾的瓶瓶罐罐。湖水的轮廓不过是浅了一层的粉红色,水岸的山披上新雪若沙,我向帐篷走去,像是走在海市蜃楼里。

这一晚,见识了玛玛依为参加婚礼而着的彩妆,见识了柯族老祖母像照顾自家孙女般地给德国大妞盖被子,见识了偶尔露出的月亮下,慕士塔格银色的顶峰。大雪下了一整夜,偶有一片地从毡房顶的圆孔漏进来,飘落在我的额头。

"喂!停一停!停一停……"

次日黎明,整个喀拉库勒湖已是银装素裹。我和璐璐,加上两个老外,站在公路边,在大雪中不停挥手拦车。前往塔什库尔干的车少之又少,我们就像四个雪人在跳踢踏舞。

一辆超长型拖车停下,一位塔吉克族大叔探出头来,眯着眼睛笑道:"上车吧!但是超载了,前边要检查,所以你们要躲在车顶阁楼里哦!"

"好!"我们疯疯癫癫地冲进大拖车。大叔把我们像棉球一样塞在车顶半米高的狭小空间里,互相叠成一团,还盖上一块布挡住,边开动车,边哦啦啦地唱起塔吉克族的欢快民歌。

我们悄悄扯开布,露出眼睛,窥探窗外仙境般的世界。身体那么憋屈,心为啥就那么快乐呢!

【二】

这条蛇一般的路,似乎永远也走不到尽头,密密麻麻的胡杨林,怎么看都是一个样子，兜兜转转，还是那耀眼的金黄。我们是遇到了鬼打墙么？

烈日当空，照得人汗如雨下。今年的塔里木盆地大旱，塔里木河已经干涸了大半，全然没有了以往水系胡杨的美景。我和璐璐在这中国最大的胡杨森林里往外走着，已经快要虚脱。

我们俩都一心想看胡杨林，才沿途搭车来到了这塔克拉玛干的腹地。不知道为什么，胡杨林在许多人的形容下，是坚强的代名词，所谓生而一千年不死，死而一千年不枯，枯而一千年不朽，此刻在我们的眼里，却是无尽的凄凉。

我的衣服已经湿透，不停地拧着衣角擦汗。璐璐慢慢走在我身后，还是背着冰箱似的包，拎着一个从喀什带过来的装满各种物品的米袋，没有了阿尔泰山上雄赳赳气昂昂撑着小雨伞的姿态，一步一挪地蹒跚在大漠的胡杨林中。水已经喝完了，每走一段儿，她会坐在路边歇息，从米袋里拿出在塔什库尔干大肆采购的葡萄，一粒粒珍惜地放进嘴里解渴。

"主，请帮帮我。"绝望深处的璐璐，双手合握，闭上眼睛念着。

我惊讶地看着虔诚的璐璐，她从未告诉我，她是一位天主教信徒。我们一直在伊斯兰教的土地上行走，而旅途中我还不停地给她讲在藏区的一次次带有神性光辉的奇遇。

"没事啦，我又不像我妈妈那么虔诚，也没她那么喜欢布道，话说，我都好久没有去做过礼拜了。"璐璐蔫蔫地说。"我妈的梦想，就是让我带她去一趟哈尔滨，看圣索菲亚大教堂。"

"呃，为什么不是去梵蒂冈？"

"拜托！也要考虑我的能力好不好。"璐璐又笑了。今天，她连笑也有气无力。

又不知走了多久，天色就要暗下，胡杨林变得稀疏起来，大漠变成灰白。仿佛是神听到了我们的请求，一辆车竟突然出现这个偏僻的地方，在我们身边刹住，一位穿着橙红色制服的洛腮胡大哥走下车来。

"你们好，这么晚了，怎么会在这里，需要帮忙吗？"

"好啊，好啊！太谢谢你了，大哥，我已经快不行了。"璐璐感激地说。想必，我们看起来狼狈不堪。

"当然，我是塔里木油田的石油工人。这样吧，你们随我去一趟油田，休整一下。之后我再请人载你们去库尔勒。"

"大哥，你真是老天派来搭救我们的好人。"

"不是老天，是主派我来的。你们运气好。"

"什么？大哥，你也是主的信徒吗？"璐璐突然变得激动不已。

"是啊。你也是？"

"是啊！是啊！太难以置信了！你知道吗，在林中徒步的时候，我又累又渴，于是对主说，请求他的救助。没想到，你就出现了！这一定是主的意思。"

"对，一定是，主的爱是无处不在的。"

璐璐的眼角开始落泪，流在满是灰沙的脸颊上，划出一道长长的水痕。我们已经进入了塔里木油田区，远远的沙漠里，三座巨大的烟囱燃着冲天的火光，仿佛照亮夜路的明灯。信仰，总能给人力量。

库尔勒的火车站，列车马上就要进站了，我们坐在空旷的午夜候车室，沉默了很久。

"翔子，我可以和你合张影吗？"

"好，好的。"我拙拙地答道。

"你呢？何时回家？"

"快了,我还有一件未完成的事。"

璐璐要走了,她即将结束旅程,决意回家面对她的问题。告别的刹那,千言万语,随脑中新疆之旅的一幅幅画面播放。我们曾笑到抽筋,曾泪落两行,曾累到绝望,曾遍体鳞伤,曾争吵不休,曾日日癫狂,曾分了月饼,曾共商理想。旅途中,有友如斯,夫复何求。

一个拥抱,一个挥手。再见了,璐璐。

喀什老城,露天餐馆和老鼠药的孩子们

【三】

　　肩膀很疼，每走一步，从背大肌传导至腰部的重量，都要把神经扯断。莫非的确是老了，接连不断在艰苦的环境中旅行，身体扛不住了。

　　眼前的沙漠里，一个个锥形的沙丘像山一样层峦叠嶂，无边无际。我开始理解沙漠作为仅次于海洋的广袤象征的含义，不同的是，大海像母亲般包容，而沙漠却会吞噬一切。

　　独自在沙漠里露营，是件我一直想做的事。曾几何时，看三毛《撒哈拉的故事》时，总被她笔下的大沙漠勾了魂，什么是极致的辽阔与苍凉，什么是半生的乡愁，什么是生命力。我打定主意，有些事，这一辈子一定要尝试，我不要带着未了的遗憾去另外一个世界。

　　在沙漠里行走，难于登天。与这片流沙做成的领域相比，原来戈壁一点不荒，雪山徒步一点不累。每迈一步，都会踩进深深的沙里，先是没过脚踝，一用力踏地，便淹上膝盖，仿佛有一股无法挣脱的力量，把人牢牢往里吸。双脚能感到细沙形成的瀑布从鞋缝往里灌入，然后肆意搅动，光滑得让脚在鞋里踏步时失去摩擦，无论如何也使不上力气。前行一米，滑沙又像雪崩一样滚落，把人往后送回半米。我已经在大沙漠里徒步三个小时了，可或许并没有走出多远。

　　环绕我的这片塔克拉玛干大沙漠，不同于撒哈拉，不同于巴丹吉林，她是世界最大的流动性沙漠，拒绝交通工具的驶入，拒绝生命的存在，她有着魔鬼的相貌与性格，一个晚上的时间，天地便会彻底改变。她如此危险，却像魔芋毒花一样让人无法自拔地靠近。

　　我开始脱掉鞋袜，拎在手上前行，光脚踩在沙里，反而是一种干净的舒服。沙丘隆起，向光的一面晒得滚烫，背光的一面却很寒凉，沙脊像一条条精美的曲线，分割着光明与黑暗，只有踩在这条分界线上，才不至于悲惨地滑入一座座沙丘的谷底。

夕阳落山前，我终于走不动了。汗湿了全身，头上脸上全是黄沙，从衣领到内裤都钻进了沙子。斜射的阳光把我的影子拉得很长，打在身旁的另一座巨大的沙丘上，蓝蓝的影子像是滴在黄沙里的一滴墨，正在慢慢陷入。背上的这身家当，今晚终于可以最华丽地登场了吧？

我找了一处平坦的地方，搭起帐篷。帐篷的前方，连绵着此起彼伏的沙山，我就像一只乘着叶片的蚂蚁，漂在汹涌的海浪里。沙丘座座相连的地方，被夕阳打上金边，那是通往光明的路，而其他的地方，已经是一片黑暗。前方几米一倾而下的这个沙谷，仿佛一个直径两百米的黑洞，我看不清下面有什么，只是感觉心有些寒。

世界再没有哪里，能够像沙漠一样，用简单的线条表达出无与伦比的恢宏。狂风卷起一缕沙，抛进空中，被斜阳一射，如同瞬间燃尽的烟火，每一弯沙弧上于是残留下风刮过的细腻纹理。最后一抹余晖消失前，整个沙漠猛地变成血红，摧枯拉朽地震撼着我。那是真正的殷红的鲜血的颜色啊！我生平第一次明白什么是真正的残阳似血，却也是第一次在落日下不寒而栗。

大美之后，只剩凄凉。塔克拉玛干的夜，来得十分迅速，气温骤然下降，我拍掉手上脸上的沙，钻进帐篷，仰面躺下。沙地软软的，帐篷下的沙子仿佛有生命般，随身体滑动。

"这是有纪念意义的一夜，赶紧睡觉。"我刻意地自言自语。蜗牛般浪迹的日子并不遥远，但这一晚却格外孤单，听到自己的声音时，心里好受了些。

浅浅睡去，不知过了几个小时，我突然毫无征兆地睁大眼睛，像是噩梦初醒我躺在原地，木乃伊一样，没有动弹，只是睁大眼睛，像是等待什么。

突然，耳畔有了一种隐约的奇怪声响，像是细细的低语声，听不清楚，幽灵般游走在这个狭小的空间里。我浑身僵硬，屏住呼吸，心脏怦怦地越跳越快，浑身起满了鸡皮疙瘩。

刷……

刷……

刷……

那是一种极端恐怖的声音，就像是有什么东西在外面，用细长的指甲一下下地轻刮着帐篷。

我被前所未有的恐惧笼罩，丝毫不敢动弹。挣扎了很久，终于开口说了一句："谁？"

没有回答，却还是刮着帐篷的声音。

死就死吧！我一个猛子坐起来，拉开帐帘，光着脚冲了出去，把帐篷四周都环顾了一遍，却什么都没有。夜空有星光，但在无垠的大漠中却显得那么黯淡，我站在墨一般的黑暗中，感受着真正的伸手不见五指。

躺进帐篷，当所有动作都停止后，又渐渐传来刷刷的声音。我的脑子开始发懵，不停地想象着各种恐怖的事物。这究竟是什么？

我再也睡不着，穿起羽绒服，冲出帐外，对着无尽的黑夜大声地喊叫。没有任何回声，声音仿佛遁入异界，在刹那间便被稀释干净。强烈的孤独感，像没过了脖子的潮水，让人不能呼吸。

我决定唱歌。各路神仙，听到后，请保佑我；妖魔鬼怪，初到贵宝地，请莫见怪；走兽迷虫，我的肉不好吃；翔子，听到自己的歌声，你要坚强！

没有什么能够阻挡，

你对自由的向往。
天马行空的生涯，
你的心了无牵挂。
穿过幽暗的岁月，
也曾感到彷徨。
当你低头的瞬间，
才发觉脚下的路。
心中那自由的世界，
如此的清澈高远，
盛开着永不凋零，
蓝莲花。

唱着最爱的歌，等待太阳升起。即使感观被剥离，内心的小宇宙也能燃烧一把。似乎没有那么冷了，似乎没有那么黑了，似乎听不到刷刷的声音了。这沙漠之夜，兴许是我漫长旅行的一个终点。往事一重重，在夜色中浮现。

小毅，好久没和你联系了，哥们儿我正在自虐，你最近过得怎样？

小和，你还在丽江忽悠游客吗？你在石鼓的爸爸妈妈可好？

小孙农，初中好玩吗？有没有更多的外地人进过尼汝？你的咳嗽好了没？

小杨姐，不知道你在新疆徒步时绝处逢生的那个湖泊是在哪里？

白水台的小夫妻，你们结婚没？餐馆生意好不好？

小虎，你结婚没？这年头，为什么大家都赶着趟儿结婚？

扎西，听说你到中甸工作了，祝你早日找到新的卓玛！

珍珍，还天天在山头瞎跑吗，记着给你奶奶说，要上学！

安妮，你还在中国么，还是已经看到了天地间空无一物的风景？

璐璐，这场旅行的尾章，因为有你而变得精彩，希望未来能够再一起旅行！

小元，你还是那么贪睡吗？明年找个时间，我们一起去学潜水吧！

小波，你又重新加班加点地工作了吧，何时才能多为自己打算？

皮皮，是我走在你走过的风景，还是你走过了我的足迹？千言万语，长留心中。

爸爸，还是那句老话，多吃饭，少抽烟，少喝酒，开车小心，一定要健健康康！

妈妈，儿子无论走到哪里，念的都是家。我还要带你去很多很多地方，锻炼好身体啊！

时间缓缓淌过。极致的孤独里，我与自己彻夜对话。当天边酿起

塔克拉玛干，黑暗中的第一缕光芒

红霞,第一缕曙光照耀在脸上时,我像重生般欣喜与感动。

  人心好大,可以上演无数的剧本。害怕时,演的是踌躇与不安,无畏时,演的是自由与快乐。我坐在帐前守候日出,清晨的风吹起肉眼不易察觉的沙粒,我才明白昨晚那轻刮帐篷的声响,原来只是沙子的游戏。

  我笑了。蓝天暖阳下的塔克拉玛干,又变得灿烂辉煌,美得人目眩神迷,我那橙红的营帐,和沙漠的颜色混为一体,它也在为自己的勇敢快乐不已吧!

  故事到现在已经完整,沙漠荒夜,像是花了一个晚上去观看的一部电影,让我回想起了许多。孤独是一杯苦酒,入口虽涩,却回味悠长。这最后的一杯酒,苦得格外强烈,却让我看到了内心最深处的景象。

  生命怒放过,又何惧之有?

  我重新背起包,靠着剩下不多的水,走出了这片沙漠,风风火火地找了一家以往不舍得住的酒店,在热水中冲洗着全身的泥沙。沙子汇聚在流水里,慢慢消失不见,就像告别了自己的某个部分。

  翔子,辛苦了,先歇息一下吧。

【四】

  2009 年的尾巴,我穿着笔挺的西装,走进北京国际贸易中心的一座写字楼,电话突然响起。

  "喂,老妖怪啊,你最近好吗?"

  "哈!好久没听到你的声音了,现在到哪儿了?"

  "我在奇旺骑大象呢,明天就要去博卡拉啦。"

一年后,我从雪山潜入了深海

"记住一定要去徒步安纳普娜!"

"嘿嘿,算一算,我们现在的积蓄加起来可以买多大的房子了?"

"呃,能买三平出头吧。"

"哈哈,还是三平米啊?看来那个'一床房子'的设计,永远过时不了嘛!"

"可不是,两年时间只不过一眨眼!你在路上,要好好照顾自己,努力地实现你的梦想。"

"我会的,相信未来一定美好。"

"当然。我们的故事,才刚刚开始。"

我合上手机,抬头仰望摩天大楼也无法触及的蓝天,微微地扬起嘴角。恍惚中,仿佛有一只飞鸟,轻轻划过云层,翱翔远方。